Margret Greiner
Jefra heißt Palästina

SERIE PIPER

Zu diesem Buch

»Die Sommerferien sind die schrecklichste Zeit im Jahr. Früher, vor der Intifada, sind wir ans Meer gefahren, man konnte in die Jaffa-Street zum Shoppen oder nach Ramallah ins Kino.« Jefra ist sechzehn und Palästinenserin. Der Strand, die Kinos und Cafés sind für sie unerreichbar, denn sie lebt mit ihren Eltern und fünf Geschwistern in einem besetzten Land. Jeden Tag wird getötet. Eine Freundin stirbt bei einem Selbstmordattentat, Jefras Vater saß vier Jahre in israelischen Gefängnissen. Jefra will alles daran setzen, den Teufelskreis von Haß und Gewalt zu durchbrechen. Als sie sich heimlich mit Israelis trifft und in die USA reist, haben ihre Freunde und ihre Familie nur ein Wort für sie – Verräterin. Ein berührendes Buch über die Sehnsucht nach Frieden und über das Erwachsenwerden im Krieg: die authentische Geschichte einer jungen Palästinenserin, hin- und hergerissen zwischen arabischer Tradition und dem Traum von Freiheit.

Margret Greiner ging im September 2000 mit ihrem Mann, der an der Hebräischen Universität eine Gastprofessur angenommen hatte, nach Jerusalem. Sie lebte im israelischen Teil der Stadt, unterrichtete aber zwei Jahre lang am palästinensischen »Schmidt's Girls College«. Über ihre Erfahrungen schrieb sie in ihrem ersten Buch »Miss, wie buchstabiert man Zukunft?«. Eine ihrer damaligen Schülerinnen, Lama Tarayra, die 2004 mit dem Stuttgarter Friedenspreis ausgezeichnet wurde, ist das Vorbild für Jefra, die Titelfigur ihres Romans »Jefra heißt Palästina«.
Weiteres zur Autorin: www.margret-greiner.de

Margret Greiner

Jefra heißt Palästina

Ein Mädchen in Jerusalem

Roman

Piper München Zürich

Zitierte Textauszüge:
Ghassan Kanafani, Das Land der traurigen Orangen, Basel 1994.
Khalid Al-Maaly, Nach dem letzten Himmel. Neue palästinensische Lyrik. Anthologie, Köln/Frankfurt 2003.

Von Margret Greiner liegen bei Piper im Taschenbuch vor:
Miss, wie buchstabiert man Zukunft?
Jefra heißt Palästina

Für Lama Tarayra, ohne die es dieses Buch nicht gäbe, und meine Kinder Rebecca und David

FSC

Dieses Taschenbuch wurde auf FSC-zertifiziertem Papier gedruckt. FSC (Forest Stewardship Council) ist eine nichtstaatliche, gemeinnützige Organisation, die sich für eine ökologische und sozialverantwortliche Nutzung der Wälder unserer Erde einsetzt (vgl. Logo auf der Umschlagrückseite).

Ungekürzte Taschenbuchausgabe
1. Auflage Juli 2006
2. Auflage Mai 2007

Umschlag/Bildredaktion: Büro Hamburg
Heike Dehning, Charlotte Wippermann,
Alke Bücking, Daniel Barthmann
Fotos Umschlagvorderseite: Richard T. Nowitz/Corbis (oben)
und Lottie Davies/Getty Images (unten)
Satz: seitenweise, Tübingen
Papier: Munken Print von Arctic Paper Munkedals AB, Schweden
Druck und Bindung: Clausen & Bosse, Leck
Printed in Germany ISBN 978-3-492-24744-3

www.piper.de

Überfluß

Ich gehe außerhalb meines
gerahmten Bildes spazieren
ich lebe ja noch.

Ibrahim Nasrallah

ج

»Einer sollte morgen Tante Randa in Ramallah den Geburtstagskuchen bringen. Wer macht es?«

Baseema wußte, daß ihre Frage rhetorisch war, daß nur eines ihrer sechs Kinder bereit und in der Lage war, die Fahrt nach Ramallah auf sich zu nehmen. Früher wäre die Reise von Jerusalem nach Ramallah ein Katzensprung gewesen, aber heute?

Die drei Jungen schieden aus. Jasir war erst fünf und ohnehin ein Sorgenkind. Entwicklungsstörungen, sagten die alten Frauen. Zerebrale Schäden, sagten die Ärzte. Achmed und Tayseer, die Zwillinge, waren zwölf, also auch zu jung, um ohne Begleitung die Kontrollen zu passieren. Und die beiden waren Hitzköpfe. Baseema hatte oft genug Angst, daß sie sich provozieren ließen und israelische Soldaten mit Steinen bewarfen. Maryam hatte keine Zeit, sie arbeitete als Volontärin bei der Tageszeitung »Al-Quds« und hatte ständig Termine. Immer wenn sie aus dem Haus stürmte – Maryam hatte schon als Kind nicht langsam gehen können –, rief sie über die Schulter zurück: »Die Zeiten sind eben so.« Ameera war gerade neun Jahre geworden, und – als sei die Wahl des Namens prophetisch gewesen – eine kleine »Ameera«, eine Principessa, die sich in der Bewunderung aller sonnte, weil sie das schönste Mädchen weit und breit war. Sie hatte pechschwarzes, langes Haar, das sie in immer neuen Frisuren trug, ein schmales Gesicht mit einem zartgeschwungenen Mund, leuchtende Augen, leuchtende Zähne. Baseema wußte nicht, woher all diese Schönheit kam, aber sie wäre froh gewesen, wenn nicht alle Ameera ihres guten Aussehens wegen gepriesen hätten. Denn Ameera war auf dem besten Weg, eine »Dalloo'a«, ein verwöhntes kleines Biest zu werden, das immer seinen Willen durchsetzte. Und Ameeras Wille hatte natürlich nur ein Ziel: ihrer kleinen Person Vergnügen zu verschaffen.

Es blieb nur eines ihrer Kinder übrig, das für die unliebsame

Aufgabe in Frage kam: Jefra. Jefra, die für ihre sechzehn Jahre ungewöhnlich erwachsen war und sich am ehesten von den Kindern in die Verantwortung nehmen ließ.

»Jefra, würdest du morgen Tante Randa besuchen und unsere Glückwünsche überbringen? Lau samahti! Bitte!«

Jefra sah ihre Mutter an. »Ach Mama, ich habe überhaupt keine Lust, nach Ramallah zu fahren. Ich höre ständig, wie schrecklich es ist, sich über den Qalandia-Checkpoint zu quälen. Und ein Besuch bei Tante Randa macht nun wirklich keinen Spaß. Du weißt, daß sie immer nur klagt und jammert, stundenlang, ohne Punkt und Komma. Darüber vergißt sie, einem eine Cola anzubieten oder einen Tee. Oder gar zu fragen, wie es uns geht. Könnten wir es nicht verschieben? Ich sollte dringend Chemie lernen, wir schreiben am Samstag einen Test, ich muß wirklich was dafür tun. Miss Ghada verlangt gnadenlos viel.«

Baseema lächelte ihre Tochter an. »Fahr am besten ganz früh, vielleicht ist dann die Schlange am Checkpoint nicht so lang.« Baseema konnte ihre Schwägerin auch nicht leiden, aber Familie war eben Familie. Und Geburtstag war eben Geburtstag.

Jefra lächelte zurück. »Das mindeste ist, daß ich abends eine Portion Spaghetti Spezial kriege. Tayyeb? Okay?«

Jefra fröstelte, als sie noch vor acht Uhr das Sammeltaxi in der Nablus Street, direkt gegenüber ihrer Schule, bestieg. Es war Anfang Juni, die Tage waren heiß, aber nach einer kalten Jerusalemer Nacht erwärmte sich die Luft am Morgen nur zögernd. Die großen und kleinen Busse warteten in Reih und Glied mit laufendem Motor. Die Händler der Shops entlang der Straße schoben gerade ihre eisernen Türen auf, an der Ecke wurde der erste Gemüsestand aufgebaut, bei den Sesambrezeln entfaltete sich bereits lebhafte Geschäftigkeit. Entfernt glaubte Jefra den Duft der Grills wahrzunehmen, auf denen Hammelspießchen rösteten. Der Kleinbus füllte sich schleppend, und es dauerte fast eine halbe Stunde, bis sich das »Service« in Richtung Ramallah in Bewegung setzte. Nach zwanzig Minuten hielt der Kleinbus, und beim Aussteigen sah Jefra sofort, daß ihre Mutter unrecht gehabt hatte: Vor dem Qalandia-Checkpoint hatte sich jetzt schon eine lange Schlange von Autos und Fußgängern gebildet. Gut, daß sie ihr Chemiebuch dabeihatte. Sie konnte in jeder Lebenslage lernen. Auch im Stehen.

Neben ihr, am Ende der Schlange, stand ein alter Mann, gestützt auf einen Stock, die schwarzweiße Keffiah fiel im Nakken über das lange Gewand. Er kaute unaufhörlich Sonnenblumenkerne und spuckte die Schalen geräuschvoll neben sich auf die Erde. Beim Kauen brabbelte er Lautfolgen vor sich hin, die Jefra nicht verstand. Er wirkte nervös, gehetzt. Die Augen unter den buschigen Brauen bewegten sich hin und her wie Radarpünktchen auf einem Schirm. Vor ihr hatte sich eine üppige Familienmama aufgebaut, an den Händen zwei kleine Kinder und zwei riesige Plastiktüten, gefüllt mit Einkäufen.

Die beiden Jungen waren merkwürdig still, wie eingefroren flankierten sie ihre Mutter. Sie umklammerten krampfhaft deren Hand, und Jefra sah, daß ihre Fingerknöchel weiß und spitz und ganz deformiert aussahen. Komische Jungs. Total unpalästinensisch. Jefra stellte sich vor, wie ihre Brüder und deren Freunde herumgeflitzt wären. Oder ihrer Mutter die Ohren vollgequengelt hätten: Warum stehen wir hier? Warum geht es nicht weiter? Was wollen denn all die Leute in Ramallah?

Ja, warum ging es nicht weiter? Jefra sah den Anfang der Schlange nicht. Die Autos neben ihr ließen die Motoren laufen und machten das Atmen schwer. Wenigstens brannte die Sonne noch nicht. Jefra hängte die Plastiktüte mit dem Geburtstagskuchen für Tante Randa über die Schulter und öffnete ihr Buch.

> »Eine chemische Reaktion ist ein Vorgang, bei dem eine Stoffumwandlung stattfindet. Dabei entstehen aus den Ausgangsstoffen neue Stoffe mit anderen Eigenschaften. Die entstehenden Stoffe nennt man Reaktionsprodukte.

Ein Gemisch aus Kupfer- und Schwefelpulver entzündet sich bereits, wenn die Bestandteile in einer Reibschale miteinander verrieben werden. Die Reibungswärme genügt, um eine heftige Reaktion auszulösen.«

Jefra klappte das Buch wieder zu. Sie konnte sich nicht konzentrieren. Mechanisch ging der Pulk ein paar Schritte vor, mechanisch ging sie mit. Jefra spürte, wie schon nach einer halben Wartestunde alle Energie aus ihrem Körper geflossen war. Die Frau vor ihr hatte die schweren Plastiktüten auf dem Boden abgestellt und seufzte, eine Äußerung, die Jefra fremd vorkam. In Palästina wurde geschrieen, gebrüllt, geheult, gelacht, geweint, gejubelt, gekeift – alles so laut wie möglich. Aber solch ein stilles, kaum wahrnehmbares Stöhnen gehörte nicht zum Repertoire arabischer Gefühlsäußerungen.

Als Jefra einmal im Englischunterricht über das Wort »to sigh« gestolpert war, hatte die Lehrerin das Seufzen vorgemacht, und alle Schülerinnen hatten gelacht: so komisch waren die Töne gewesen und so merkwürdig der Gesichtsausdruck der Lehrerin mit den herabgezogenen Mundwinkeln. Irgendwie hatte sie sogar glücklich ausgesehen, und das war besonders komisch gewesen.

Das Seufzen dieser Frau vor ihr hatte nichts Komisches an sich.

Ein Schuljunge hielt ihr plötzlich einen Sesamkringel und eine Cola-Dose unter die Nase. »Zehn Schekel, weil du es bist, meine Süße«, rief er und lachte ihr frech von unten ins Gesicht. Jefra verscheuchte ihn, und er tauchte ab wie ein geschickter Schwimmer im Meer. Stimmte es denn, daß keine Lebenslage schlecht genug war, daß nicht ein Araber daraus noch ein Geschäft zu machen versuchte?

Endlich hatte sie die Schleuse erreicht. Große Rammböcke aus Plastik, wie sie im Straßenbau zur Kanalisierung des Verkehrs bei Baustellen gebraucht werden, bildeten eine enge Gasse, in der sich die Menschen nur einzeln und hintereinander vorwärtsbewegen konnten. »Im Gänsemarsch« heißt das im Deutschen, hatte Onkel Khalid gesagt, der früher in Deutschland studiert hatte und gern mit seinen Sprachkenntnissen prahlte.

Die Menschen schrumpften in dieser Schneise zu Zwergen. Jefra holte ihre Jerusalem Identity Card hervor, die sie erst seit einem Monat, seit ihrem sechzehnten Geburtstag, besaß, und rückte vor. Vier Soldaten standen hinter einer kleinen abbröckelnden Mauer, die als Barriere diente. Das hatte nichts Dramatisches an sich, sondern war einfach nur schäbig und gammelig. Die israelischen Fahnen hingen schlaff in der unbewegten Luft.

Die Zeit verstrich in lähmender Langsamkeit. Ab und zu ließ sich einer der Soldaten herab, einen Ausweis zu kontrollieren, und schnippte betont lässig mit Daumen und Mittelfinger als Signal, daß der Inhaber des Ausweises passieren dürfe. Dann entstand wieder eine lange Pause, als müßten sich die Soldaten von einem Kraftakt erholen. Sie ließen Kaffee in Plastikbechern kreisen, einer telefonierte ausgiebig auf dem Mobiltelefon. Jefra spürte, wie sich Zorn in ihrem Herzen sammelte, Zorn auf diese Soldaten, Zorn auf ihre Mutter, die sie auf diesen Weg geschickt hatte.

Die Frau mit ihren beiden Söhnen passierte ohne Schwierigkeiten. Der alte Mann mit dem Stock drehte seinen Kopf demonstrativ zur Seite, als er den Soldaten seinen Ausweis zeigte. Jefra wußte, was diese Geste bedeutete: Ihr habt die Macht, aber meiner Würde könnt ihr nichts anhaben. Ich habe immer noch die Waffe der Verachtung. Glaubt doch nicht, daß ich euch in die Augen schaue und gnädig um Erlaubnis bitte, passieren zu dürfen. Meine Familie lebt seit Hunderten von Jahren in diesem Land, und ihr lebtet vor einem Jahr vielleicht noch in Rußland oder Äthiopien oder Argentinien.

Einer der Soldaten riß sein Gewehr von der Schulter und richtete es direkt auf den Kopf des alten Arabers. Jefras Atem stockte. Unwillkürlich wich sie ein paar Schritte zurück. Würde der alte Mann jetzt ausspucken? Oder dem Soldaten das Gewehr aus der Hand schlagen? Aber er hielt die Augen geschlossen, er, der so nervös gewesen war, ließ jetzt stoisch alles über sich ergehen. Irgendwann ließ der Soldat von ihm ab und bedeutete ihm mit einer kleinen Bewegung des Daumens zu gehen. Der Mann stützte sich auf seinen Stock, aber sein Gang war aufrecht.

Jetzt war Jefra an der Reihe. Die Soldaten wollten sehen, was sie in ihrem Plastikbeutel beförderte. Sie inspizierten ausführlich den Inhalt, lösten einen Teil der Alufolie vom Kuchen, als müßten sie sich davon überzeugen, daß der Puderzucker nicht aus explosivem Material bestand. »Es ist kein Messer im Kuchen versteckt«, hätte Jefra am liebsten gesagt, aber das erschien ihr zu vorlaut. »Mach die Jacke auf!« forderte sie einer der Soldaten auf. Was sollte das? Sie war doch keine Selbstmordbomberin mit einem Sprengstoffgürtel um die Taille. Dafür wäre sie doch in der falschen Richtung unterwegs.

Jefra öffnete den Anorak. Der Soldat musterte ihren Körper, forderte sie dann auf, sich zweimal um die Achse zu drehen. Jefra stieg das Blut in den Kopf. Hatte ihre Mutter gewußt, daß sie sich solchen Blicken aussetzen mußte? Nahm sie in Kauf, daß man ihre Tochter so herabwürdigte?

Dann war es vorbei. Sie saß jenseits des Checkpoints wieder im »Service« und fuhr nach Ramallah. Eineinhalb Stunden Fahrt statt der zwanzig Minuten in »Friedenszeiten«. Aber die Zeit war ja das geringste Problem gewesen.

»Jefra, Schätzchen, ich hatte schon gedacht, daß ihr mich ganz vergessen hättet. Wie lange habe ich nichts von euch gehört. Da muß man erst Geburtstag haben, bevor sich einer rührt. Und warum kommst du allein? Wißt ihr denn überhaupt, wie schlecht es mir geht?«

Die Tante lamentierte in einem fort. Niemand litt so sehr wie sie. Niemand war so verlassen wie sie. Niemand war wie sie Opfer der jüdischen Bosheit und Willkür, der kalten Winde, der Entwertung des Schekels, der Verteuerung der Lebensmittel, der

Einschränkungen der Bewegungsfreiheit. Ramallah war einfach die Hölle. Ob die Verwandten in Jerusalem das denn wüßten?

Die »Hölle« war ein großes, fast isoliert stehendes Haus auf einem Hügel am Stadtrand mit einem grandiosen Ausblick auf die Berge. Der Onkel hatte es vor dreißig Jahren gebaut. Er war ein reicher Arzt gewesen. Seit seinem Tod zehn Jahre zuvor bewohnte die Tante das Haus allein, die Räume, in denen der Onkel seine Praxis geführt hatte, standen leer. Jefra stellte Vergleiche an mit ihrer Familie. Seit einem halben Jahr hatte der Vater das obere Stockwerk ihres Hauses vermietet. Jetzt lebten sie in drei kleinen Räumen im Parterre. Das Wohnzimmer war gleichzeitig das Schlafzimmer ihrer Eltern. Tagsüber wurden die Matratzen an die Wand gestellt. In einem Raum arbeiteten und schliefen die drei Mädchen, in dem zweiten Raum die drei Jungen. Gott sei Dank hatten sie den kleinen Garten, in den man immer fliehen konnte, wenn man es im Haus nicht mehr aushielt.

»Keine Nacht kann ich mehr schlafen, ständig höre ich Gewehrfeuer. Es verfolgt mich bis in meine Träume. Fehlt nur noch, daß die jüdischen Soldaten mein Haus beschlagnahmen und zu einer Militärstation umfunktionieren. Kannst du dir überhaupt vorstellen, auf welchem Vulkan ich lebe?«

In Jefras Kopf klumpten sich Satzfetzen zusammen: Und du, kannst du dir vorstellen, Tante, wie es uns geht? Frag doch einmal, ob Papa noch seinen Job als Hotelmanager hat, ob wir das Schulgeld noch bezahlen können, wie es Jasir, deinem Lieblingsneffen, geht, den du immer so süß fandest, der aber unter einer zerebralen Dysfunktion leidet, wenn du eine Ahnung hast, was das bedeutet.

»Die Juden sind an allem schuld. Sie machen uns das Leben zur Hölle. Wann wird Allah ein Einsehen haben und sie vernichten?«

Jefra blieb stumm. Daß Jasir nicht lernen konnte und immer die Suppe verschüttete, dafür konnten die Juden nichts. Und auch nichts für die heißen Tage und die kalten Nächte.

Als Jefra an den Qalandia-Checkpoint zurückkam, war er geschlossen. Die Menschen, die davorstanden, waren erregt. Gerüchte sprangen hin und her wie spitze Flammen. Es habe ein Attentat in Afula gegeben, zwei Israelis seien getötet worden, darunter ein Kind. Acht Soldaten standen mit Maschinengewehren im Anschlag vor der Barriere. Trat jemand näher, richteten sie die Mündungen sofort auf den Kopf des wagemutigen Passanten. Eine ältere Frau ließ sich nicht abschrecken, rückte einem Soldaten auf den Leib, jaulte, winselte, schlug sich mit heftigen Schlägen auf die Brust: »Junger Mann, hast du denn keine Mutter? Hab' ein Herz für eine herzkranke Frau!« Der Soldat wich zurück, er war bleich und stammelte eher verwirrt als streng auf Russisch: »Njet, njet. Es geht nicht.« Ein anderer Soldat faßte die Frau am Arm und stieß sie in den Pulk der Wartenden zurück.

Jefra mußte bei Tante Randa übernachten. Das war schlimmer, als am Checkpoint zu warten. Sie schlief unruhig in dieser Nacht. In ihrem Kopf lief ein Tonband mit einer Endlosspule. Warum das alles? Warum? Warum?

ج

Baseema liebte die ruhigen Stunden am Freitagmorgen. Sie stand sehr früh auf, meistens schon vor sechs. Die Wohnung lag im Schlaf, sieben Menschen waren in den drei kleinen Räumen, erfüllten die Luft mit schaler Dumpfheit und der Stille ihrer Traumverlorenheit. Die Küche war der Ort, der in diesen kostbaren Stunden Baseema allein gehörte. Sie setzte den Kaffeetopf, das Khallaye, auf den Herd, der Duft von Kardamon und scharf gebranntem Kaffee verdichtete sich zum Aroma eines Tages, der Entspannung verhieß.

Baseema trennte Eier, gab das Eigelb in die Schüssel, verquirlte es und ließ Zucker hineinrieseln. Jeden Freitagmorgen backte sie einen Kuchen, der schon abgekühlt war, wenn ihr Mann und die Kinder zum Frühstück erschienen.

»Vor-Morgengrauen-Kuchen«, hatte Maryam mit ihrer flotten Lippe einmal den Kuchen getauft, und Jasir, der das nicht verstehen konnte, hatte einen »grauen Kuchen« daraus gemacht. Während Baseema mechanisch die Gewürze in den Teig rührte (Sesam, Anis, Zimt und Fenchelsaat), dachte sie an Maryam, ihre Älteste. Sie war schon vom Aussehen her das außergewöhnlichste Kind. Das Besondere an ihr waren die Haare. Sie waren nicht schwarz, wie sie hätten sein müssen (Ibrahim und Baseema und alle anderen Kinder hatten tiefschwarze, glatte Haare), sie waren lockig und braun, konnten sogar einen Kastanienschimmer annehmen, je nachdem, wie die Sonne darauf fiel.

Welch ein merkwürdiger Zufall der Natur hatte Maryam die braunen Locken beschert? Vermutlich war irgendeine längst verstorbene Urgroßmutter dafür verantwortlich. Vererbung kannte ja Sprünge. Und brachte manchmal Zeichen hervor, die etwas Magisches hatten. Denn Maryam war, bis in die Haarspitzen hinein, »aus der Art geschlagen«, unangepaßt, fremd. Anders als alle. Ein unruhiger Geist. Sie litt am meisten unter der Intifada, weil sie sich am meisten in ihrer Bewegungsfreiheit eingeschränkt fühlte. Manchmal flippte sie aus, tobte vor Wut und verlor alles, worum sie sich als angehende Journalistin hätte bemühen müssen: Distanz und kontrollierte Emotionen. Wie anders war da Jefra, die sich bis zur Selbstaufgabe darum bemühte, alles, was passierte, zu analysieren, zu hinterfragen, zu begrübeln. Es mußte daher rühren, daß Jefra immer viel gelesen hatte und sich schon als Kind so sehr in ihre Buchmenschen hineingefühlt hatte, daß sie manchmal ihre Geschwister mit den Namen der literarischen Helden angesprochen hatte. Oder ihnen Märchenfragen gestellt hatte: wie es gewesen sei, auf dem Tiger zu reiten, und ob sie gemeinsam die unglückliche Tochter des Kalifen retten könnten. Baseema hatte nicht gewußt, ob sie über soviel kindliche Phantasie entzückt oder besorgt sein sollte.

Es war ja schön, Einfühlungsvermögen zu entwickeln, aber in den letzten Monaten stärkten Jefras Zweifeln und Abwägen nicht eben den Familienfrieden. Wenn alle sich über die schreienden Ungerechtigkeiten der Juden, die immer ungeheuerlicheren Schikanen empörten, war von Jefra unvermittelt ein kleines »Aber« zu vernehmen. Als müsse man sich in Juden hineinversetzen wie früher in traurige Prinzen, denen die geliebte Prinzessin entführt worden war.

Manchmal hatte auch Baseema Zweifel, ob alle Geschichten, die vom Feind erzählt wurden, stimmten. Ob die arabische Lust an der Übertreibung die Blumen des Bösen nicht allzusehr sprießen ließen. Aber die Tatsache, daß Hunderte unschuldiger Zivilisten getötet worden waren, daß Häuser willkürlich von israelischen Soldaten demoliert wurden, daß palästinensische Bauern von jüdischen Siedlern daran gehindert wurden, ihre Olivenfelder abzuernten, daß schwangere Frauen an den Grenzübergängen ihre Kinder zur Welt brachten, weil man sie nicht ins Krankenhaus fahren ließ, das alles war doch keine Greuelpropaganda, das war Alltag in Palästina.

Jefra stiegen Zornestränen in die Augen, wenn sie solche Geschichten hörte. Aber dann wischte sie die Tränen ab und sagte: »Ich möchte wissen, warum diese Menschen so etwas tun.«

Es war schwierig, eine Familie zusammenzuhalten. Seit Ibrahim seine Arbeit verloren hatte, war es noch schwieriger. Die Intifada bedrohte alles Glück, auch Baseemas ureigenstes, privates. Es waren nicht nur die vielen finanziellen Einschränkungen, die an allen Ecken und Enden zwickten und zwackten. Alle in der Familie veränderten sich. Noch vor kurzem hatten die Zwillinge Baby-Gesichter gehabt, sorglos und flach, jetzt verzerrte Haß ihre Züge. Maryams Fahrigkeit nahm immer mehr zu, an manchen Tagen war sie völlig geistesabwesend. Ibrahim hatte beobachtet, wie sie Tee aufgießen wollte und das kochende Wasser über ihre linke Hand gegossen hatte.

Baseema selbst hatte ihre Ausgeglichenheit verloren, schlief schlecht und war oft so nervös, daß ihr die Kinder aus dem Weg gingen. Es gab Augenblicke, in denen sie entsetzt feststellen mußte, daß auch sie fähig war zu hassen, mit der ganzen Inbrunst einer Frau, die sich um ihr Leben betrogen fühlt.

Das Wichtigste war, die Familie durch die schlechten Zeiten zu bringen. Sie erinnerte sich, wie sie vor zwanzig Jahren am Ende eines Studienjahres in Bath, das ihr ein Stipendium des British Council ermöglicht hatte, von ihren englischen Freunden gefragt worden war: »Und jetzt, Baseema, gehst du einfach wieder zurück nach Jerusalem und wirst eine palästinensische Mama mit acht Kindern und einem Mann, der dir sagt, wo's langgeht? Wo du doch hier im alten England den Duft der Freiheit geschnuppert hast?« Und sie hatte gelacht, ihre Haare geschüttelt und gesagt: »Ja, genau das ist es, was ich will. Das ist meine Vorstellung von Freiheit.« Und Jonathan, ein Kunststudent, den sie alle »Palladio« nannten, hatte sie vorsichtig – vorsichtig, weil ein arabisches Mädchen für ihn eine Unberührbare war – in die Arme genommen: »Arme Baseema. Ich wünsche dir nur, daß du nichts bereust.«

Jasir kam im kurzen Hemd in die Küche getapert, sein Blick suchte Halt in den schwankenden Welten von Traum und Wachen. Baseema nahm ihn in den Arm. »Na, mein kleiner Schatz, was hältst du von einem Glas Milch und einem Stück Kuchen. Vom frischen grauen?«

ج

»Nun paß doch auf, wie du den Löffel hältst!« Baseema war gereizt. Jefra sah, wie Jasir zusammenzuckte und versuchte, den Reis, der ihm auf das Wachstuch gefallen war, mit den Händen aufzusammeln und in den Mund zu stopfen. Die Zwillinge lärmten und spielten Krieg. Achmed zielte mit der umgedrehten Gabel auf seinen Bruder Tayseer, der wie tot über dem Tisch zusammenbrach und röchelte, was wahre Lachstürme bei Achmed hervorrief. Dann ging das Spiel mit vertauschten Rollen weiter.

Ameera aß mit Messer und Gabel und tupfte zwischendurch ihre Mundwinkel mit einer Serviette ab. Wäre sie nicht neun, sondern neunzig Jahre alt, hätte man sie für eine alte englische Lady halten können.

Maryam aß nur Tomaten und Gurken mit Joghurt und sah durch alle hindurch. Sie war woanders, nicht an diesem engen Küchentisch mit ihren Eltern und Geschwistern. »Ich muß noch einmal in die Redaktion«, sagte sie unvermittelt und stand auf.

»Du bleibst hier!« Die Stimme des Vaters war leise. Der Vater sprach eigentlich immer, als wollte er gar nicht gehört werden, er brüllte nie, wie das die meisten Männer taten, aber ein drohender Unterton war jetzt nicht zu überhören. »Seit Wochen mußt du jeden Abend in die Redaktion. Die Intifada, sagst du, als wenn dieses Wort alles erklärte. Ich weiß nicht, ob du wirklich journalistische Termine hast. Aber ich weiß, daß es sich nicht gehört, daß ein junges Mädchen abends allein in der Stadt herumläuft. Damit ist jetzt Schluß. Ich werde morgen deinen Chefredakteur anrufen und ihm meinen Standpunkt klarmachen.«

Alle waren still geworden. Nur Jasirs Löffel quietschte über den Teller. Er war mit seinem Reis beschäftigt. Die Zwillinge hatten mit ihrem Kriegsspiel aufgehört.

Maryam baute sich vor ihrem Vater auf. »Du wirst nicht mit meinem Chefredakteur telefonieren. Und du wirst mich auch nicht einsperren! Denk einmal daran, wer in dieser Familie noch Arbeit hat. Du hast deinen Job verloren. Mama und ich sind die einzigen, die noch etwas Geld verdienen.«

Als Maryam ihre Jacke schnappte, die über der Stuhllehne hing, schrie Jefra innerlich auf. Maryam durfte nicht gehen.

Wenn sie jetzt ginge, dürfte sie das Haus nie wieder betreten. Sie durfte nicht gegen das Verbot des Vaters handeln. Aber Maryam ging nicht zur Haustür, sondern stieß die Tür auf, die zum Garten führte. Sie würde sich unter den Feigenbaum setzen und frieren, wenn die Nacht hereinbrach. Niemand würde sie ins Haus holen. Spät würde sie sich ins Mädchenzimmer schleichen. Jefra hätte ihr die Matratze schon auf den Boden ausgebreitet. Und Jefra würde hören, wenn Maryam kam. Wie sollte sie schlafen können, wenn so etwas Ungeheuerliches geschehen war?

Jasir kleckerte weiter. Und stopfte das Gekleckerte in sich hinein. »Du wirst zu dick, wenn du so viel ißt«, sagte Baseema und nahm ihm abrupt den Teller weg. Jasir fing an zu heulen.

Nach dem Essen versammelte sich die Familie vor dem Fernseher im Wohnzimmer. Maryam war noch nicht wieder aufgetaucht. Hoffentlich ist sie noch immer im Garten, dachte Jefra. Aber sie wagte nicht, hinauszugehen und nachzusehen.

Die Nachrichten zeigten Bilder aus dem Gazastreifen. Ein israelischer Helikopter hatte versucht, einen Hamas-Führer aus der Luft zu töten. »Gezielte Tötungen« nannten das die Juden. Der Hamas-Führer war dem Anschlag entkommen, seine zwei Leibwächter waren getötet worden, eine in der Nähe stehende alte Frau und zwei Kinder, sieben und fünf Jahre alt. Der Sender »Al Dschasira« sparte nicht mit Bildern. Die Toten und Verletzten wurden in Nahaufnahme gezeigt, die blutüberströmten Gesichter herangezoomt. Die Kamera verweilte auf dem zertrümmerten Schädel eines der beiden Kinder. Man sah einen undefinierbaren Brei aus Gewebe, an dem wie ein grausamer Witz ein einzelner intakter Ohrring hing, der im Blitzlicht der Kamera funkelte.

Jefra fing an zu weinen.

»Macht das aus! Ich ertrage das nicht mehr.«

Aber der Fernseher lief weiter. Niemand hörte auf sie. Ameera war auf dem Schoß der Mutter eingeschlafen und lutschte im Schlaf am Daumen. Wie ein Baby. Ein neunjähriges Baby.

ج

Mama hat mir einmal erzählt, wie das war, als ich geboren wurde. Und wie das war, bevor ich geboren wurde. Ein dunkler Dezemberabend im Jahr 1985. Papa wiegte den kleinen Muhammed in den Schlaf, Muhammed, der später an einem Blinddarmdurchbruch sterben sollte. Maryam lag schon zufrieden in ihrem Kinderbett und lächelte im Traum. Mama faltete neugekaufte Kinderwäsche zusammen und dachte darüber nach, wer ihr bei der Geburt des Kindes helfen könnte, das sie erwartete. Das Kind, das da kommen sollte, war ich.

Plötzlich steht Baseema auf, geht auf ihren Mann zu und umarmt ihn. »Ich werde nicht aufhören, dich zu lieben«, sagt sie, und ihre Augen werden feucht. Beide wissen, daß dies die Nacht ist, vor der sie sich seit langem gefürchtet haben. In dieser Nacht wird Ibrahim von israelischen Soldaten verhaftet. Er gehört einer palästinensischen Widerstandsgruppe an und hat Flugblätter und Pamphlete zur Befreiung Palästinas verfaßt. Als Baseema und Ibrahim hören, wie Gewehrkolben gegen die Haustür donnern, zittern sie.

Zwei Monate später wurde ich geboren. Mein Vater hatte sich gewünscht, daß das Kind, sollte es ein Mädchen sein, den Namen Jefra erhielte. Jefra sei ein alter Name für Palästina. So würde ich nicht nur den Namen meines Vaters tragen, der in arabischen Ländern dem Rufnamen nachgestellt wird, mein Land würde in mich eingeschrieben sein. Jefra Ibrahim Namadi.

Erst viele Jahre später erzählte mir mein Cousin Majd, daß die von uns hochgehaltene Bedeutung des Namens Jefra eine Familienmär sei. Nirgendwo stünde geschrieben, daß Jefra etwas mit Palästina zu tun habe. Der Name komme von Jafr, und das hieße verwüstetes, unfruchtbares, verdorrtes Land.

Ich war enttäuscht. Aber sicher nicht so enttäuscht, wie Papa es wäre, würde er die Wahrheit über den Namen Jefra erfahren. Darum habe ich ihm nie erzählt, daß er mir auf seine melancholische Weise Palästina in die Wiege gelegt hat – aber anders, als er es dachte.

Ich vermißte Papa nicht. Ich hatte ja Mama, Muhammed und Maryam. Daß Mama manchmal weinte, nahm ich nicht wahr. Meine erste Erinnerung reicht zurück, als ich schon drei Jahre alt war und mich meine Mutter eines Tages mitnahm, um ihren Mann zu besuchen und ihm seine Tochter zu zeigen, die er noch nicht gesehen hatte. Wir mußten bis Dimona fahren, das mitten in der Negev-Wüste liegt, fast fünf Autobusstunden von Jerusalem entfernt.

Ich erinnere mich nicht mehr an die Fahrt, nur an das furchtbare Durcheinander in der Gefängnishalle. Die Männer hinter der Absperrung griffen nach mir, ich wurde von einem Arm in den anderen geworfen, umarmt, geküßt, gedrückt. Manche dieser Gefangenen hatten seit Jahren kein Kind in den Armen gehalten und würden es vielleicht für Jahre nicht können. Mein Vater konnte mich gerade einmal umarmen und mir einen Kuß geben, als das Ende der Besuchszeit verkündet wurde. »Das Kind muß zurückgehen.« Ich spürte plötzlich, daß ich viele Väter hatte, nicht nur einen. Eine Ahnung kam in mir hoch wie die Wärme nach einem Glas Milch mit Honig, daß ich in dieser Welt nicht verloren war und daß ich diesen Männern für einen Augenblick den Glauben zurückgegeben hatte, daß es ein Leben jenseits der Gefängnismauern gab, daß das Leben weiterging.

Als mein Vater ein halbes Jahr später aus dem Gefängnis entlassen wurde, war er für mich nichts als ein Fremder, der mir den Platz im Bett neben meiner Mutter wegnahm. Ich soll jeden Tag gesagt haben: »Er soll wieder gehen.«

Ich denke oft, er bleibt mir so fremd wie am ersten Tag. Er spricht so wenig. Er ist so ernst. Mama sagt, als junger Mann sei er feurig und stolz gewesen. Ich denke, die Juden haben seinen Stolz gebrochen. Oder seine Seele beschädigt. Ich weiß es nicht so genau. Aber ich bin immer erleichtert, wenn er nicht da ist. Als verdunkelten sich die Fenster, wenn er den Raum betritt. Er ist so still. Ganz selten einmal, daß er so deutlich spricht wie gestern abend mit Maryam. Aber auch da ist mehr Qual in seiner Stimme als Zorn. Manchmal habe ich Angst, er könnte sich einfach verflüchtigen wie eine Fata Morgana. Mein Vater ist eine Sinnestäuschung, ein Trugbild. Man denkt, er ist real, aber wenn man ihn greifen will, löst er sich in Nichts auf.

ج

Tante Samar war am Telefon. Die Familie El Ali wollte spontan ein Fest feiern und die Familie Namadi dazu einladen. Onkel Ghassan würde eigens früher aus der Firma kommen und in einer Stunde da sein. Nein, sie brauchten keinen Kuchen zu kaufen und mitzubringen. Für alles sei gesorgt. Sie sollten einfach kommen. Jetzt. Alle.

Onkel Ghassan und Tante Samar wohnten nur eine Viertelstunde Fußweg entfernt in der Khalle Street auf dem Ölberg. Als sie zu acht eintrafen – sogar Maryam war mitgegangen –, war das Haus schon voll. Wie konnte Tante Samar in der kurzen Zeit nur diese Unmengen Essen herangeschafft haben? Natürlich gab es Ma'mool, das Dattelgebäck, und Knafe, die Nabluser Spezialität für den süßen Gaumen. Knafe war Jasirs Lieblingsleckerei. Mit Hingabe knackte er mit seinen kleinen Zähnen den zu dünnen Fäden gesponnenen Teig, der mit Pistazien bestreut und mit Zuckersirup beglänzt war. Aber es gab auch Sfeeha und Akras, mit Fleisch und Spinat gefüllte Pasteten für den herzhafteren Geschmack, außerdem Humus und Tahina, Taboulah und Baba Ghanousch, Foul und Falafel, Fladenbrot, Oliven und eingelegte Gurken. Und die Tische bogen sich vor Getränken. Sogar Schweppes gab es, das Jefra besonders gern trank, das aber viel zu teuer für sie war.

Jefra kümmerte sich um Jasir, weil sie sah, daß ihre Mutter

ihn völlig vergessen hatte, während sie angeregt mit Samar über eine günstige Einkaufsmöglichkeit im Basar sprach. Jasir lief wieder Gefahr, sich zu überessen. Er stopfte wahllos Süßes und Saures in sich hinein und kaute mit geblähten Backen. Es würde ihm schlecht werden, wenn man ihn nicht daran hinderte, auch auf die Gefahr hin, daß er losbrüllte. Was er auch prompt tat, als Jefra ihm das Gebäck außer Reichweite stellte. »Böse Jefra, blöde Jefra, doofe Jefra.« Na, er bemüht sich wenigstens um einen Wechsel im Ausdruck, dachte Jefra kalt.

Onkel Ghassan rauschte herein. Er war ein ungeheuer dicker kleiner Mann, der aber in der Familie hohes Ansehen genoß, weil er reich und großzügig war. Ghassan umarmte alle, die ihm in die Arme liefen, setzte viele nasse Küsse auf weibliche und männliche Wangen und manchmal auch einfach in die Luft. Sein Kopf war rot angelaufen, ob vor Hitze oder Bluthochdruck, wer konnte das entscheiden. Jefra mochte ihren Onkel. Er sah unmöglich aus, aber anders als ihr strenger Vater strahlte er soviel Lebenslust, soviel Selbstsicherheit aus. »Mish mushkileh« war sein Lieblingsspruch, »kein Problem«, und wenn man ihn ansah, glaubte man, daß es für ihn tatsächlich kein Problem gab, das er nicht mit seinem Geld und seiner Autorität lösen konnte.

»Ahlan wa Sahlan – herzlich willkommen«, setzte sich sein bäriger Baß gegen das vielstimmige Geschnatter durch. Er rief es noch einmal auf die Terrasse hinaus, und alle Gäste verfügten sich, ohne zu zögern, ins Wohnzimmer. »Jetzt hört mir einmal zu! Ihr wollt natürlich alle wissen, warum Samar und ich so spontan dieses Fest feiern. Nein, wir kriegen kein Kind«, er lachte dröhnend, »leider auch noch kein Enkelkind, aber die Zeit wird schon kommen. Shireen, unsere Älteste, ist, wie ihr wißt, verlobt, und wenn Farah nicht so viel in die Bücher gukken würde, wäre sie es auch schon.«

Samar zupfte ihren Mann am Ärmel. Er war ein Meister der Abschweifung.

»Nein, die meisten wissen den Grund schon. Wir hatten vor

einer Stunde das erfolgreichste Attentat seit Beginn des Kampfes. In einer Pizzeria Ecke Jaffa–George Street hat sich einer unserer tapferen Märtyrer geopfert und mehr als zwanzig Juden getötet. Über hundert sind verletzt. Viele Kinder. Ungemein erfolgreich. Das wird Herrn Scharon zu schaffen machen. Ihr wißt, daß meine Familie schon viel unter der jüdischen Aggression gelitten hat. Samars Bruder ist im letzten Jahr von Soldaten im Gazastreifen getötet worden. Mein Neffe Walid hat bei einer Schießerei ein Bein verloren. Wer will es uns verdenken, daß wir uns freuen, wenn solch ein Akt der Gerechtigkeit geschieht. Nun greift zu und feiert mit uns!«

Jefra wurde blaß. Der Dattelkuchen würgte in ihrem Hals. Durfte man das? Durfte man feiern, wenn andere starben? Daß andere starben? Natürlich konnte sie alles herbeten, was sie jeden Tag in der Schule hörte: Die Juden haben die Waffen, unsere einzige Waffe ist unsere Opferbereitschaft. Über die Selbstmordattentäter wurde gesprochen wie über Heilige. Sie hatten ihr Leben gelassen für das palästinensische Volk. Sie waren jetzt im Paradies.

Warum war Jefra gerade heute so schockiert? Glaubte sie denn nicht auch, daß alles gerechtfertigt war, was das palästinensische Volk in seinem Kampf um Freiheit und Unabhängigkeit stark machte? Daß die Menschen für ihre Rechte eintreten mußten, wenn es nicht anders ging, auch mit Gewalt?

Da war dieses Fernsehbild gewesen, das sie nicht losließ, die Leiche eines palästinensischen Kindes mit einem glitzernden Ohrring. Aber vor dieses Bild schob sich ein neues: ein jüdisches Kind in einer Pizzeria, das einen Sommertag mit seinen Eltern genoß. Im Bruchteil einer Sekunde war auch dieses Kind in die Luft gerissen und von der explosiven Gewalt einer Bombe zerfetzt worden. Was war der Unterschied? Wurde das Töten eines Kindes von einem furchtbaren Verbrechen zu einer guten Tat, nur weil das Kind ein Jude war?

Jefra suchte nach ihrem Vater. Er stand in einer Ecke, steif und ernst wie immer, sein Gesicht eine Maske. Und ihre Mutter? Sie hatte Jasir an die Hand genommen und beugte sich tief zu ihm hinunter. War das Zufall oder der Versuch, ihr Gesicht zu verbergen? Achmed und Tayseer heulten natürlich vor Begeisterung und fuchtelten mit ihren Messern wild in der Luft herum. Maryam war verschwunden. Ameera, ungerührt wie immer, drehte sich im Kreis und ließ ihren Rock wippen. Politik ist böse, aber Ameera ist schön.

Jefra legte den Teller mit dem angebissenen Kuchen auf den Tisch. Sie ging auf ihre Mutter zu und nahm ihr den quengelnden Jasir ab. »Ich gehe mit ihm nach Hause.« Baseema sah ihre Tochter an und verstand. Sie nickte mit den Augen.

ج

Jefra ging in den Suk, den Basar der Altstadt. Ihre Mutter hatte ihr einige Aufträge gegeben. Baseema arbeitete als Sozialpädagogin den ganzen Tag in einem Kindergarten und hatte keine Zeit zum Einkaufen. Und Jefra hatte ja Ferien.

Jefra ging gern in den Suk. Jefra ging nicht gern in den Suk. Auf der einen Seite liebte sie das farbige Leben, den Rummel, das Schreien und Feilschen, den Duft nach Gewürzen und frischen Früchten. Auf der anderen Seite haßte sie den Suk. Arabien wie im Kino. Mittelalter. Wasserpfeifen-Folklore. Müßige Männer im Café. Frauen mit dem Hijab, dem Kopftuch, oder im Khimar, total verschleiert, nur mit ausgesparten Augenschlitzen. »Die moderne arabische Frau gehört in den Hörsaal und hinter den Computer und nicht als Einkaufsesel in den Basar«, hatte sich Tante Nibal einmal ereifert und damit ausgesprochen, was Jefra fühlte. Baseema konnte Jefras Abneigung gegen den Suk nicht verstehen. Wieso konnte man denn nicht eine moderne Frau sein und trotzdem das traditionelle arabische Leben schätzen? »Du bist rebellisch, mein Kind«, hatte sie ihrer Tochter gesagt. »Du wirst es noch weit bringen oder kläglich scheitern mit deinen feministischen Ideen.«

Jefra suchte nach einer Bratpfanne und einem neuen Kopfkissen für Jasir, der immer mit weit geöffnetem Mund schlief und die Kissen verdreckte. Sie kam an einem Obststand vorbei, auf dem frische Feigen und Datteln zu appetitlichen Pyramiden gestapelt waren. Das Wasser lief ihr im Mund zusammen. Vor allem die dickfleischigen Datteln waren die reine Verführung.

Während sie noch überlegte, ob sie sich nicht wenigstens ein halbes Pfund leisten könnte, drehte sich plötzlich jemand nach ihr um.

»How do you do, Jefra?«

»Hi, Carolyn.«

Carolyn war Engländerin, eine ziemlich exzentrische Person, sprunghaft und launisch, aber eine Koryphäe in der englischen Literatur. Sie war mit Jefras Tante Nibal befreundet, die als Professorin an der Al-Quds-Universität arbeitete. In Nibals Wohnung gab es in regelmäßigen Abständen literarische Teekränzchen, die ganz von Carolyn dominiert wurden. Sie stellte literarische Neuerscheinungen vor, sie verlor sich in Interpretationen von Shakespeare bis Sarah Kane. Je blutrünstiger das Werk, desto emphatischer Carolyns Ausführungen über Gewalt und Katharsis. Daß die Damen des Zirkels, zumeist hartarbeitende Kolleginnen von Nibal, weniger von der Brutalität eines »Titus Andronicus« oder der Grausamkeit von Kanes »Gesäubert« als von der Gewalt des Schlafes übermannt wurden, nahm Carolyn nicht wahr oder überging es generös.

»Jefra, what are you doing?«

»I am going shopping, the same as you are doing.«

Carolyn lachte. »Gut gekontert, Jefra. Wie sind die Ferien für dich?«

»Boring, Carolyn, very boring.«

»Besuch mich doch morgen einmal. Ich gebe dir ein paar

Bücher von Jane Austen und den Brontë-Sisters, dann wirst du dich weniger langweilen.«

Jefra zögerte. »Ich glaube, Tante Nibal hat erwähnt, daß Sie in Westjerusalem wohnen. Bei den Juden. Es ist für mich ein Problem, Sie zu besuchen. Zumindest im Augenblick.«

»Ja, natürlich, Schätzchen. Wie konnte ich das vergessen. Sollen wir uns im American Colony treffen?«

Aber nur, wenn Sie den Tee bezahlen, dachte Jefra. Konnte Carolyn keinen anderen Treffpunkt nennen als dieses Luxushotel, das zwar in Ostjerusalem lag, in dem aber nur noch europäische und amerikanische Journalisten verkehrten? Würden die Kellner sie, Jefra, überhaupt hineinlassen?

Als Jefra sich am anderen Mittag zur verabredeten Zeit am Eingang des American Colony herumdrückte, mißtrauisch beäugt vom livrierten Türsteher, kam Carolyn herbeigerauscht wie ein englisches Landedelfräulein, das zur Fuchsjagd aufbricht. Sie trug ein dickes Tweedkostüm mit Schleifenbluse. Gewagt, bei 35 Grad Celsius, dachte Jefra. Eigentlich genauso verrückt wie die frommen Juden, die bei dieser Hitze im Kaftan und mit Pelzmütze herumliefen.

Sie setzten sich in den Innenhof des Hotels unter einen Zitronenbaum, auf dem sich weiße Blüten und leuchtende Früchte in absichtsloser Schönheit verschwendeten. Carolyn hatte die englischen Bücher vergessen.

»Sorry, Jefra, ich hatte einfach anderes im Kopf. Zum Beispiel, daß du in diesen animosen Zeiten mit einer israelischen Schülerin korrespondieren solltest. Du weißt ja: Wenn ich jemandem die Hand gebe, kann dieser nicht den Abzug am Gewehr bedienen. Mit den Brontë-Sisters kannst du dich auch noch als alte Frau beschäftigen. Hier ist die Adresse der Familie Goldman.«

Und schon winkte Carolyn einen Kellner herbei, legte einen 50-Schekel-Schein in das Ledermäppchen mit der Rechnung, winkte mit großer Geste ab, als der Kellner ihr das Wechselgeld geben wollte, und stand auf. 50 Schekel für zwei Tassen Tee!

Jefra war erschüttert. Und enttäuscht. Es war teuer, in Palästina englische Literatur zu kaufen. Wenn man überhaupt an diese Bücher herankam. Es wäre wunderbar gewesen, so bedeutende englische Schriftstellerinnen kennenzulernen. Die Alternative war nicht eben verlockend. Sie hatte absolut keine Lust, mit Israelis zu korrespondieren. Absolut nicht. Wozu denn auch? Und worüber überhaupt? Über Politik? Das wäre doch das Allerletzte.

Carolyn winkte ihr aus dem Taxi zu, mit dem sie nach Rehavia fuhr, nach Westjerusalem, zu den Juden. »Ich muß zu meinem Humphrey. Er wird alt und komisch. Und will nicht mehr allein sein. See you soon, Jefra.«

ج

Seit jener heftigen Auseinandersetzung einige Wochen zuvor holte Ibrahim seine Tochter Maryam jeden Abend im Redaktionsgebäude von »Al-Quds« ab. Wenn sie noch einen Artikel zu Ende schreiben oder redigieren mußte, wartete er geduldig. Sie sprachen nicht miteinander auf dem zwanzigminütigen Weg nach Hause. Maryam sprach auch nicht mehr mit ihrer Mutter. Maryam sprach nicht mehr mit Jefra. Sie saß in sich versunken abends am Tisch, aß Gurken und Tomaten und Brot, verschwand dann im Mädchenzimmer und hackte ohne Pause auf die Tasten des Computers ein, bis Ameera hereinkam und schlafen wollte. Dann stand Maryam auf und ging in den Garten.

An einem Samstag, als Jefra schon im Bett lag und las, hörte sie erregte Stimmen in der Küche. Sie konnte Maryams Stimme heraushören, sie war so schrill, daß sie umzukippen drohte. Dann kam die tiefere Stimme ihres Vaters, erst leise, dann sprunghaft ansteigend. Ihr Vater SCHRIE. Jefra hielt es nicht mehr im Bett. Leise öffnete sie die Zimmertür und blieb im dunklen Türrahmen stehen. War es die Kälte, die vom Steinfußboden hochkroch, oder waren es die Worte ihres Vaters, die wie eine eisige Hand nach ihr griffen?

»Du triffst dich mit einem Mann. Du verletzt unsere Ehre. Du schändest meinen Namen. Du verbaust deine Zukunft. Wenn du die Tochter meines Bruders wärest, wären deine Tage gezählt. Er würde dich töten. Und er würde den Mann töten, mit dem du dich einläßt. Ich werde dich nicht töten, weil ich nicht töten kann. Und ich will nicht noch einmal in ein israelisches Gefängnis gehen, und in ein palästinensisches schon gar nicht. Du gehst nicht mehr aus dem Haus. Khalas.«

Es wurden Türen geschlagen. Sie hörte einen spitzen Aufschrei, der nach der Stimme ihrer Mutter klang. Und wieder vernahm sie den Vater, der dieses Mal weniger erregt, aber unaufhörlich redete. Dabei sprach ihr Vater sonst immer nur zwei, drei Sätze. Jefra versuchte, einzelne Sätze zu verstehen, aber es gelang ihr nicht. Nur die Wörter »Ehre« und »Tod« konnte sie deutlich heraushören.

Sie schlüpfte geräuschlos unter die Bettdecke. Ihre Zähne schlugen aufeinander und machten ein merkwürdig fremdes Geräusch. Ein Klappern und Knirschen wie Fahnenstangen bei eisigem Ostwind. Welch eine Erleichterung wäre es gewesen, weinen zu können. Aber vor Entsetzen waren selbst ihre Tränen gefroren.

Als sie am nächsten Morgen aufstand, schlief Maryam noch. Einen Augenblick lang stand Jefra im Zimmer, durch das ein unentschiedenes Licht drang. Sie stand reglos und spürte die Kühle des Morgens, die schnell verfliegen würde. In zwei Stunden würde der Himmel von tiefstem, wolkenlosen Blau sein. Die Sonne würde scheinen, wie sie immer in Jerusalem schien: »golden und mitleidlos«. (So hatte es Tante Nibal einmal in einem Brief ausgedrückt.)

Jefra verspürte den spontanen Wunsch, Maryam aus dem

Schlaf zu rütteln und ihr Fragen zu stellen. »Ich verstehe dich nicht, erkläre mir, was du tust. Ist das Liebe, wenn man riskiert, getötet zu werden? Aber ein Mann, der dich liebt, wird dir doch nicht den Tod wünschen? Oder, was schlimmer ist als der Tod: von der Familie verstoßen zu werden. Dieser Mann muß ein schrecklicher Egoist sein. Er denkt doch gar nicht an dich. Dem ist doch einfach egal, was aus dir wird.

Ich weiß, du nimmst nicht gern den Ratschlag deiner kleinen Schwester an. Aber ich sage es dir trotzdem: Schick diesen Mann zum Teufel! Oder wenigstens in die Wüste. Er ist es nicht wert, daß du ihn liebst. Komm wieder zu uns zurück! Wir brauchen dich.«

ج

Aber Maryam war nicht ansprechbar. Ibrahim hatte ihren Chefredakteur besucht und sich anschließend einverstanden erklärt, daß sie weiterhin in die Redaktion ging. Die Familie brauchte das Geld, und Maryam brauchte eine Berufsausbildung. Zu Hause wurde Maryam nahezu unsichtbar. »Maryam, hörst du mich«, flüsterte Jefra jeden Abend, wenn sie wahrnahm, daß ihre Schwester ins dunkle Zimmer gehuscht kam. Aber Maryam antwortete nicht, kroch lautlos auf die Matratze und rollte sich in ihre Decke ein. Nur einmal durchbrach sie unvermittelt die Stille und sprach mit so lauter Stimme, daß sogar Ameera für einen Augenblick aufwachte: »Hör auf, Jefra, hör endlich auf, mich zu nerven. Davon verstehst du nichts.« »Wovon, Maryam, wovon?« drängte Jefra. Aber Maryam hatte ihr schon den Rücken zugekehrt.

Baseema hatte sich vorgenommen, nicht auf eine Aussprache mit Maryam zu dringen, sondern abzuwarten bis ihre Tochter reden wollte. Aber nach drei Tagen stieß sie sich wund an der

Mauer aus Schweigen. Der unerwartete Antrag eines Cousins lieferte den willkommenen Anlaß zu einem Gespräch.

»Ich muß mit dir sprechen, Maryam, und jetzt bleibst du hier in der Küche und läufst nicht in den Garten. Erinnerst du dich an Majd?«

»Den Kürbis?« fragte Maryam störrisch zurück. Baseema überging den wenig schmeichelhaften Spitznamen, den Ibrahims Neffe zweiten Grades in der Familie hatte.

»Majd hat bei deinem Vater um deine Hand angehalten. Ibrahim hat ihn vertröstet. Du fühltest dich noch zu jung. Aber du weißt, Papa hat Angst, dich zu fragen, ob du Majd heiraten kannst. Er hat Angst, daß bei der Hochzeit herauskommt, daß du nicht mehr jungfräulich bist. Er hat Angst vor der Schande, aber mehr noch hat er Angst, was mit dir geschehen könnte. Sag mir jetzt ganz genau, was mit diesem Mann in der Redaktion war!«

Maryam lachte schrill auf. »Nichts war, gar nichts war. Beruhigt euch, die Jungfrau ist noch immer unberührt, die Ware noch verkäuflich. Es war nichts mit diesem Mann als die ganz große Liebe. Aber glaubt ja nicht, daß ihr mich jetzt als angestaubtes Exemplar an Majd, den Kürbis, verschachern könnt.«

Baseema wurden die Knie weich. Nicht vor Erleichterung, nicht vor Zorn über Maryams Aggression, nur vor Mitleid mit ihrer Tochter, die den falschen Traum geträumt hatte.

»Wenn dich dieser Mann liebt, warum kommt er nicht zu uns und spricht mit deinem Vater? Du weißt, daß Ibrahim tolerant und großzügig ist und seine Tochter glücklich sehen will.«

»Der Mann ist verheiratet«, sagte Maryam und ging rasch in den Garten, bevor Baseema sich von diesem Schlag erholen konnte. Diese Neuigkeit konnte sie Ibrahim nicht erzählen, niemals. Lag es an den Zeiten, daß so viele Leute verrückt wurden, sich wie Lemminge in ihr Verderben stürzten, Dinge taten, die sie mit Sicherheit bereuen würden?

»Es ist einfach zu heiß«, sagte Baseema laut. Jefra, die gerade zur Tür hereinkam, lachte auf und nahm ihre Mutter in den Arm. »Jetzt hast du es endlich auch einmal gesagt, Mama: Es ist zu heiß. Der Khamasine dörrt einem die Kehle aus und schmilzt das Gehirn zu Brei. Ich kann gar nicht mehr denken.«

ج

Nachmittags, wenn Maryam in der Redaktion war, konnte Jefra den Computer benutzen. Falls nicht gerade Tayseer oder Achmed darauf bestanden, ihn dringend für ihre Hausaufgaben zu benötigen. Dabei machten sie ohnehin nur Computerspiele.

Im Internet zu surfen, machte Jefra wenig Spaß. Auf ihre Fragen hatten die Suchmaschinen ohnehin keine Antwort. Aber Schreiben war schön. Sie konnte sich Geschichten ausdenken, sie eintippen und dann an ihnen »herumbasteln«, wie sie es nannte. Einmal hatte sie in der Schule einen Preis für eine kurze Erzählung erhalten. Miss Tahani, die Arabischlehrerin, hatte sie vor der Klasse gelobt. Die Geschichte sei patriotisch, die Feder sei das Schwert der Frauen. Jefra hatte kaum das Lachen verbergen können. Als hätte sie den Text mit einem Gänsekiel geschrieben!

Und in der Geschichte hatte sie auch nicht mit dem Schwert dreingeschlagen. Sie hatte sich große Mühe gegeben, die Seelenlage eines verstörten Kindes zu beschreiben, seine Phantasien und Alpträume in einem Umfeld, das durch Krieg geprägt war. Dabei hatte sie sich nicht festgelegt, ob dieses Kind ein jüdisches oder ein palästinensisches war. Oder ein Kind irgendwo auf der Welt. Aber für Miss Tahani und ihre Klassenkameradinnen mit ihren klaren Feindbildern konnte niemand ein Opfer sein als ein Palästinenser. Ein bißchen enttäuschend war es gewesen, daß es allen nur um den »patriotischen Geist« in ihrer Erzählung gegangen war. Literatur hatte für sie nur die Aufgabe, das palästinensische Volk stark zu machen in seinem

Kampf um Freiheit von der Okkupation. Niemand hatte etwas zu ihrer Sprache gesagt hatte, zu der Art, wie sie eine besondere Stimmung erzeugt hatte, eine düstere und gleichzeitig eine helle, weil Kinder trotz schlimmer Erfahrungen eine unzerstörbare Kraft behalten.

Wenn ihr keine Geschichte einfiel, schrieb Jefra Briefe auf dem PC und verschickte sie per E-Mail. An ihre Klassenkameradinnen natürlich, aber auch an Tante Nibal, an eine Cousine in Nablus, die sie seit Ausbruch der Intifada nicht mehr gesehen hatte, an eine Brieffreundin in Virginia, USA. An diesem Nachmittag überlegte sie, ob sie Carolyn schreiben und sie nach Jane Austen und den Brontës fragen sollte. Aber vielleicht war das doch etwas aufdringlich.

Beim Abendessen erzählte ihr Vater, daß er gesehen habe, wie in der Nähe des Tempelberges drei israelische Soldatinnen zwei junge palästinensische Männer gezwungen hatten, sich mit dem Rücken an eine Hauswand zu stellen, die Arme hoch über den Kopf gestreckt. Sie hatten die Männer so stehen lassen, sich lauthals über sie lustig gemacht (Ibrahim hatte ja im Gefängnis Hebräisch gelernt und verstand alles), hatten mit Soldaten geflirtet, auf ihren Mobiltelefonen herumgespielt, ohne die Gewehre auch nur eine Minute von ihren Zielscheiben abzuwenden. Das sei eine ganze Weile so gegangen. Dann sei eine ältere jüdische Frau vorbeigekommen und habe die Soldatinnen angeherrscht: »Was fällt euch ein! Was ihr macht, ist verboten. Israel ist ein Rechtsstaat und achtet die Menschenwürde! Ich werde euch anzeigen. Sofort laßt ihr die Männer frei!«

»Und was ist passiert?«

»Die Soldatinnen haben die Frau festgenommen, innerhalb von drei Minuten war ein Polizeiauto da und hat sie abtransportiert. Die alte Frau hat wie der Teufel geschrieen und sich gewehrt. ›Was macht ihr aus Israel?‹ hat sie gerufen.«

»Und die palästinensischen Männer?«

»Sie haben die Aufregung genutzt und sind verschwunden.«

»Aber diese jüdischen Soldatinnen – sie waren doch Frauen. Wie können denn Frauen so etwas tun?«

»Sei doch nicht so schrecklich naiv, Jefra«, stöhnte Maryam, stand auf und ging in den Garten.

Jefra verschwand im Mädchenzimmer, kleinlaut, wütend, niedergeschlagen. Als sie den PC hochfuhr, fiel ihr plötzlich die E-Mail-Adresse ein, die ihr Carolyn vor ein paar Wochen gegeben hatte. Komisch, daß sie die Karte nicht weggeworfen hatte. Und sie sogar auf Anhieb fand. Auf der Karte stand der Name Ruth Goldman.

Ohne zu überlegen, was sie sich eigentlich davon versprach, hämmerte Jefra in die Tasten:

Hi Ruth,
ich kenne dich nicht, du kennst mich nicht. Wir haben eine gemeinsame Bekannte, Carolyn Wilford, die meint, wir sollten uns schreiben. Noch vor kurzem habe ich gedacht: Warum denn, was habe ich mit einer Jüdin zu schaffen? Und dann noch in diesen Zeiten?
Wenn ich trotzdem heute abend schreibe, dann, weil ich einfach einmal von einem gleichaltrigen jüdischen Mädchen wissen möchte, was es über die Besatzung denkt. Ich bin so voller Zorn, wenn ich sehe, wie eure Panzer ihre Mündungen auf zehnjährige Jungen richten und alte Männer von euren Soldaten behandelt werden, als seien sie Dreck. Manchmal wird mir der Hals eng, und ich denke, ich bekomme einfach keine Luft mehr. Ich ersticke an der Gewalt, die uns angetan wird. Immer wieder frage ich mich, und diese Fragen machen mich verzweifelt: Warum geschieht das alles? Warum dürfen wir nicht in Freiheit leben? Warum seid ihr die Herren, warum sind wir die Knechte? Warum dürft ihr uns unser Land nehmen, wie es euch gefällt? Findest du das gerecht?
Wie alt bist du eigentlich? Ich hoffe, daß du keine Soldatin bist,

sondern zur Schule gehst wie ich. Wahrscheinlich leben wir einen oder zwei Kilometer auseinander, beide Jerusalemitinnen, aber weiter entfernt, als wenn wir auf verschiedenen Erdteilen lebten.
Jefra, sechzehn Jahre alt, Jerusalem, Palästina

ج

Heute kam Tante Nibal »auf einen Sprung« vorbei. Sie kommt immer nur »auf einen Sprung«, hüpft durch unsere Wohnung wie ein Vogel, der sich neugierig in allen Zimmerecken niederläßt, aber unaufhörlich mit den Flügeln schlägt, damit er auch ja schnell wieder ins Freie kommt.

Tante Nibal sieht auch aus wie ein Vögelchen, so klein und dünn und unscheinbar, daß niemand glauben kann, daß sie eine Schwester von Mama ist. »Sie ißt nicht richtig«, sagt Mama. »Sie hat eben keinen Mann, der sie fickt«, sagt Tayseer, wenn Mama es nicht hört.

Also, Tante Nibal schwirrte herein. Wie immer war sie behängt mit riesigen Plastiktüten, die sie noch kleiner aussehen ließen. In den Plastiktüten steckten Bücher. Irgendwie hat Nibal so einen Tick: Die Welt muß lesen, sonst versinkt sie im Chaos. Ich glaube, sie fürchtet sich nicht so sehr vor Krankheit, Gewalt und Tod wie vor Unbildung.

»Wir Palästinenser sind die intellektuelle Elite des großen arabischen Volkes, in alle Länder haben wir Lehrer exportiert wie einen wertvollen Rohstoff. Jetzt aber schreitet der Analphabetismus voran«, predigt sie mit hoher Stimme. Wir Kinder feixen hinter ihrem Rücken.

Das heißt, ich feixte nicht mehr. Ich war gespannt, welch köstliche Gaben Tante Nibal aus ihren Tüten schüttete. Wenn Nibal bei uns ist, hat sie keine Zeit. Aber sie muß eine Menge Zeit damit verbringen, ihre Schätze für uns zusammenzutra-

gen. Ich vermute sogar, daß sie heimlich in der Buchhandlung Steinmatzky in der Jaffa Street einkauft. Bei den Juden. Aber diesen Verdacht äußere ich lieber nicht.

Tante Nibal hatte alle Bücher in buntes Papier eingepackt, jedes in ein anderes, damit uns das Auspacken Spaß machte. Jasir war natürlich als erster an der Reihe. Er jubelte und quietschte. In seinem Bilderbuch tritt ein kleiner Esel seinen Herrn ständig in den Hintern, weil dieser ihm zu große Säcke auflädt. Tayseer und Achmed stürzten sich auf ihre Bildbände über Baseball und American Football, legten die Bücher aber nach wenigen Minuten zur Seite. Ein echter Fußball wäre ihnen lieber gewesen. Ameera bekam ein Buch mit Abbildungen von Schmusepuppen. Da würde sie vermutlich Ideen für ihr eigenes Outfit finden. Maryam packte das neue Buch von Paul Auster aus. Maryam schwärmt für amerikanische Romane und liest sie am liebsten im Original. Für Mama gab es ein italienisches Kochbuch. Sie lachte: »Ach Nibal, wenn du mir doch die Zeit dazu schenken würdest, all die köstlichen Rezepte auszuprobieren.« »Und genügend Geld«, meldete sich Ameera vorlaut. Es war uns allen peinlich, aber Tante Nibal ging darüber hinweg, als hätte Ameera einen altklugen Witz gemacht.

Das Buch für Papa war verdächtig groß. Beim letzten Mal hatte Tante Nibal ihm einen prachtvollen Bildband über die schönsten Hotels der Welt mitgebracht. Sie hatte ja nicht ahnen können, daß Papa gerade zwei Tage zuvor seine Stelle im Paradise-Hotel verloren hatte. Ich war erleichtert, daß jetzt aus dem Geschenkpapier ein Band über die Geschichte Jerusalems hervorkam.

Papa betrachtete die Bilder von der Stadtmauer Süleymans des Prächtigen und wurde plötzlich melancholisch: »Da lebten wir unter den Türken.« Bei einer Ansicht des YMCA-Gebäudes sagte er: »Da lebten wir unter den Engländern.« Plötzlich war es mucksmäuschenstill, wir waren von Papa solche Kommentare nicht gewöhnt. Und wir spürten eine Trauer in ihm, mit der wir nichts anfangen konnten. Nibal aber störte sich nicht an seiner Melancholie und unserer Verwirrung. »Nun mach mal einen Punkt, Ibrahim«, sagte sie. »Willst du bis zur römischen Besatzung Palästinas zurückgehen? Auch noch die Herrschaft von Byzanz erwähnen? Vergiß nicht die Kreuzfahrer und in jüngerer Zeit unsere jordanischen Brüder, die uns zwar nur zwanzig Jahre ›verwaltet‹ haben, aber auch nicht gerade freundliche Herrscher waren. Und jetzt natürlich seit fünfzig Jahren die jüdischen Despoten. Was soll das zahnlose Gejammere? Willst du sagen, daß die Palästinenser ein Volk sind, das danach schreit, unterdrückt zu werden? Wir sind nicht zu Sklaven geboren, das weiß niemand so gut wie du. In deiner Jugend hast du gegen die Unfreiheit gekämpft. Ich sage ja nicht, daß du eine Waffe in die Hand nehmen sollst, da sei Allah vor, aber denk auch daran, daß wir die Waffen des Geistes haben. Der Widerstand beginnt im Kopf.«

Wir guckten alle auf den Boden. Wie würde Papa darauf reagieren, daß Tante Nibal, eine Frau, so mit ihm redete, es wagte, ihrem Schwager »die Leviten zu lesen«?

Bevor Papa antworten konnte, packte ich rasch mein Buch aus. Eine Sammlung moderner arabischer Erzählungen, alle von Frauen geschrieben. Ich fiel Tante Nibal um den Hals. Ihre riesige Brille rutschte von der Nase und fiel auf den Boden. »Sie hat einen Blick wie ein Habicht, ihr entgeht nichts«, hat Mama einmal gesagt, als wir Kinder fragten, warum die Tante so große Augen hinter ihrer Brille habe. Wobei niemand von uns wußte, was ein Habicht ist.

Aber diese großen, weitsichtigen Augen können lachen. Als ich ihr die Brille reichte, strahlte sie mich an. »Jefra, wir Frauen sind auf dem Vormarsch. Und du hast die richtige Lesewut. Aus dir wird etwas werden.« Nibal ließ sich gerade noch dazu überreden, ein paar Feigen zu probieren – schon war sie wieder weg.

Abends hörte ich zufällig meinen Vater zu Mama sagen: »Ich hoffe, daß Nibal unsere Jefra nicht verdirbt. Es ist ja schön und gut, eine kluge Frau zu sein. Aber eine Frau, die einem Mann widerspricht, bleibt allein, und eine Frau ohne Kinder ist ein Nichts.« In diesem Augenblick haßte ich meinen Vater. Ich haßte in ihm den arabischen Mann.

ج

Die Besuche häuften sich in diesem langen Sommer. An einem Tag, mitten in der Woche, erschien Cousin Majd bei den Namadis. Den Spitznamen »Kürbis« hatte er natürlich wegen seines Aussehens: ein langes schmales, konisch zulaufendes Gesicht saß unter schon fast schütterem Haar (was in Palästina eine Seltenheit ist), darunter steckte ein enger, wie zugeschnürt wirkender Brustkorb, der sich in einen viel zu breiten Unterkörper verlängerte – ein Schlangenkürbis eben. Majd galt in der Familie als gehemmt, aber klug. Er hatte politische Wissenschaften in Bir Zeit studiert, war dort Dozent und wäre vielleicht schon Professor, wenn die Zeiten besser gewesen wären.

Majd setzte sich ins Wohnzimmer zu Ibrahim. Sie schienen auf Maryam zu warten, die einen Termin an der Al-Quds-Universität hatte, wo der Präsident, Sari Nusseibeih, eine Pressekonferenz abhielt. Jefra brachte den Männern Tee. Während sie die Tassen füllte, sah sie, daß Majd sie gedankenverloren musterte, als entdecke er, daß dieses Haus mehrere Optionen bereithielt. Jefra schauderte. Natürlich müßte auch sie eines Tages heiraten, aber keinesfalls wollte sie einen Mann wie Majd nehmen müssen. Und auch Maryam sollte einen attraktiveren Mann bekommen.

Tayseer und Achmed stürmten ins Wohnzimmer. Achmed hatte doch wahrhaftig in der Altstadt eine Kipa gekauft, dieses runde Käppi, mit dem fromme Juden den Hinterkopf bedekken. Das trug er jetzt, damit Tayseer und er noch naturalistischer »Shaheed« spielen konnten, das Märtyrer-Spiel, bei dem ein Selbstmordbomber an fiktiven Strippen riß und der Kipa-Jude geräuschvoll auf den Boden knallte.

»Es ist so geschmacklos und unmöglich, Mama, verbiete es ihnen. Wenn sie so weitermachen, werden sie noch echte Bomber. Oder werfen Steine und werden von israelischen Panzern niedergemäht. Mama, tu etwas! Verbiete es ihnen!«

»Wir sind alle so verzweifelt«, sagte ihre Mutter.

Majd musterte durch seine runde Nickelbrille erstaunt die Zwillinge. Die Kipa schien ihn zu irritieren. Aber bevor er etwas fragen konnte, waren die Jungen schon wieder mit lautem Gebrüll aus dem Raum gestürmt. Dann kam Jasir mit seinen ungelenken, spastischen Schritten herein, setzte sich neben Majd, aß ihm die zum Tee servierten Pistazienplätzchen weg, strahlte ihn an und sagte: »Achmed und Tayseer machen immer takh, takh, takh, schießen, schießen, schießen. Warum tun sie das?«

Majd zog Jasir an sich heran. »Stell dir vor, Jasir, du lebst mit Mama und Papa und Jefra und Tayseer und Ameera und Achmed in einem schönen großen Haus, schöner und größer als dieses hier.«

»Und Maryam«, warf Jasir ein.

»Ja, natürlich, und Maryam«, sagte Majd und wurde rot, was aber nur Jefra bemerkte.

»Euer Haus ist so groß, daß einige Räume sogar leer stehen, weil ihr sie nicht braucht. Eines Tages kommt eine Familie an eure Haustür. Die Leute sehen erbärmlich aus, krank, ausgehungert, Angst in den Augen. Sie sagen: ›Habt ein Herz, gebt uns etwas zu essen, laßt uns in eurem Haus Schutz suchen vor den bösen Wölfen, die hinter uns her sind und uns fressen wollen.‹«

»Kommt rein!« sagte Jasir, strahlte und mümmelte Kekse.

»Natürlich laßt ihr sie rein. Ihr seid gastfreundlich und hilfsbereit, ladet sie ein, an eurem Tisch mit euch zu essen, gebt ihnen Betten zum Schlafen, teilt alles, was ihr habt, mit ihnen.«

»Aber nicht meinen kleinen Schaufelbagger«, wandte Jasir ein.

»Das ist in Ordnung. Den Schaufelbagger nicht. Nach vier Wochen ist die Familie gut genährt, gesund, und Wölfe gibt es hier ohnehin nicht. Sie könnten also wieder gehen. Aber die Tochter der Familie kommt und sagt: ›Ihr müßt das verstehen, ich brauche ein eigenes Zimmer. Ameera, Jefra und Maryam sollen mir ihres geben.‹ Der Sohn baut sich im Garten ein Sommerhäuschen und läßt euch nicht hinein. Eure Schaukel, die im Garten stand, hat er abgebaut und dem Nachbarn verkauft. ›Ich brauche Achmeds Computer, weil ich Geschäfte machen will‹, sagt er. Und bevor Achmed etwas einwenden kann, steht der Computer schon im Sommerhäuschen. Eines Tages entdeckt Ameera, daß nicht mehr euer Name auf der Haustürklingel steht. Nicht mehr ›Namadi‹, sondern ›Schmueli‹.«

»Gemein, gemein«, rief Jasir.

»Schließlich vertreibt euch diese Familie aus eurem Haus, und ihr müßt alles zurücklassen und in ein Lager ziehen, wo ihr mit vielen anderen Menschen lebt, die auch ihr Haus verloren haben.«

»Böse Leute, blöde Leute, doofe Leute«, rief Jasir.

Doch kein Wechsel in der Formulierung, dachte Jefra. Laut sagte sie: »Und wie meinst du, Majd, können wir unser Haus zurückbekommen?«

Majd fuhr sich mit der Hand über das schüttere Haar. »Wenn ich das wüßte. Alle sagen: Die Juden verstehen nur die Sprache der Gewalt. Vielleicht stimmt das, vielleicht auch nicht. Vielleicht haben wir noch nicht laut genug gesagt: Das ist Unrecht, was hier geschieht!«

»Takh, takh, takh«, schrie Jasir.

Ibrahim erhob sich aus seinem alten verschlissenen Sessel aus braunem Leder, der in der Familie »Patriarchensessel« genannt wurde, und sagte mit deutlicher Schärfe: »Als hätten wir seit 1948 nicht genug unsere ›Nakbah‹ beklagt, die Katastrophe, die uns unser Land und unsere Würde gekostet hat und die bis heute andauert.«

Er ging aus dem Raum. Maryam war noch immer nicht nach

Hause gekommen. Jefra sah, daß Majd, der Kürbis, nach Ibrahims Zurechtweisung die Augen niedergeschlagen hatte. Seine Wimpern waren so lang wie die einer Frau.

ج

Ruth antwortete nicht. Wahrscheinlich war mein Brief zu aggressiv, dachte Jefra. Vielleicht würde ich auf solch einen Brief auch nicht antworten. Ich hätte doch lieber Carolyn schreiben sollen.

Während alle im Haus in der Mittagshitze träge vor sich hindösten, hatte Jefra eine Idee. Sie murmelte vor sich hin, sie müsse Bücher abholen, was ziemlich genau der Wahrheit entsprach, und marschierte schnurstracks zum Haus des British Council in der Nablus Street, klingelte und fragte den jungen Mann am Empfang in perfektem Englisch, das sie auf dem Weg geübt hatte: »Ich möchte gern Bücher von Jane Austen und den Brontë-Sisters ausleihen. Ist das möglich?«

Der junge Mann hinter dem Schreibtisch war Engländer und kein Palästinenser. Um so leichter war es für sie, seinem Blick standzuhalten. Hier erwartete niemand, daß sie errötend die Augen niederschlug.

»Wir werden es möglich machen«, sagte er mit ungewöhnlich hoher und melodiöser Stimme. Sie erinnerte Jefra an altenglische Madrigale von John Dowland, die sie auf einer CD gehört hatte, die Carolyn ihr einmal geschenkt hatte. »Sie müßten allerdings Mitglied des British Council werden. Da Sie ja noch Schülerin oder Studentin sind, ist der Beitrag gering.« Er nannte den Preis, und Jefra überlegte sekundenschnell, daß sie dafür einmal im Monat aufs Eis-Café verzichten müßte.

»Gibt es bestimmte Titel, die Sie wünschen?«

Jefra kam ins Stottern. »Was immer Sie haben.«

»Mir persönlich gefällt ›Jane Eyre‹ von Charlotte Brontë am

besten. Einmal bin ich ein Wochenende eigens von London nach Yorkshire gefahren, um die Landschaft kennenzulernen, in der die Bücher der Brontës spielen. Das Pfarrhaus von Haworth, in dem sie gelebt haben, steht noch. Sehr düster, sehr abweisend. Es gibt ein kleines Museum darin.«

»Sehr interessant.«

Jefra dauerte das Gespräch allmählich zu lange, ihr wurde unbehaglich. Vielleicht erlebte sie ja jetzt, was Carolyn »reizende englische Konversation« genannt hatte. Sie sah an den braunen Locken einfach vorbei.

Die braunen Locken empfingen das Signal, und der junge Mann darunter sagte: »Kommen Sie doch in drei Tagen wieder vorbei. Good bye.«

Alles in der Welt mußte man sich verdienen. Und sei es mit reizender Konversation. Mit ihren sechzehn Jahren hatte sich Jefra gerade als geschäftsfähig erwiesen. Und sie konnte jetzt englische Bücher lesen, soviel sie wollte. Ihre Eltern sollten möglichst nicht erfahren, daß sie allein und ohne Begleitung mit einem jungen Engländer gesprochen hatte. Sie hatten mit Maryam genug zu tun. Aber schließlich herrschte echter Notstand, wenn Tante Nibal nur alle halbe Jahre mit einem Buch anrückte und man nie genug zu lesen hatte. Und der Sommer sich dehnte wie ein langes weißes Tuch, das in der Sonne fadenscheinig und brüchig wurde.

ج

Als Ruths Brief in meiner Mail-Box in der Rubrik »Posteingang« erschien, wollte ich ihn erst gar nicht lesen. Ich hielt die Maus in meiner Hand, spielte an ihr herum, bewegte meinen rechten Zeigefinger auf der linken Taste und konnte mich nicht entschließen, sie zu drücken und damit den Brief zu öffnen. Ich hatte Angst. Angst davor, daß Zorn über mich kommen und mich wehrlos machen könnte. Ich habe mir vorgenommen, nicht zu hassen. Das ist eine Entscheidung, die mein Kopf getroffen hat. Aber ich weiß, daß ich hassen kann, daß mich Gefühle überschwemmen können, so heiß und wild, daß ich ihnen nichts entgegenzusetzen habe. Deshalb wollte ich Ruths Brief nicht lesen. Und warum hatte sie sich zehn Tage Zeit gelassen? Bestimmt, um mit der typisch israelischen Besserwisserei und Hochnäsigkeit auf das dumme palästinensische Mädchen herabzublicken und ihm die Weltlage zu erklären. Aus jüdischer Perspektive, versteht sich. Nein, das hatte ich nicht nötig, das nicht. Ich fuhr den PC herunter und setzte mich an »Jane Eyre«, das mir Ian im British Council besorgt hatte. Ich las, wie Jane nach Lowood kommt, vertrieben von ihrer Tante, Mrs. Reed, und deren Schikanen, vereinsamt, aber ungebrochen und STOLZ. Jane gefiel mir. Ihr Schicksal trieb mir die Tränen in die Augen, die ich aber nicht zeigen wollte, weil mich meine Mutter dann als sentimentales kleines Kätzchen bezeichnet hätte.

An diesem Nachmittag las ich mit Erleichterung, daß Jane aus den Fängen ihrer Tante und deren bösartiger Kinder entkommen war, aber meine Gedanken wanderten immer wieder zu Ruth. Schließlich gab ich es auf, fuhr den PC erneut hoch und öffnete ihren Brief. Als ich ihn gelesen hatte, saß ich still auf meinem Stuhl und rührte mich nicht. Ich war enttäuscht und wußte nicht, warum. Ich war glücklich und wußte auch nicht, warum. Ich war gewohnt, immer ganz klare Gefühle zu haben, heiß oder kalt, begeistert oder uninteressiert, glücklich oder traurig, voller Liebe oder voller Abscheu. Ruth aber löste keines dieser Gefühle in mir aus, sondern ein anderes: Fremdheit.

Ruths Brief war kurz:

Hi, Jefra,
du hast recht: Carolyn ist eine verrückte Type, aber ich habe etwas übrig für solche Typen. Warum sollen wir nicht ver-

suchen, miteinander ins Gespräch zu kommen? Ist doch eine klasse Idee. Ich wohne in Emek Refa'im, bin sechzehn Jahre alt, eine mittelmäßige Schülerin, aber eine total begeisterte Balletttänzerin. Ballett ist mein Leben. Ich habe eine Menge Freundinnen und bin ständig auf Achse. Die Intifada finde ich genauso beschissen wie du. Wir sollten aufhören, uns die Köpfe blutig zu schlagen. Diese Meinung ist im Augenblick nicht gerade angesagt, weder hier, noch wahrscheinlich bei euch. Aber wir beide können denken, was wir wollen. Wer kann uns daran hindern? Shit auf alle, die uns unsere Jugend versauen.
Love, Ruth

Nach einer Weile wußte ich, was mich so ratlos machte. Ruths Brief war zu einfach. Als gäbe es keine Konflikte zwischen unseren Völkern, die nicht mit einem Federstrich aus der Welt zu schaffen wären.

Sollte ich Ruth antworten? Konnte ich einem Mädchen Briefe schreiben, das nicht wußte, was Leiden bedeutete? Abgesehen davon: Ballett hatte mich noch nie interessiert.

ج

»Mama, ich gehe morgen nachmittag fort. Ich bin um sechs Uhr wieder zu Hause.«

Baseema war froh, wenn Jefra mit ihren Freundinnen »ausging«. Das Ausgehen beschränkte sich ja ohnehin darauf, durch die öden Straßen des östlichen Jerusalems zu streifen und irgendwo ein Eis zu essen. Oder bei einer Freundin Musik zu hören. Die Sommerferien waren wirklich eine Prüfung für die Kinder. Jefra führte den Haushalt, kochte, putzte, wusch die Wäsche. Und abends saß sie in einer Ecke und las. Wo blieb der »süße Vogel Jugend«? Sie war so ernst geworden, so in sich gekehrt.

»Wohin gehst du?« fragte Baseema mechanisch, während sie am Herd das Abendessen für Ibrahim und sich aufwärmte. Sie drehte sich um, als keine Antwort kam. Jefra stand da, als hätte sie die Frage nicht gehört. Sie kaute auf einer Haarsträhne, die ihr ins Gesicht gefallen war. »Wohin gehst du?«

»Ich will in den Westen. Ich treffe mich mit einer Jüdin. Sie heißt Ruth.« Jetzt war es heraus.

Baseema hielt unwillkürlich inne. Sie war so verblüfft, daß sie Zeit brauchte, um zu reagieren.

»Das ist doch wohl nicht dein Ernst, Jefra. Woher kennst du eine Jüdin? Und weißt du denn, wie gefährlich es im Westen ist? Was wird dein Vater sagen? Hast du eine Ahnung, wie er unter den Juden gelitten hat? Weißt du, wie er sich fühlen muß, wenn Jefra, seine Tochter, sich mit dem Feind trifft? Jefra, Jefra, du weißt, ich verabscheue Gewalt und sehne mich nach Frieden oder wenigstens nach Ruhe. So wie du. Aber du kannst dich nicht mit einer Jüdin treffen. Nicht jetzt, nicht morgen, nicht in diesen Zeiten.«

»Das Foto hat alles entschieden.«

Jefra zog ein Bild aus der Tasche, ein Farbfoto, das ein junges Mädchen zeigte mit auffallenden roten Locken und einem ungezwungenen herzhaften Lachen, das alle Haare mit elektrisierender Spannung aufzuladen schien.

»Das Mädchen sieht aus wie ein Model, das für irische Butter Reklame macht, und nicht wie eine Jüdin.«

»Die Familie stammt ursprünglich aus England, lebt aber schon seit drei Generationen im Land.«

»Aber Jefra, es geht nicht. Auch wenn sie nicht danach aussieht, als wolle sie dich in eine Falle locken. Die Zeiten sind nicht danach, daß man miteinander reden kann. Wenn sie jemals danach waren.«

»Mama, genau darum, weil die Zeiten nicht danach sind, sollten Ruth und ich versuchen, miteinander zu reden. Wie soll sich denn irgend etwas ändern, wenn wir nicht anfangen, Verständnis für den Nachbarn aufzubringen?«

»Verständnis? Sagtest du Verständnis, Jefra? Soll ich Verständnis dafür haben, daß diese unsere Nachbarn Papa vier Jahre eingesperrt und jetzt auch noch arbeitslos gemacht haben, daß wir Papas Mutter in Hebron, deine Großmutter, seit zwei Jahren nicht besuchen können, obwohl sie unsere Hilfe braucht, daß Schwager Samirs Haus dem Erdboden gleichgemacht worden ist, weil es angeblich nicht den jüdischen Bauvorschriften entspricht? Verständnis, Jefra?«

Baseema redete sich in Wut. Es war alles zuviel. Die Geschichte mit Maryam, Jasirs Behinderung, das schlechte Zeugnis der Zwillinge mit der Androhung, sie müßten die Schule verlassen, wenn sich ihre Leistungen nicht verbesserten, es war zuviel. Bei alledem war immer noch Jefra ein Fels in der Brandung gewesen, ein Muster an Zuverlässigkeit und Besonnenheit. Und jetzt das! Jefra wollte sich mit einer Jüdin treffen!

»Reg dich ab, Mama, ich bleibe hier«, sagte Jefra. »Aber die Welt ändert sich nicht durch Klein-Beigeber.«

Und was ist das neuerdings für eine Sprache, die Jefra da spricht, dachte Baseema.

ج

Meine Mutter tut mir leid. Ob sie meinen Vater immer noch liebt? Er zaubert nie ein Lächeln auf ihr Gesicht, nie einen versonnenen Zug, in dem die Liebe wenigstens als Erinnerung aufscheint. Dabei war es doch einmal »true love«.

Man spürt nichts mehr davon. Sie erträgt ihn, vielleicht achtet sie ihn noch, die Würde seines Schmerzes. Aber als ein Mann, der ihr das Leben leichter machen und Steine aus dem Weg räumen sollte, hat er versagt. Er macht ihr das Leben noch schwerer.

Das Glück einer palästinensischen Frau besteht darin, daß die Familie glücklich ist. A'ila und Hamule, Familie und Klan, diese Worte höre ich jeden Tag, sie werden beschworen, als seien sie etwas Göttliches, an das man nicht rühren darf. Doch außer Ameera scheint niemand von uns glücklich zu sein. Tayseer und Achmed werden immer radikaler und aufmüpfiger, je mehr sie vorausahnen, daß sie als Schulversager auf die Straße gesetzt werden. Jasir wird erst gar nicht in die Schule gehen können. Spezielle Förderungseinrichtungen gibt es nicht für ihn, nicht jetzt in Unfriedenszeiten. Und mich selbst treibt jede Ungerechtigkeit, von der ich höre, in Zorn und Verzweiflung. Woran soll ich noch glauben?

Die Zukunft breitet sich vor mir aus wie ein Stück Land, das von Bombeneinschlägen aufgerissen ist. Es wächst kein Grashalm mehr. Ich sehe nichts als dürren Boden, Baumstümpfe, dunkle Erdtrichter und eine ungeheure Leere. Noch gehe ich zur Schule. Auch wenn ich nicht immer gern gehe, wenn ich Miss Ghada fürchte und Miss Reem mich langweilt, so ist die Schule doch ein geschützter Raum. Sie ist umgeben von einer großen steinernen Mauer, die das Leben fernhält, das sich draußen abspielt. Aber jeden Nachmittag, wenn wir nach der Schule aus dem eisernen Tor auf die Nablus Street hinaustreten, hat uns dieses Leben wieder. Dann sehe ich den Müll auf den Straßen, die Gemüseabfälle, die zerlesenen Zeitungen, das Meer von Plastiktüten. Ich sehe die verwahrlosten Häuser, in deren obersten Stockwerken die Fenster mit Pappe abgedichtet sind, weil sich niemand mehr einen Glaser leisten kann. Und ich sehe unzählige israelische Soldaten und Polizisten, die in der Straße und auf dem Platz vor dem Damaskustor, auf dem sich der »Peddler Market« ausbreitet, patrouillieren, manchmal sogar auf Pferden. Pferde sind in Jerusalem ein seltener Anblick. Und obwohl ich Pferde mag und für edle Tiere halte – hier am Damaskustor machen sie mir Angst. Ihre Nüstern zittern, als witterten sie Gefahr. Es riecht nach Gewalt, wenn berittene Polizei auftaucht. Dann gehe ich schnell zur Bushaltestelle und versuche, auf kürzestem Weg nach Hause zu kommen. Kein Schwatz mehr mit Rana, meiner besten Freundin.

»Wir telefonieren« oder »wir mailen«, rufen wir einander zu – und schon sind wir verschwunden.

Wie lange soll es so noch weitergehen? Was wird sein, wenn ich das Abitur habe? Ob ich überhaupt studieren kann? Und was? Früher hat meine Mutter immer gesagt: »Denk nicht so viel, Jefra! Kommt Zeit, kommt Rat!« Das sagt sie schon lange nicht mehr.

ج

Ruth lud Jefra in ihren E-Mails immer wieder ein, sie zu Hause in Emek Refa'im zu besuchen. Es war so viel leichter, einen Nachmittag zu verquatschen, statt die vielen Fragen, die Jefra stellte, schriftlich zu beantworten. Jefra wollte alles so grundsätzlich wissen, sie gab sich nicht mit einfachen Antworten zufrieden. Reichte es denn nicht zu sagen: Ich hasse diese ewigen Auseinandersetzungen zwischen Israelis und Palästinensern. Ich will leben, wie ein junges Mädchen in San Francisco leben kann. In Jerusalem ist das unmöglich. Darum hasse ich die Intifada. Basta. Aber Jefra war das offensichtlich nicht genug. Manchmal stöhnte Ruth auf, als kämen unliebsame Hausaufgaben auf sie zu, wenn sie Jefras Post öffnete. »Wie ist deine Beziehung zu deinem Glauben? Bist du religiös? Hat deine religiöse Einstellung Einfluß auf deine politische Meinung? Wie vereinbaren Juden das Gebot der Gerechtigkeit mit ihrem Verhalten zu uns Palästinensern? Würdest du freiwillig Arabisch lernen? Warum werden täglich neue jüdische Siedlungen auf unserem Land errichtet?«

Ruth freute sich, als Jefra endlich schrieb, sie würde nach Emek Refa'im kommen, um sie zu besuchen. Aber Stunden später war schon eine Absage im Posteingang. Es gäbe Probleme ... Ruth seufzte. Es war eben nicht leicht, sich mit einer Palästinenserin anzufreunden.

Jefra mußte eine Woche warten, bis sie Ruths Antwort auf ihre Absage in der Mail-Box fand.

Liebe Jefra,
ich kann verstehen, daß deine Familie Schwierigkeiten bei dem Gedanken hat, daß ihre Tochter eine Israeli treffen will. Wir beide leben nicht auf einer Insel. Mein Daddy würde sagen: »Wir leben eben nicht im Paradies, wo die Wölfe bei den Lämmern weiden.« Ich glaube, der Spruch stammt von einem unserer Propheten. Aber mit der Bibel hab' ich eigentlich nichts am Hut. Und überhaupt: Wer von uns ist der Wolf und wer das Lamm? Darüber läßt sich auch mein Daddy nicht aus. Dabei ist er der Typ, der dir erklären könnte, daß Lämmer total gefährliche Bestien und Wölfe die sanftesten Schoßtiere sind. Er redet so, mein Daddy, einfach zum Spaß.
Gestern war ich mit meiner Mutter in Tel Aviv und habe ein Gastspiel des Frankfurter Balletts mit einer Choreographie von William Forsythe gesehen. DAS war das Paradies. Göttlich, wirklich! In der Kantine traf ich anschließend einen der Tänzer, einen Deutschen. Ich habe mich blendend mit ihm verstanden. Und da habe ich gedacht: Mensch, das ist doch möglich. Vor zwei Generationen haben die Deutschen meine Leute nach Auschwitz geschickt, und jetzt stehe ich hier mit Claus und bin dabei, mich in ihn zu verknallen, weil er ein toller Tänzer und ein toller Typ ist. Warum soll das nicht mit uns, mit Israelis und Palästinensern, eines Tages auch so sein können? Daß wir vergessen können, was wir uns heute noch antun?
Ich wollte dir übrigens noch danken für dein Foto. Du siehst klasse aus. Hat dir das schon einmal jemand gesagt? Ein Junge? Darf das ein arabischer Junge sagen, oder ist das schon sexuelle Belästigung? Verzeih, ich wollte nicht sticheln. Du hast die schönsten Augen der Welt. Ehrlich. Meinem Bruder werde ich dein Bild lieber nicht zeigen. Er ist neunzehn!
Shalom, deine Ruth

Jefra schaute in den Spiegel. Die schönsten Augen der Welt! Ruth liebte die Kunst der Übertreibung. Aber das war auch ein schöner Zug an ihr. Morgen würde nach der langen Sommerpause die Schule wieder beginnen. Kein Mensch würde nach schönen Augen fragen, sondern allein nach Leistung. Jefra zog mit einem Kajalstift, den sie beim Putzen unter einem Schrank gefunden hatte – natürlich mußte ihn Maryam verloren haben –, die inneren Lidbögen nach. Wie exotisch das aussah. Erschrocken fuhr sie mit der Hand darüber und versuchte, das Schwarz wegzuwischen. Jetzt sah sie nur noch dreckig aus. In der Schule war jedes Schminken strengstens verboten. Nicht einmal Ohrringe waren erlaubt. Morgen würde sie wieder in ihre Schuluniform schlüpfen, in diese blau-weiße Anonymität, und in der Masse ihrer Schulkameradinnen verschwinden. Aber heute war sie noch Jefra Namadi, ein einmaliger und unverwechselbarer Mensch mit schönen Augen, wenn es denn stimmte, und verschmiertem Lidstrich.

ج

Der erste Schultag nach den Sommerferien begann gleich mit einer Sensation: Mister Muhammed, der Physiklehrer, war nicht erschienen und würde auch nicht mehr kommen. Mister Muhammed war ziemlich beliebt. Um richtig beliebt sein zu können, hätte Physik leichter, Mister Muhammed jünger und die Klassenarbeiten einfacher sein müssen. Aber er war ziemlich beliebt, weil sein Unterricht interessant war. Er machte viele Experimente, die, o Wunder, auch alle funktionierten. Es ging das Gerücht, daß er jeden Tag nach Schulschluß noch stundenlang dablieb, um den Unterricht für den nächsten Tag vorzubereiten. Jefra mochte Mister Muhammed, weil er nie so tat, als sei Physik nichts für Mädchen, was alle Väter und Mütter glaubten.

Mister Muhammed hatte seit Beginn der Intifada ein Problem: Er wohnte in Bethlehem. Früher war er die kurze Strecke nach Jerusalem mit dem Auto »herübergerutscht«, dann hatte er sich monatelang an den Checkpoints »herübergewartet« – und schließlich waren die Übergänge immer häufiger geschlossen gewesen, und er war nicht mehr zur Schule gekommen.

»Zu irgend etwas muß die Intifada ja gut sein«, hatte Rana gesagt. Jefra sagte nichts. Natürlich hatte sie nichts dagegen einzuwenden, wenn einmal eine Stunde ausfiel und sie früher nach Hause gehen konnten. Aber irgendwann würden sie den Stoff nachholen müssen.

Eines Tages war Mister Muhammed dann wieder aufgetaucht. Er unterrichtete wie immer, erklärte das Magnetfeld, operierte mit einem starken Magneten und Eisenspänen, warf Zeichnungen an die Tafel. Aber von Miss Nadia erfuhren sie, daß er an diesem Morgen in israelisches Feuer geraten war, als er den geschlossenen Checkpoint weiträumig auf einem Schleichweg umgangen hatte. Zum Glück hatten ihn die Kugeln nicht erwischt.

Wow! Da hatte man einen richtigen Helden an der Schule – und der machte nichts draus! Wie unpalästinensisch, hatte Jefra gedacht. Aber auch wie sympathisch. Sie begann für Mister Muhammed zu beten. Dabei war sie nicht religiös. Aber sie ertappte sich dabei, daß sie morgens nach dem Aufstehen mechanisch wiederholte: »Behüte seine Schritte, Allah. Laß ihn nicht fallen in die Hände des Feindes!«

Zwei Wochen später hatten israelische Soldaten Mister Muhammed bei dem Versuch, durch einen schlammigen Steinbruch nach Jerusalem zu gelangen, erwischt und gefangengenommen. »Ich bin Lehrer. Meine Schülerinnen müssen etwas lernen«, hatte er gesagt. »Wenn wir dich noch einmal hier auf verbotenem Gelände sehen, gehst du ins Gefängnis. Ein halbes Jahr in die Wüste, merk' dir das«, hatten die Soldaten geantwortet.

Jetzt war Mister Muhammed nicht mehr erschienen. Die Gerüchteküche brodelte.

»Er ist erschossen worden.«

»Er schmachtet (schmachtet!) in einem israelischen Gefängnis.«

»Er hat einen besseren Job gefunden, Computer-Engineering.«

»Es gibt da eine heiße Eifersuchtsgeschichte«, raunte Mira, die immer gern raunte und die wildesten Liebesdramen erfand.

»Seine Frau hat ein Kind gekriegt und erlaubt ihm nicht mehr, nach Jerusalem zu gehen.«

»Er hat erneut versucht, den Checkpoint zu umgehen, und ist geschnappt worden. Jetzt soll er 10 000 Schekel Strafe bezahlen. Da er das nicht kann, sitzt er im Gefängnis.«

»Er ist verrückt geworden und steckt jetzt in einer Irrenanstalt.« Das glaubte außer Muna niemand.

Die banale und wenig romantische Wahrheit erzählte natürlich wieder Miss Reem. Mister Muhammeds Vertrag an der Schule war nicht verlängert worden. »Wir verlieren Sie nicht gern«, hatte die Schulleiterin gesagt, »aber wir können es uns im zweiten Jahr der Intifada nicht mehr leisten, Lehrer aus der Westbank zu beschäftigen. Sie werden das verstehen.«

Jetzt unterrichtete ein Mister Hassan Physik. Er wohnte in Jerusalem. Keine Schulwegprobleme. Und keine Experimente. Die Schülerinnen lernten von nun an das Physikbuch auswendig. Im Auswendiglernen waren sie geübt.

ج

»Wann wird ein Ende sein mit dem, was wir einander antun«, schrieb Ruth auch in ihrer nächsten E-Mail. Dieses Mal stutzte Jefra.

Das klang doch nach »Wir tun euch Böses an, ihr tut uns

Böses an, ihr leidet, wir leiden, also sind wir quitt«. Als gäbe es eine Balance im Leiden, ein Gleichgewicht des Schreckens, der Angst, der wirtschaftlichen Not. Aber so war es doch nicht. Jefra wollte gern zugestehen, daß es nicht angenehm war, in dem Bewußtsein zu leben, mit dem nächsten Bus in die Luft gejagt werden zu können. Aber ANSONSTEN hatten die Israelis doch ein wunderbares Leben – trotz Intifada. Sie konnten ALLES machen, konnten reisen und Sport treiben, nach Tel Aviv und nach Eilath ans Meer fahren. Sie hatten soviel Wasser, daß sie sich sogar Swimmingpools bauen und große Gärten bewässern konnten. Ihre Supermärkte führten alle Waren der Welt. Sie hatten noch Geld, um diese Waren zu kaufen. Und, das war das Wichtigste: Sie hatten ihre WÜRDE. Sie brauchten vor niemandem die Augen niederschlagen, sie wurden nicht gedemütigt und schikaniert. Sie konnten ungehindert in ihre Schulen und Universitäten gehen. Oder auf die Universitäten nach England und in die USA. Sie lebten immer noch im Paradies und nannten es Heimat. Wie konnte Ruth da so tun, als sei das Leid zwischen den Juden und den Palästinensern gerecht verteilt? Es war empörend.

Und das schrieb Jefra dann auch.

Ruths Antwort ließ lange auf sich warten. Und war dann sehr kurz:

Vielleicht kannst du es doch einrichten, einen Nachmittag nach Emek Refa'im zu kommen. Meine Familie würde sich sehr freuen.
Shalom
Ruth.

Warum kam Ruth nicht nach Ostjerusalem? Warum war es so selbstverständlich, daß Jefra den Weg zum Feind machte, nicht umgekehrt? Jefra spürte, daß ihre Lust auf einen Besuch schwand. Ob ein Treffen mit Ruth irgend etwas bringen könnte, das nicht die alten Vorurteile verfestigte?

»Diese arrogante Ziege«, sagte sie laut vor sich hin. Danach fühlte sie sich freier.

ج

Sie wird komisch, dachte Rana eines Tages, als sie nach den Ferien wieder neben ihrer Freundin Jefra im Klassenzimmer saß. Jefra war ihre älteste und engste Freundin. Sie kannten sich von klein auf, da ihre Mütter Freundinnen waren und im gleichen Kindergarten arbeiteten. Vom ersten Schuljahr an waren sie unzertrennlich gewesen, und noch heute kam es manchmal vor, daß ein Lehrer ihre Namen verwechselte, weil sie sich so ähnlich waren. Schon äußerlich hatten sie Geschwisterliches an sich: gleiche Größe, gleiche Figur, schwarze, streng zurückgekämmte Haare, die in einem langen Pferdeschwanz gehalten wurden, dunkelbraune Augen. Vielleicht waren Ranas Züge etwas zarter und weiblicher, aber das konnten nur Außenstehende erkennen.

Sie wird komisch, dachte Rana und wußte doch nicht recht zu sagen, inwiefern. Natürlich konnte man mit Jefra immer noch lachen und sich über die Eigenarten der Lehrerinnen lustig machen. Hinter vorgehaltener Hand natürlich. Man konnte mit ihr von amerikanischen Popstars wie Justin Timberlake und Filmstars wie Orlando Bloom und Johnny Depp schwärmen. Oder mit ihr ein paar Ohrringe im Basar aussuchen, die Jefra kaufte, aber seltsamerweise nie trug.

Wenn Rana darüber nachdachte, was Jefras Verhalten plötzlich so anders erscheinen ließ, so waren es kleine Merkwürdigkeiten. Daß sie nicht mitgetanzt hatte an dem Morgen, als durch die Klasse wie ein Lauffeuer lief, daß zehn Juden an einer Bushaltestelle bei Tel Aviv getötet worden waren. Alle Schülerinnen waren von ihren Sitzen aufgesprungen und hatten gejubelt. Da war Jefra einfach auf ihrem Platz sitzengeblieben und hatte weiter in ihr Englischbuch gestarrt. Als ginge sie das gar nichts an.

Und als Samar erzählte, wie eine Granate ihr Haus in Beit Jala getroffen und eine Wand völlig eingerissen hatte, hatte Jefra nichts Besseres zu sagen gewußt als: »Gott sei Dank wart ihr ja in einem anderen Zimmer.« Als sei damit alles gesagt. Als haßte sie die Juden nicht. Aber ihr Vater war doch ein Widerstandskämpfer, der jahrelang in einem israelischen Gefängnis gesessen hatte.

Als in einer Höhle am toten Meer zwei jüdische Jungen, die die Schule geschwänzt und einen Ausflug mit Fahrrädern gemacht hatten, getötet aufgefunden worden waren, hatte Jefra bei der Nachricht feuchte Augen bekommen und gesagt: »Aber sie waren doch Kinder.« »Es waren Juden, vergiß das nicht«, hatte Nour mit einiger Schärfe geantwortet. Und Rana hatte sich ein bißchen für Jefra geschämt.

Wie sollte denn der Kampf um die Befreiung Palästinas von der jüdischen Besatzung gelingen, wenn man sich solche Sentimentalitäten leistete? Wußte denn Jefra nicht, was die Juden mit ihren Jungen anstellten? Wie sie Panzer gegen halbwüchsige Kinder auffuhren, die Steine warfen. Was war mit Jefra los?

An einem Nachmittag auf dem Nachhauseweg, als sie noch herumschlenderten und sich über die neue Frisur der Religionslehrerin amüsierten, hatte sich Rana ein Herz gefaßt und Jefra direkt gefragt: »Sag mal, auf welcher Seite stehst du eigentlich? Glaubst du etwa nicht, daß wir für unsere Rechte kämpfen müssen?«

Und was hatte Jefra geantwortet? Sehr einsilbig: »Schon. Aber vielleicht nicht mit Selbstmordattentaten.«

Da hatte Rana eine heiße Welle von Wut davongetragen, sie war mitten auf dem Bürgersteig bei der alten armenischen Töpferei stehengeblieben und hatte geschrieen: »Aber wie denn sonst? Wer hat denn die Waffen, die Raketen, die Panzer? Wir oder die? Wer hat denn die USA auf seiner Seite? Wir oder die? Diese Bombings sind doch das einzige, was die Juden beeindruckt, wo sie aufheulen. Wie wollen wir einem Schlächter wie Scharon beikommen? Kannst du mir das sagen?«

Jefra war einsilbig geblieben. Natürlich fände sie das Vorgehen der israelischen Armee schrecklich. Aber wie solle denn Frieden geschaffen werden, wenn immer nur Gewalt auf Gewalt folgte und so viele unschuldige Menschen getötet würden.

»Die Juden sind nicht unschuldig. Sie sind Verbrecher«, hatte Rana gesagt, sich brüsk umgedreht und war gegangen. Es war das erste Mal in ihrem Leben gewesen, daß sie sich mit Jefra gezankt hatte.

Am nächsten Morgen hatten sie wieder einträchtig nebeneinandergesessen und über Miss Reem gelästert. Miss Reem war auf neuen Stöckelschuhen in die Schule geschwebt. Aber sie konnte nicht wirklich darin laufen, und bald schwankte sie durchs Schulhaus, als sei sie betrunken. Ob Miss Reem vielleicht verliebt sei, hatte Rana gewitzelt, und Jefra hatte in ihr Lachen eingestimmt.

Aber es war ein Schatten zwischen den beiden Freundinnen geblieben.

ج

Als ich das erste Mal Blut in meinem Slip entdeckte, habe ich das Haus zusammengeschrieen. Meine Mutter kam an die Badezimmertür, klopfte und rief: »Jefra, Jefra, was ist denn los?« Ich war elf Jahre alt, und ich dachte, ich müßte sterben. Ich würde verbluten.

Zwar hatte Mama einmal etwas gesagt wie: »Jefra, irgendwann wirst du eine Frau.« Aber das war ja klar. Natürlich würde ich eines Tages eine Frau sein. Ich weiß nicht, ob sie noch mehr gesagt hat oder ob ich einfach nicht zugehört habe. Jedenfalls war das Blut ein Schock, den ich lange nicht verwinden konnte.

Es begann eine Zeit, in der ich keine Frau sein wollte. Ich verachtete meine Freundinnen, die anfingen, sich am Wochenende die Fingernägel zu bemalen, mit der Lockenschere Strähnen zu drehen und mit dem Kajalstift zu experimentieren. Ich dagegen kämmte meine Haare noch straffer aus dem Gesicht, weil ich »streng« aussehen wollte. Nur ja nicht weiblich. Der Busen, der immer runder wurde, bekümmerte mich. Ich versuchte ihn so gut wie möglich zu verstecken.

Mama spürte wohl, was in mir vorging. Wenn Maryam auf Stöckelschuhen ins Zimmer getänzelt kam, den Kopf voll sorgsam toupierter brauner Locken und sagte: »Da ist ja Jefra, unser kühler, junger Mann«, nahm mich Mama in Schutz. »Und da ist Maryam, unser kokettes Weibchen. Jefra hat mehr im Kopf, du hast mehr auf dem Kopf. Das ist der Unterschied.« Maryam lachte. Sie war nie beleidigt.

Inzwischen weiß ich alles, was eine Frau über Menstruation, Zeugung, Schwangerschaft und Geburt wissen muß. Ich kann nicht sagen, daß es mich nach diesen Erfahrungen drängt. Im Gegenteil: sie scheinen mir doch ziemlich boshafte Erfindungen der Natur zu sein, um Frauen klein zu machen. Vielleicht irre ich aber auch. Man wird sehen. Hoffentlich nicht so bald.

ج

Tayseer und Achmed hatten die Nachprüfung an ihrer Schule nicht bestanden. Sie würden beide das Schuljahr wiederholen müssen. Der Direktor hatte den Eltern geraten, die Zwillinge ganz von der Schule zu nehmen und eine andere Schule zu suchen, die geringere Anforderungen stellte. An der renommierten St. Andrew-Schule hätten sie kaum noch eine Chance, zu groß seien ihre Defizite.

Der Direktor ging im Gespräch mit Baseema und Ibrahim noch weiter. Bei allem Verständnis für den Kampf gegen die israelische Unterdrückung sei es dennoch mit den Prinzipien einer christlichen Schule unvereinbar, Haß zu predigen. Tayseer und Achmed hätten sich da unrühmlich hervorgetan.

»Kurzum, unsere Söhne sind bei Ihnen nicht mehr erwünscht«, konstatierte Baseema.

»So würde ich es nicht formulieren«, sagte der Direktor.

»Dann formulieren Sie es anders«, sagte Baseema, die, wenn sie verzweifelt war, alles Förmliche ablegte, das sie sonst ausgezeichnet beherrschte.

Der Direktor war irritiert und kaute nervös auf seiner Unterlippe.

»Sie müßten ihr Benehmen grundlegend ändern. Grundlegend. Und ich fürchte, daß sie das nicht wollen, vielleicht nicht mehr können, da ihr destruktives Verhalten schon habituell geworden ist.«

Glaub' ja nicht, daß wir deine Fremdwörter nicht verstehen, dachte Baseema. Aber das sprach sie nicht aus.

»Wir möchten, daß Sie unseren Söhnen noch eine Chance geben. Vielleicht bis zum Ramadan. Wenn Sie bis dahin keine Wende zum Besseren feststellen, melden wir die Jungen ab.« Baseema sprach, Ibrahim sagte nichts. Er saß schweigend neben seiner Frau wie ein Mann, der jeden Augenblick in sich zusammensackt, wenn die Fäden, an denen er gehalten wird, losgelassen werden. Aber noch hatte Baseema alle Fäden in der Hand.

»Aber schauen Sie sich die Leistungen einmal im Detail an. Beide haben drei Fächer mit einer Benotung von unter 50 Punkten, und in allen übrigen Fächern kommen sie kaum über 60 Punkte.«

»Außer in Sport«, sagte Baseema trocken.

»Außer in Sport«, pflichtete der Direktor bei.

Im Sport waren die Zwillinge die Klassenbesten mit 97 Punkten.

»Nun gut, wenn Sie meinen«, lenkte der Direktor ein. »Aber ich habe nicht viel Hoffnung.«

Baseema und Ibrahim fuhren schweigend mit dem Bus nach Hause. Ihr Auto hatten sie vor zwei Wochen verkauft, sie konnten es sich nicht mehr leisten. Zu Hause setzte sich Baseema auf einen Stuhl in der Küche und überließ sich für einen Augenblick der aufkommenden Schwäche.

»Ibrahim«, sagte sie, »von heute an wirst du nicht mehr täglich am Damaskustor stehen in der Hoffnung, daß dich irgendein israelischer Bonze mitnimmt und dir einen Tagesjob als Möbelpacker oder Bauarbeiter anbietet. Du wirst zu Hause bleiben und mit Tayseer und Achmed lernen. Und ihnen Manieren beibringen. Jefra hat alles vorausgesehen, aber wir waren zu beschäftigt, um auf sie zu hören. Wir müssen alles tun, damit die Jungen auf dieser Schule bleiben. Es geht um ihre Zukunft.«

»Und wie sollen wir das Schulgeld weiterhin bezahlen?«

»Vielleicht kann Jefra ein Stipendium beantragen. Und ich werde ab morgen nach der Arbeit im Kindergarten zu Nibal gehen und bei ihr putzen. Sie wird ihrer Schwester den Job geben. Du weißt, sie haßt jede Hausarbeit. Und hier müssen alle anpacken. Jefra kann kochen, du kannst mit den Jungen einkaufen, Ameera kann schon etwas putzen. Nur Jasir, der kann nichts. Und Maryam muß zusehen, daß sie ihren Job in der Zeitung behält.«

Ibrahim verfiel in Schweigen. Aber Baseema sah ihm an, welch eine Entäußerung es für ihn war, als Hilfslehrer für seine Söhne zu fungieren, anstatt ordentlich Geld zu verdienen. Schließlich war auch Ibrahim ein arabischer Mann.

»Ibrahim, die Zeiten werden sich wieder ändern. Aber was sollen wir jetzt anderes machen?«

ج

Kurz vor Beginn des Ramadan war Maryam verschwunden. Ihr Vater wollte sie wie immer in der Redaktion von »Al-Quds« abholen, aber man sagte ihm, Maryam sei an diesem Tag nicht zum Dienst erschienen. Sie habe sich morgens krank gemeldet. Ibrahim kam nach Hause und sah aus wie ein Mann, dem man gerade die Nachricht übermittelt hatte, er werde in den nächsten Tagen sterben. Als die Zwillinge durchs Haus tobten und sich wieder einmal bis aufs Blut zankten, welches Sportprogramm im Fernsehen eingeschaltet werden sollte, brüllte Ibrahim: »Hört auf! Hört auf!« Tayseer und Achmed hielten erschrocken inne. Noch nie hatte ihr Vater sie angeschrieen.

Ibrahim fragte Jefra. Aber Jefra wußte nichts. Maryam war wie jeden Morgen um sieben Uhr aufgestanden, hatte ihren kurzen grauen Rock und das rote T-Shirt angezogen und wie immer ohne Frühstück das Haus verlassen.

Als Baseema wegen einer Elternversammlung später als sonst nach Hause kam und die Nachricht hörte, brach sie zusammen. Ihr Weinen erfüllte das Haus, so daß Ibrahim sie bat, leiser zu sein. Sollten denn alle Nachbarn sofort erfahren, was geschehen war? Jefra hörte noch in den Traum hinein das Schluchzen ihrer Mutter. Es war, als sei Maryam gestorben.

Am nächsten Tag kam ein Brief von Maryam:

Ich kann dieses Leben nicht länger ertragen. Ich liebe Euch alle, und es tut mir weh, Euch die Schmach anzutun, daß Eure Tochter Euch verläßt. Ich vertraue auf Gott, der mich verstehen und mir helfen wird. Ich bin nicht mit dem Mann meiner Liebe fortgegangen. Da gibt es keine Zukunft, das weiß ich. Auch wenn mein Herz zerrissen ist. Auch wenn ich nie mehr in meinem Leben einen Mann lieben werde, wie ich ihn geliebt habe. Ich bin geflohen vor dieser Liebe, vor diesem verfluchten Land,

in dem man nicht leben, sondern nur vor die Hunde gehen kann. Ich will nicht mein ganzes Leben in Palästina dahinvegetieren, unfrei, gedemütigt, bedroht, ohne Perspektive auf eine Zukunft, in der man frei atmen kann.
Ich habe mir einen Mann gesucht, der mich hier herausbringt, und ich habe ihn gefunden. Er ist ein amerikanischer Journalist, ich habe ihn im American Colony kennengelernt. Er reist morgen zurück in seine Heimat nach Poughkeepsi im Staate New York, und ich reise mit ihm. Er wird mich heiraten, auch wenn er weiß, daß ich ihn nicht liebe. Aber dann bin ich Amerikanerin, ich kann studieren, kann Filmregisseurin werden, was mein leidenschaftlichster Wunsch ist. Kann leben wie ein Mensch und nicht wie ein Tier in einem Käfig.
Ich weiß, daß Ihr mich verstoßen müßt, weil das die Scharia, die Familienehre, so befiehlt. Was ist das für eine Kultur, die verlangt, daß man ein Kind in seinem Herzen tötet, weil es sich nach Freiheit sehnt?
Ich werde Euch niemals vergessen. Niemals Euch aus meinem Herzen verbannen. Ihr bleibt meine Familie. Auch wenn ich Euch nie mehr wiedersehen darf. Ich liebe Euch und bitte Euch um Verzeihung.
Eure Maryam

ج

Jetzt war ich es, die in Tränen ausbrach. Ich weinte um Maryam. Hätte ich doch nur geahnt, wie verzweifelt sie gewesen war. Ich weinte um meine Eltern, die eine Tochter lebendig begraben mußten. Und das schien mir schlimmer, als sei Maryam eines natürlichen Todes gestorben. Insgeheim schwor ich mir in einem wahnwitzigen und wahnwitzig verzweifelten Augenblick, daß ich eines Tages in die USA fliegen würde, um Maryam wiederzusehen.

Meine Schwester hatte sich versündigt, sie hatte den Eltern schreckliche Schande gemacht. Niemals würde ich so handeln, das wußte ich. Und trotzdem wünschte ich meiner großen, kleinen Schwester Glück. Sie kann doch mit einem Mann glücklich werden, den sie nicht liebt. Auch in Palästina heiratet man nicht aus Liebe, sondern weil »alles so gut paßt«, weil der Mann aus den gleichen Verhältnissen kommt, weil sich die Familien kennen, weil der Mann einen guten Beruf hat und, wenn möglich, ein Haus. Dann wird man sich achten können, Respekt voreinander haben. Vielleicht »paßt« ja dieser amerikanische Mann zu Maryam.

Für Maryam ist unser Land immer zu klein gewesen, zu eng. Sie hat von der Liebe geträumt wie eine europäische Frau, die sich nicht darum kümmert, ob die Liebe die Regeln der Ehre verletzt, sie hat von der Freiheit geträumt wie ein amerikanischer Teenager, der alles will, himmelstürmend und ohne Grenzen. Aber was ist das für eine Freiheit, die einen Menschen dazu verführt, seine Familie zu verlassen, das Wertvollste und Schönste, das man auf Erden hat?

Maryam hat nichts mitgenommen auf ihre Reise ins Vergessen. Ich würde gern ihre T-Shirts und Jeans anziehen, wenigstens einmal ausprobieren, ob sie mir passen. Maryam hatte in den letzten Monaten stark abgenommen und war schlanker als ich geworden. Aber Mama würde es auffallen, wenn ich Maryams Kleidung trüge. Sie würde mich anschreien. Und so bleiben Maryams schicke Sachen im Schrank, bis sie eines Tages verschwinden. Auch die amerikanischen Romane, die sie so gern gelesen hat, ihre Fotoalben, ihre Kamera werden sich in Luft auflösen. Nichts bleibt von Maryam übrig. Nicht ein Foto.

Ob ich in zehn Jahren überhaupt noch weiß, wie Maryam ausgesehen hat? Ich habe mir vorgenommen, mir ihr Gesicht jeden Abend vor dem Einschlafen ins Gedächtnis zu rufen und den seltsamen Namen der Stadt im Staate New York aufzusagen, um nicht zu vergessen, wo ich Maryam eines Tages suchen muß. Poughkeepsi, Poughkeepsi.

ج

Ruth war aus Jefras Leben verschwunden. Zwar schrieb sie gelegentlich ein paar muntere Mails, wiederholte auch ständig eine Einladung nach Emek Refa'im, aber Jefra hatte den Kopf mit Familienproblemen voll. Sie sah, wie Baseema unter der Last der Arbeit, der Sorge und der uneingestandenen Trauer um den Verlust Maryams fast zusammenbrach. Sie, die immer von blanker Fröhlichkeit gewesen war, sich in der Üppigkeit ihres nach den Schwangerschaften gerundeten Leibes wohl zu fühlen schien, nahm in erschreckender Weise ab, als schmölze die Sonne jeden Tag ein paar Pfunde unwiederbringlich hinweg. In ihrem jugendlichen Gesicht erschien eine tiefe Falte zwischen den Brauen, die ihren Gesichtsausdruck völlig veränderte. Baseema wurde ungeduldig, gereizt, manchmal sogar bissig. Ihre spitzen Sätze verfolgten vor allem die Zwillinge. Aber auch Ibrahim konnte ihr nichts mehr recht machen. »Alles falsch«, wurde eine ihrer Lieblingsformulierungen, mit denen sie alle Bemühungen ihrer Familienmitglieder in den Boden rammte.

Nur Jefra fand Gnade vor ihren Augen. Baseema sah, daß Jefra weit über ihre Kräfte arbeitete, den Familienbetrieb zu Hause organisierte und dabei nicht in ihren Anstrengungen nachließ, eine exzellente Schülerin zu sein. Jefra ging nicht mehr aus. Kein Bummeln mehr, kein Eis im Café, keine Parties mit den Klassenkameradinnen. Was war das für eine Jugend!

Baseema hatte nie in ihrem Leben eine Fahrt mit dem Schiff unternommen. Sie hatte nur in besseren Zeiten von Jaffa aus auf das Mittelmeer geblickt, das immer sonnig und ruhig dalag wie eine blaue Tischdecke. Und die Schiffe am Horizont beobachtet, die in unendlicher Ruhe und Langsamkeit aus dem Blickfeld verschwanden.

Ein Schiff, das wie ein Nachen in heftiger See herumgeschleudert wurde – ein solches Bild konnte Baseema nicht aus der Erinnerung abrufen. Aber es war das Bild, das sich ihr aufdrängte, wenn sie an die Situation ihrer Familie dachte. Sie saßen in einem Boot, dieses Boot schlingerte und krängte, Wellen schlugen über Deck, die Segel waren eingerissen, das Ruder lief ihr ständig aus der Hand – aber das Schiff sank nicht. Noch nicht. Noch gab es eine Richtung, das rettende Ufer, was sonst? Noch gab es Rettungsboote, Kompaß, Proviant, Zuversicht. War es ein Trost, daß um sie herum das Meer voll war von Booten, die, von Havarie bedroht, steuerlos auf den Wellen herumtaumelten? Auf einen Meeresgott warteten, der diesem grausamen Spiel ein Ende bereitete, den Wellen und Winden Einhalt gebot und eine glückliche Heimkehr verkündete?

Selbst die Zwillinge, deren Sensibilität jener von Nashörnern glich, wie Jefra sagte, obgleich sie nicht die geringste Ahnung vom Seelenleben der Dickhäuter hatte, selbst die Zwillinge verspürten die veränderte Wetterlage, den Wind, der ihnen ins Gesicht blies. Sie wußten natürlich, wer schuld an diesem Sturmtief war: die Juden, wer sonst. Aber da die Resonanz auf ihr Kriegsgebrüll zumindest in der Familie ausblieb, wurden sie ruhiger. Ibrahim erwies sich als ein ebenso geduldiger wie bestimmter Nachhilfelehrer. Als einen Tag vor dem Eid Al Fitr, dem Zuckerfest, vom Direktor der St.-Andrew-Schule die Nachricht kam, man werde beiden die Chance geben, die Klasse weiterhin zu besuchen, briet Ibrahim am Abend ein Lamm am Spieß. Woher hatte er das Lamm, wie hatte er es bezahlen können? Der Duft des köstlich gekräuterten und mit Knoblauch gespickten Fleisches verbreitete sich in der Nachbarschaft und setzte Spekulationen frei, welcher Geldsegen über die Familie Namadi hereingebrochen sei. Baseema gab an diesem Abend Ibrahim einen Kuß auf den Mund, was alle Kinder sonderbar fanden. Jasir wurde regelrecht eifersüchtig und drängte sich hartnäckig an die Mutter, damit sie endlich ihre Aufmerksamkeit wieder ihm schenke. Die Zwillinge aßen fünf Stück Lammbraten. Jeder.

Jefra hatte feuchte Augen. Das passierte ihr jetzt häufiger.

ج

Am Tag nach dem Grillfest wollte Jefra nach Emek Refa'im gehen. Der Entschluß war ihr ganz plötzlich am Abend zuvor gekommen. Sie hatte sich lange mit Gewissensbissen geplagt. Noch nie hatte sie ihre Eltern hintergangen, nie hatte sie Heimlichkeiten vor ihrer Mutter gehabt. Jetzt war sie dabei, sie zu belügen. Sie ahnte, das Verhältnis zu ihren Eltern würde nie wieder so sein, wie es gewesen war. Und dennoch mußte sie gehen und Ruth und die Familie Goldman kennenlernen.

Sie war schon um fünf Uhr aufgestanden, hatte Couscous gekocht und aus den Resten des Lammfleisches ein Ragout zubereitet. Nach dem Unterricht rief sie Ruth an und sagte: »Heute könnte ich kommen. Sozusagen jetzt.« Ruth mußte sich von dieser plötzlichen Nachricht offensichtlich erst erholen. Sie war gerade aus der Schule gekommen. »Welcome, Jefra!« antwortete sie, und Jefra vernahm eine gewisse Wärme in ihrer Stimme.

Jefra ging zu Fuß. Sie hatte ihre Schulbücher in der Schule gelassen, mit Ausnahme der Bücher, die sie für die Hausaufgaben am nächsten Tag brauchte. Sie spazierte gern durch Jerusalem. Aber ihr Herz klopfte, als sie an der alten Stadtmauer hoch in die Neustadt ging. Es war ein warmer Dezembertag. Manchmal gab es mitten im Winter Tage, die schöner waren als im Frühling oder Herbst. Stahlblauer Himmel, angenehme Wärme, eine Atmosphäre von sorgloser Leichtlebigkeit.

Als sie auf der Höhe der City Hall ankam, sah sie den Pulk israelischer Soldatinnen, die die Passanten kontrollierten. Sie wurde angehalten. Natürlich, Gesichtskontrolle. Sie zeigte ihren Ausweis vor. Die Soldatinnen fingen an, auf ihren Mobiltelefonen zu telefonieren und ihre Ausweisnummer in ein elektronisches Gerät einzugeben.

In diesem Augenblick wurde Jefra schlagartig klar, daß sie in ihrer Schuluniform unterwegs war, daß jeder sie sofort als Palästinenserin erkennen mußte. Israelis tragen keine Schuluniform. Wie bescheuert war sie eigentlich gewesen? Wo hatte sie ihren Verstand gelassen? Sie konnte doch nicht durch ganz Jerusalem spazieren, als habe sie ein Schild um den Hals: Seht her, ich bin eine Palästinenserin! Ich bin eure Feindin. Aber wie ihr seht, kann ich unter diesem blauen Faltenröckchen keinen Bombengürtel tragen. Seid also ohne Furcht. Ich bin nicht bösartig, nur unendlich dumm, daß ich so in euren Teil der Stadt komme, und das in diesen Zeiten.

Die Überprüfung dauerte ihr viel zu lange. Sie mußte hier weg, sie mußte zurück in den schützenden Umkreis des Damaskustores, zurück nach Palästina.

»Wohin willst du?« fragte sie jetzt eine der Soldatinnen.

Jefra fing an zu stottern. Und mit Stottern machte man sich noch verdächtiger. »I would like to see a friend, an Israeli friend, a girl, a student like me. But now I want to return. I will come back another day. I don't want to pass now. Not today. Please let me go back.«

Die Soldatin zog die Augenbraue hoch, gab ihr wortlos den Ausweis zurück.

Der Rückweg war kläglich. Ruth verstand am Telefon erst gar nicht, worum es ging, warum Jefra sich spontan angemeldet hatte und sich jetzt wieder abmeldete. Am Schluß lachten beide.

»Und ich habe eine dicke Portion Apfelkuchen gekauft. Hier, bei einem deutschen Bäcker. Aber gut, nun futtere ich ihn allein. Er schmeckt sagenhaft. Du mußt ihn probieren.«

»Ich werde kommen, bestimmt«, versprach Jefra. »Ohne Uniform. Gibt es irgend etwas Arabisches, was ich dir mitbringen kann?«

»Eine Sesambrezel, natürlich. Die schmeckt klasse. Es ist schon sehr lange her, daß ich eine gegessen habe.«

Ruths Stimme war in Ordnung. Sie war ungefähr so wie die roten Locken auf dem Foto.

ج

Am Ende des Ramadan pflegte die ganze Familie Namadi in die Al Aqsa Moschee auf den Tempelberg zu gehen. Die GANZE Familie, dachte Jefra bitter, war denn die Familie noch ganz ohne Maryam?

Die Namadis waren nicht besonders religiös. Natürlich rief man Gott bei jeder Gelegenheit an. »Insch'Allah« wurde zwanzigmal am Tag gewünscht. Es war so mechanisch wie danke oder bitte oder okay. Allenfalls Ibrahim ging ab und zu in die Moschee. »Wir sind Muslime«, sagte er, als sagte das alles. Vielleicht sagte es ja alles. Die anderen hielten sich ans Fasten und feierten am Ende des Ramadan das Eid Al Fitr, auf das sich vor allem die Kinder freuten, weil sie mit Süßigkeiten und Geschenken überhäuft wurden.

Nach dem langen Fasten und Dürsten – der Durst war ja viel schlimmer als der Hunger – ging man in die Moschee, zog seine beste und möglichst nagelneue Kleidung an, betete zu Gott und stürzte sich anschließend in den Trubel des Suk, der in diesen Tagen zum Bersten voll war. Die Kleinen durften sich Geschenke aussuchen, Spielzeug oder ein niedliches T-Shirt (für das Püppchen Ameera), ein perlenbesticktes Täschchen oder eine CD mit ihrer Lieblingsmusik.

Ibrahim hatte seinen besten Anzug angezogen, den er noch aus den Zeiten besaß, als er Manager im Paradise-Hotel gewesen war. Die Hose schlotterte ihm um die Hüften, und das Sakko war in den Schultern zu breit geworden. Trotzdem sah er in dem dunkelgrauen Anzug mit dem weißen Hemd aus wie ein Gentleman, fand Jefra und war stolz auf ihn. Eine Krawatte aber trug er nicht mehr. Baseema liebte farbige Kleider, am liebsten mit großen roten Rosen. Solch ein Kleid gab ihr einen majestätischen Anstrich, und das wußte sie. An diesem Freitag aber hatte sie lange vor ihrem Kleiderschrank gezögert. Alle bunten Kleider kamen ihr zu bunt vor. Und alle paßten auch nicht mehr. Die Majestät war ihr abhanden gekommen. Und die Lebensfreude, die sie sich mit diesen Kleidern übergestreift hatte. So war ihre Entscheidung auf einen dunkelblauen Rock und eine weiße Spitzenbluse gefallen, die etwas Feiertägliches, aber auch sehr Dezentes hatten. Nur auf die roten Stöckelschuhe mochte sie nicht verzichten. Die hatte sie vor sieben Jahren in Amman gekauft, als sie ein Wochenende mit Ibrahim dort verbrachte, eines der seltenen Male, wo sie gemeinsam verreist waren. Wenn Baseema von dieser Reise sprach, trat ein Glitzern in ihre Augen. Vielleicht war sie in Amman zum letzten Mal glücklich gewesen.

Als sie sich den Weg zum Eingang des Tempelbergs durch die engen Gassen der Altstadt gebahnt hatten – Baseema ließ Jasir nicht von der Hand, Ibrahim hatte Ameera untergefaßt –, wurden sie von israelischen Soldaten angehalten. Sie zeigten ihre Ausweise.

»Die Frau und die beiden Mädchen dürfen in die Moschee, nicht aber die Männer.«

Die Männer? Welche Männer? Achmed und Tayseer waren zwölf. Und warum durften die Männer nicht beten?

Ibrahim war bereit, sofort umzudrehen, aber Baseema machte ihrer Empörung Luft. »Wir werfen keine Steine, wir werfen keine Bomben, wir wollen beten. Es ist Ramadan.«

Die Soldaten kehrten sich gelangweilt ab. Einer drehte sich im Weggehen um und sagte in einem Tonfall, als müsse er eine lästige Mücke verscheuchen: »Für alle Männer bis fünfundvierzig Jahre ist der Tempelberg in diesen Tagen geschlossen. Basta.«

Basta, basta. Khalas, khalas. Ibrahim wußte sofort, welche Rechtfertigung hinter diesem Verbot stand. Die jungen palästinensischen Männer seien »gewaltbereit«, hieß es im israelischen Fernsehen, sie ließen sich beim Freitagsgebet in der Moschee »aufstacheln«, um dann Steine oder Handgranaten gegen israelische Soldaten zu werfen. Nur den älteren Familienvätern traute man eine gewisse Besonnenheit zu. Sie würden an das Schicksal ihrer Familien denken, wenn der Imam den Zorn anheizte. Ibrahim war vierundvierzig Jahre alt. Er war noch ein junger Mann. In den Augen der Israelis. Zu jung, um nicht gefährlich zu sein.

Der Tag war verdorben. Natürlich hatten Baseema, Jefra und Ameera keine Lust, allein auf den Tempelberg zu gehen und in der Moschee zu beten. Aber als setze die Erfüllung der religiösen Pflichten erst die Lust am Bummeln und Shoppen frei, suchte die Familie Namadi auf kürzestem Weg den Ausgang aus dem Suk. Nur Tayseer und Achmed machten einen halbherzigen Versuch, an Geschenke zu erinnern: sie hatten sich auf dem Hinweg den Laden gemerkt, in dem es die neuesten Spielzeug-Colts nach amerikanischem Muster gab. Aber Baseema stürmte auf ihren roten Stöckelschuhen vorwärts und gebrauchte ungehemmt ihre Ellenbogen, um sich Platz zu verschaffen. Das Geschrei der Händler, die laute arabische Musik, die aus allen Läden schallte, das Weinen der Kleinkinder, die vor Platzangst schrieen, umschloß die Namadis wie eine akustische Höhle. Als sie am Damaskustor aus dem Dunkel emportauchten, die Treppen emporstiegen, die auf die Straße führten, sah Jefra, daß Baseema einen gefährlich rot angelaufenen Kopf hatte. Ibrahims Hemdkragen war durchgeschwitzt. Er wischte sich mit einem Taschentuch die Schweißperlen von der Stirn.

Maryam hätte jetzt geträllert: »Oh what a lovely day!« Sie hatte Sinn für Ironie. Vielleicht hätte das die Situation gerettet, vielleicht wären sie dann alle in Lachen ausgebrochen. Eher wohl nicht.

Als sie zu Hause waren, verzog sich Baseema ohne ein weiteres Wort ins Mädchenzimmer und verschloß die Tür. Das tat sie sonst nie. Und noch dazu am hellichten Tag! Jefra kochte einen Topf voll Spaghetti mit Tomatensoße. Das Essen verlief schweigend.

ج

»Oh Bassim:
Auch wenn die Intifada ist
Auch wenn du nur einen einzigen Schekel
In der Tasche hast
Die Welt ist voller Poesie
Die Welt ist Poesie.«

Tante Nibal hat mir eine neue Anthologie palästinensischer Lyrik geschenkt. Und ich lese dieses Gedicht von Bassim an-Nabris, der in Gaza lebt und trotz der Intifada die Welt als Poesie beschwört. Geht das? Kann man täglich unter israelischen Raketenangriffen leiden, sehen, wie Menschen getötet werden, wie Panzer in die Stadt rollen und alles zusammenschreddern, was ihnen im Weg steht, wie die Luft erfüllt ist vom Schreien der Frauen und Wimmern der Kinder, und die Welt als Poesie erleben?

Ich gehe durch Jerusalem, durch die alte Stadt, stehe am Bab il-Isbat, das die Juden Löwentor nennen, obwohl die in Stein gemeißelten Tiere eher Leoparden als Löwen gleichen. Ich liebe dieses schönste unserer sieben Stadttore, gebaut aus dem honiggelben Jerusalemer Stein. Ich gehe mit meinem schweigsamen Vater auf den Ölberg und schaue im Dunkeln auf die beleuchtete Stadt, aus der geheimnisvoll die angestrahlte Kuppel des Felsendoms schimmert, und blicke in den Himmel, der in Jerusalem fast immer sehr schwarz ist – ein orientalischer Himmel mit nur wenigen Sternen –, und in solchen Augenblicken denke ich: Was immer um uns herum geschieht an Häßlichem und Bösem, es gibt Schönheit, und diese Schönheit wird stärker sein als alles, was Menschen zerstören. Sie werden nicht die Sterne vom Himmel holen können.

Ob Bassim an-Nabris das meint mit der Poesie der Welt?

Ich weiß es nicht, aber ich möchte versuchen, diese Poesie zu finden, auch und gerade wenn ich verzweifelt bin, weil um uns herum alles immer häßlicher und schrecklicher wird. Ist noch Poesie in einer Welt ohne Maryam? Ich kann niemandem sagen, wie sehr ich darunter leide, daß sie aus unserem Leben verschwunden ist.

ج

Rana war nicht besonders gut in Mathematik. Miss Nada, die Mathematiklehrerin, konnte nicht erklären. Wahrscheinlich vermochte sie sich einfach nicht vorzustellen, daß jemand etwas so Einfaches wie die Differentialrechnung nicht sofort verstand. Oder bei der Kreisberechnung die fantastische Erfindung des Pi nicht als die Lösung vieler mathematischer Probleme würdigen konnte.

Rana hatte ein wenig inniges Verhältnis zu Pi. Es machte sie konfus. Nur Jefra konnte den Nebel des Unverständnisses lichten. Denn Jefra verstand alles sofort. Oder sie vertiefte sich mit einer solch insistierenden Leidenschaft in ein Problem, bis sie es gelöst hatte. Sie »brütet«, sagten dann ihre Eltern und wußten, daß man sie in diesem Zustand lieber unbehelligt ließ.

Als Jefra an Ranas Haustür klingelte, dachte sie darüber nach, wie sie der Freundin den Stoff der letzten Stunden erklären könnte. Dann traf sie der Schlag. War das Rana, die da lächelnd vor ihr stand und »Hello« sagte? Oder ein Wesen aus einer fremden Welt? Jefra starrte mit dem Ausdruck blöder Fassungslosigkeit Rana an. Was um Gottes willen war in sie gefahren? War gerade Karneval, und sie, Jefra, hatte das verpaßt?

Aber Rana sagte noch einmal: »Ahlan, hello, komm schon rein. Und mach den Mund wieder zu.«

Rana trug ein langes Kleid und – den Hijab, das Kopftuch. Rana, das Jeansmädchen, das sich immer nach der neuesten amerikanischen Mode kleidete, das noch vor wenigen Wochen überlegt hatte, ob es sich nicht in den nächsten Ferien ein Glitzersteinchen in den Nasenflügel piercen lassen könnte, diese Rana trug ein Kopftuch.

Jefra erholte sich nicht von dem Schock. »Erklär mir, Rana, warum tust du das? Hat dich dein Vater dazu gezwungen? Deine Eltern sind doch nicht religiös und schon gar nicht fundamentalistisch. Rana, du siehst furchtbar aus! Rana, ich kenne dich nicht mehr. Reiß dir das Kopftuch herunter. Und zieh deine neuen Jeans an.«

Rana lächelte noch immer.

»Ich habe mir gedacht, daß du so reagieren würdest. Aber kannst du nicht verstehen, daß wir in diesen Zeiten signalisieren müssen, daß wir stolz sind, arabische Frauen zu sein? Und überzeugte Musliminnen? Wie könnten wir das besser zeigen als mit dem Kopftuch?«

»Aber Rana, immer haben wir die Frauen verachtet, die mit dem Hijab herumlaufen. Die sind doch Marionetten ihrer Väter oder Ehemänner, haben wir gesagt. Erinnerst du dich nicht, wie wir schon als kleine Mädchen den verhüllten Frauen ›Schleiereule, Schleiereule‹ hinterhergerufen und uns dann in Windeseile versteckt haben, wenn sich ein wütender Ehemann nach uns umdrehte?

Was ist nur in dich gefahren? Wer zwingt dich, so herumzulaufen? Hat dich jemand einer Gehirnwäsche unterzogen?«

»Natürlich zwingt mich niemand. Im Gegenteil, meine Eltern gehören ja zur sogenannten ›aufgeklärten Generation‹ und sind gegen den Hijab und das lange Kleid. Meine Mutter ist sogar richtig sauer auf mich. Klar, daß es ihr bei ihrem Fimmel für elegante Hosenanzüge peinlich ist, wenn ihre Tochter nichts mehr von westlicher Mode wissen will. ›Du siehst ja aus wie eine Landpomeranze‹, war ihre erste Reaktion.«

»Rana, beim Kopftuch geht es doch nicht um elegant oder unelegant, es geht um die Botschaft. Verstehst du? Die message: ›Seht her, ich unterwerfe mich mit Haut und Haaren einem Mann.‹ Was sagt denn dein Vater dazu?«

»Mein Vater ist zwar auch sauer, aber er hält alles, was Kleidung angeht, grundsätzlich für eine Weibermarotte. Und Marotten kommen und gehen. Es geht nicht in seinen Kopf hinein, daß ein Produkt seiner liberalen Erziehung plötzlich einen politischen Standpunkt bezieht, der ihm nicht paßt. ›Das geht vorüber‹, versucht er meine Mutter zu trösten. Aber da irrt er gewaltig. Ich bin entschlossen, den Hijab nicht mehr abzulegen. Du siehst doch auch, wie die Juden uns demütigen. Alles Arabische ist ihnen verhaßt. Da hilft nur eins, stolz zu sagen: ›Ich bin eine Araberin, und ich möchte nichts anderes sein. Ihr könnt mein Leben zerstören. Aber nicht meine Würde. All eure Aggression prallt an diesem einen Satz ab: Ich bin eine Araberin. Ich glaube an Allah. Und der ist stärker als ihr.‹«

»Aber Rana, nun tu doch nicht so, als könnten wir die Intifada mit dem Kopftuch gewinnen. Das ist doch absurd. Irgendwie redest du, als hättest du einen Text aus einem religiösen Blättchen auswendiggelernt. Es fehlt nur noch, daß du jetzt die Schule verlassen willst, weil du dort kein Kopftuch tragen darfst. Das wäre wirklich der Gipfel der Dummheit.«

»Jefra, hör auf, so mit mir zu reden. Ich liebe eben mein Vaterland und bin stolz darauf. Dieser Stolz ist dir ja offensichtlich abhanden gekommen.«

»Rana, stop it. Unterstell mir doch nicht, ich sei eine Vaterlandsverräterin. Das ist ja unerträglich.«

»Hast du nicht letztens gesagt, man müsse als palästinensische Frau nicht unbedingt sechs oder acht Kinder haben?«

Jefra stöhnte auf. »Ach Gott, Rana, jetzt sag nur noch, es sei eine heilige Pflicht, so viele Kinder wie möglich in die Welt zu setzen, weil uns das auf die Dauer die Überlegenheit gegenüber den Juden sichert. Ich hasse dieses Argument. Es ist toll, Kinder zu haben, aber sie sind doch kein Mittel zum Zweck.«

»Ich sehe das inzwischen ganz anders. Alles, was unseren Kampf gegen den Feind unterstützt, ist gut. Wir müssen uns auf unsere Stärke besinnen, unseren Glauben, unsere Opferbereitschaft, unseren Mut.«

»Und auch noch darauf, daß schöne Haare die sexuelle Begierde der Männer erregen und darum verhüllt werden müssen.«

»Falls das ironisch sein sollte, so gehörst du eigentlich nicht mehr zu uns«, sagte Rana.

»Amen«, sagte Jefra.

Das Mathematikbuch blieb unaufgeschlagen. Die Mädchen redeten sich die Köpfe heiß. Das heißt, eigentlich redete sich nur Jefra in Rage. Auf Ranas Gesicht blieb der Ausdruck eines kühl-überlegenen Lächelns. Eines Lächelns, das aus der Gewißheit kommt, den alleinseligmachenden Weg zum Heil gefunden zu haben.

ج

Dieses Mal bereitete Jefra ihren Besuch bei der Familie Goldman besser vor. Sie kündigte sich eine Woche vorher per E-Mail an. Sie wählte einen Tag, an dem in der Schule Midterm-Exams stattfanden und der Nachmittagsunterricht ausfiel. So würde sie ein paar freie Stunden haben, und niemandem würde auffallen, daß sie nicht zu Hause war. Sie würde sich nach Schulschluß heimlich auf der Schultoilette umziehen und ihre Uniform in der Plastiktüte mitnehmen. Ihre Schulmappe konnte sie in der Schule lassen, in den Zeiten der Examina brauchten sie ohnehin nur Schreibzeug mitzubringen. Die Sesambrezel, die sich Ruth gewünscht hatte, konnte sie am Damaskustor kaufen. Eine CD mit Musik von Christina Aguilera als Geschenk für Ruth hatte sie schon vor Wochen gekauft und in rosa Papier eingebunden.

Als sie sich am frühen Nachmittag aus der Schule schlich, klopfte ihr Herz genau wie beim ersten Mal. Sie durchquerte den Suk vom Damaskustor zum Jaffator. Im Muslim Quarter, das früher verstopft war von Tausenden von Touristen, die zur

Grabeskirche eilten, war es gespenstisch ruhig. Die Besitzer der Andenkenläden saßen auf Schemeln vor ihren Geschäften, rauchten Wasserpfeife, tranken Tee und besprachen die Lage. Wie lange sollte diese lähmende Friedhofsruhe noch andauern? Jeden Morgen öffneten sie die Metallverschläge vor ihren Shops, am frühen Nachmittag schlossen sie sie wieder. Meistens, ohne auch nur einen Kunden gesehen zu haben. Auf der David Street Richtung Geburtskirche oder der Via Dolorosa eilten nur ein paar Nonnen oder Patres zum Gebet, und die waren keine potentiellen Käufer. Es gab keine frommen Pilger mehr, die falsche Ikonen und echte Rosenkränze aus Olivenholz kauften, es gab keine unfrommen Touristen mehr, die sich begeistert in die Shops mit beduinischen Kleidern oder damaszenischen Silberwaren stürzten. Das Leben rund ums Jaffator war öde und leer.

Nur israelische Soldaten gab es. Natürlich. Zwei kamen sofort auf Jefra zu, verlangten ihren Ausweis und fragten, wohin sie wolle. Jefra hatte sich die Antwort lange zuvor überlegt, hatte sie auch mit Ruth besprochen.

»Die Wahrheit ist die beste Verteidigung. Was haben wir denn zu verbergen? Du sagst, du willst mich besuchen. Gib ruhig unsere Adresse und unsere Telefonnummer an. Noch ist Jerusalem eine Stadt, in der sich alle Bürger frei bewegen können. Theoretisch wenigstens. Und solange noch nicht der Sicherheitszaun die Stadt zerschneidet, von dem jetzt manchmal geredet wird. Wir tun nichts Illegales.«

»Aber etwas Ungewöhnliches.«

»Das schon.«

»Ich möchte nicht, daß deine Familie Schwierigkeiten bekommt.«

»Bei uns ist niemand ängstlich. Du wirst schon sehen.«

Jefra schaute dem Soldaten, der sie nach ihrem Wohin fragte, in die Augen. Es war ein junger Äthiopier, groß und schlank, mit ausnehmend schönen Gesichtszügen. Auf ihre Antwort zeigte sein Gesicht keine Regung. Er fragte nach der Telefonnummer der Brieffreundin und bediente unverzüglich sein Mobiltelefon. Ruth hatte es richtig vorausgesagt. Er sprach ein paar Sätze Hebräisch, die Jefra nicht verstand, und dann dreimal hintereinander: »Beseder. Beseder. Beseder.« Eines der wenigen hebräischen Worte, das Jefra kannte. Okay. In Ordnung. Der Soldat gab ihr den Ausweis zurück, sehr höflich, zurückhaltend, nicht unfreundlich. Und dann sagte er doch wahrhaftig: »Have a nice day!«

Jefra war verblüfft. »Have a nice day!« Sie war auf alles Mögliche gefaßt gewesen, hatte sich innerlich gewappnet gegen Frechheit, Arroganz und Zurückweisung, aber dieses »Have a nice day!« kam so unerwartet, daß sie den Soldaten erstaunt anstarrte. Konnte sie jetzt antworten: Danke ebenfalls? Lieber nicht. Sie probierte ein schüchternes Lächeln. Der Soldat nahm es wahr, aber sein Gesicht blieb eine schöne, dunkle, geheimnisvolle Maske.

Auch wenn das »Have a nice day!« nur eine bedeutungslose Floskel war, nahm Jefra es als gutes Omen. Es beflügelte ihre Schritte. Der Tag war strahlend. Jefra ging an der alten Stadtmauer entlang, überquerte die laute Jerusalem-Brigade-Street und stieg in den Mitchell Garden hinab, in dem Rosmarin in kräftigen Büschen wie Unkraut wucherte. Unterhalb der Montefiore-Windmühle lief sie durch Mishkenot Sha'ananim, lief tatsächlich mehr, als daß sie ging, weil sie dieses edel herausgeputzte, aber gespenstisch leere jüdische Viertel schnell hinter sich bringen wollte. Nur als sie ganz unerwartet einen Bauarbeiter auf Arabisch fluchen hörte, entspannte sie sich. Am Ende des Mitchell Garden bog sie in die Emek Refa'im Street ein.

Welch ein Leben herrschte in dieser Straße! In jedem Haus befanden sich ein Shop, ein Café, ein Supermarkt, ein Restaurant, ein Juweliergeschäft, eine Bäckerei, eine Kaffeerösterei, ein Computerladen. Auf der Straße stauten sich die Autos und hupten wild. Auf den Bürgersteigen stauten sich die Menschen. Und hupen wild, dachte Jefra, als sie sah, wie hektisch sie ihren

Geschäften nachgingen. Welch ein Kontrast zu dem gespenstisch ausgestorbenen »Geschäftsleben« am Jaffator.

Jefra ging langsam und schaute sich um. Sie sah vor den Cafés die Sicherheitsleute stehen, die jeden musterten, der eintreten wollte, die sein Gesicht und sein Gepäck kontrollierten. Sie sah, wie am Eingang der Supermärkte die Kontrolleure Menschen, Einkaufstaschen und Rucksäcke mit Metalldetektoren abtasteten. Aber die Atmosphäre in dieser Straße war lebhaft und fröhlich. Dies ist keine Stadt voller Angst, dachte Jefra. Vielleicht hatte Jerusalem ein unsterbliches Talent, Angst zu verdrängen. War das auf ihrer Seite nicht genauso?

Sie zuckte zusammen, als ein junger Mann sie ansprach, der offensichtlich etwas suchte. Sie kam ins Stottern: »I only speak English.«

»Na, gerade erst nach Israel gekommen?« fragte der Mann zurück. »Willkommen im Land der Väter! Und viel Spaß im Ulpan-Kurs!« Er lachte und verschwand.

Ruth würde ihr später erklären, daß der Ulpan ein Crash-Kurs in hebräischer Sprache war, den alle Neueinwanderer machen mußten (oder wenigstens sollten), um sich so schnell wie möglich im Land verständigen zu können. Der junge Mann hatte sie für eine Jüdin gehalten!

Jefra bog rechts in die Hatzfira ein, eine Seitenstraße mit Häusern, die von hohen Bäumen und grünen Vorgärten fast verschluckt wurden. Welch ein Luxus: auf den Rasenstücken blühten Iris, Narzissen und Cyclamen, Frühlingsblumen mitten im Januar. Hier wohnte Ruth?

Als sie auf der Klingel den Namen Goldman sah, zögerte Jefra. Es war ihr, als würde sie im Krankenhaus abgeholt für eine schwierige Operation, die über Leben und Tod entschied. Lächerlich, sagte sie zu sich selbst. Und klingelte.

ج

Ruth war gespannt auf »die Palästinenserin«, wie die ganze Familie Jefra nannte, noch bevor man sie kennengelernt hatte. In ihren Briefen war Jefra immer so pathetisch, gefühlsbeladen. Schon nett. Nicht fanatisch. Aber fremd.

In Ruths Familie wurden englische Traditionen gepflegt. Vor allem die der Toleranz. Ihr Urgroßvater war ein Freund des deutschen Verlegers Salman Schocken gewesen zu einem Zeitpunkt, als Briten und Deutsche in Europa erbitterte Feinde waren. Aber im damaligen englischen Mandatsgebiet Palästina lebte man in einer anderen Welt und versuchte sich auf Gemeinsamkeiten zu besinnen.

Das Gemeinsame war in dieser Zeit natürlich das Jüdische. Die Araber waren außerhalb des Blickfeldes. Sie waren da, und sie waren lästig. Es ging darum, das zionistische Ideal zu verwirklichen, eine Heimstätte für die Juden zu erbauen. Zweitausend Jahre waren Juden in der »Galuth« gewesen, im Exil, in der Diaspora, zweitausend Jahre hatten die Juden gebetet: »Nächstes Jahr in Jerusalem.« Jetzt war die Zeit gekommen, die Vision zu erfüllen, eine Zuflucht für das jüdische Volk zu schaffen, nicht irgendwo in Uganda oder Uruguay, sondern dort, wo die Juden in ihrem Eigensten waren, in Zion. »Bibel und Boden werden wieder eins, Schrift und Raum kommen zusammen«, hatte der Urgroßvater seinem Sohn geschrieben, als dieser zum Studium in England war.

Ruths Großvater Yoram war vom Zionismus alter Prägung abgerückt. Während im Sechstagekrieg ganz Israel im Siegestaumel den Schlager der Eroberung, »Jerusalem aus Gold«, sang, verfaßte er ein eigenes Lied: »Jerusalem aus Stein«.

»Jerusalem ist keine Stadt aus Gold.
Ihr Leute, laßt euch nur nicht blenden.
In Jerusalem ist alles aus Stein.

Am meisten die Herzen der Menschen.
Mit Steinen richten wir Wälle auf,
Gegen Menschen an unserer Seite.
Im Nachbarn sehen wir den Nachbarn nicht mehr.
Am meisten aber steinigen wir uns selbst.
Die Gerechtigkeit töten wir, das jüdische Herz.
Steinig werden die Wege zum Frieden sein.
Und so lang, die Wege, Freunde, so lang.«

Yoram Goldman hatte sich nicht beliebt gemacht mit seiner »Nestbeschmutzung«. Als er einmal in einem Restaurant sein Lied anstimmte, während Soldaten ausgelassen feierten, schämten sich seine Kinder so sehr, daß sie unter den Tisch krochen. Der Besitzer warf Yoram aus seinem Lokal heraus. Aber Yoram war ein Prophet gewesen.

Ruths Vater, Ephraim Goldman, war ein nüchterner Geschäftsmann, der zwar gern von seinen Vorfahren sprach – nicht ohne einen gewissen Stolz auf deren unterschiedliches jüdisches Sendungsbewußtsein, der sich selbst aber als Pragmatiker bezeichnete. Er war ein heftiger Gegner der Scharon-Regierung.

»Die Araber werden uns nicht ins Meer werfen, wir werden die Araber nicht ins Meer werfen. Sie werden in diesem Land bleiben, wir werden in diesem Land bleiben. Das bedeutet, wir müssen mit den Palästinensern leben und sie mit uns. Je eher wir das verstehen, desto besser. Je konsequenter wir danach suchen, wie Koexistenz gelebt werden kann, desto vernünftiger.«

Auch Rachel, Ruths Mutter, die in einer Schule in Talpiot als Englischlehrerin arbeitete, erzog ihre zwei Kinder, Rafi und Ruth, im Geist der Verständigung. Sie war weniger nüchtern als Ephraim und konnte sich emphatischer für die Rechte der Unterdruckten einsetzen. Mein »Friedensengel« nannte Ephraim sie manchmal mit zärtlichem Spott. Rachel nahm Ruth mit auf Friedensdemonstrationen und Versammlungen. Aber

Ruth wurde das schnell lästig. Sie maulte, wenn ihr wieder einmal eine Kerze oder ein Transparent in die Hand gedrückt wurden. Man konnte doch auch für die Versöhnung mit den Palästinensern sein ohne diesen geschwollenen Aktivismus, oder?

Einmal waren Rachels Überzeugungen einer harten Prüfung unterzogen worden. An einem Nachmittag, kurz vor Ausbruch der Intifada, kam sie aus der Schule nach Hause und bemerkte erstaunt, daß das Haus unaufgeräumt und nicht geputzt war. Aber es war doch Donnerstag, der Tag, an dem ihre palästinensische Putzfrau kam. Sie hatte sich nicht abgemeldet. Und sie war doch die Zuverlässigkeit in Person, kam seit acht Jahren jede Woche einmal und wurde für ihre Arbeit gut bezahlt. Was war mit Hana?

Als Rachel feststellte, daß Hana dagewesen war, aber offensichtlich nur, um alles Silber einzupacken und damit zu verschwinden, war sie sprachlos. Sie konnte es nicht begreifen. Sie konnte einen so gemeinen Diebstahl nicht mit Hana in Verbindung bringen. Es war der Nachlaß ihrer Großmutter, Bestecke, Kerzenleuchter, Deckelschüsseln, Weinkühler, Brotkörbchen, schönster Jugendstil in Sterling-Silber. Nicht einmal die Sheffielder Messerbänkchen hatte Hana zurückgelassen. Es war eine ungeheuere Kränkung. Der Vertrauensbruch. Der Verlust des Silbers. Der Glaube an die Redlichkeit dieser Araberin.

»Hana war verzweifelt«, hatte Ephraim gesagt.

»Wenn man verzweifelt ist, stiehlt man Geld, aber keine Messerbänkchen.«

»Vom Silber war mehr im Haus.«

Rachel hatte an dem Silber gehangen. Sie hatte ihre Großmutter nicht gekannt, aus deren Schätzen ihr der edle Hausrat zugeflossen war. Aber es war so unendlich wohltuend, einer Wachstuch- und Kunststoff-Gesellschaft, wie es die israelische war, etwas Ästhetisches entgegenzusetzen, in der Levante einen Abglanz europäischer Tischkultur zu behaupten. Jeden Schabbat genoß sie es, die Kerzen in dem schönen Leuchter anzuzünden und ihre Familie um den Tisch zu versammeln, der mit weißem Damast gedeckt war, mit schönem Porzellan, silbernem Besteck, Stoffservietten und Baccarat-Gläsern.

»Das ist das Problem der Säkularen«, hatte Rafi eines Tages zu ihr gesagt, »an die Stelle des Glaubens tritt ein Ersatz: Militarismus oder Vegetarismus, Hedonismus oder Neozionismus, Zynismus oder Fanatismus. Und bei dir ist es eben Argentoismus.«

»Ich wußte gar nicht, daß du in der Schule Latein gelernt hast.«

»Nein, aber Französisch: L'argent – das Silber. Das muß dann doch von einem lateinischen Wort stammen.«

»Argentum. Du hast recht.«

Rachel war es gelungen, wenn sie über Treulosigkeit und Betrug sprach, »Hana« zu sagen und nicht »die Palästinenser« oder »die Araber«. Und als Ruth sagte, sie wolle eine palästinensische Brieffreundin einladen, hatte es kein Zögern bei ihr gegeben. »Natürlich, warum denn nicht!«

Silber gab es ja keines mehr im Hause Goldman.

ج

Jefra war so aufgeregt, daß ihr der Mund trocken wurde, während sie im Haus Geräusche hörte. Es klang so, als würde jemand laut eine Treppe herunterpoltern. Und schon wurde die Tür aufgerissen, und Ruth stand da, schaute Jefra eine Sekunde lang an und fiel ihr dann einfach um den Hals.

War es so einfach, wirklich so einfach?

»Welcome, Jefra, nice to meet you. Komm rein. Was hast du in der Plastiktüte? Deine Schuluniform? Puh, zeig mal! Blaues Faltenröckchen, weißes Blüschen. In England tragen sie so etwas auch noch immer. Warst du schon mal in England? Du glaubst gar nicht, wie förmlich es da zugeht. Sogar die Teenager sprechen wie mit abgespreiztem Finger. Zumindest in bestimmten Kreisen. Was möchtest du trinken, Cola light oder Kaffee oder Sprite?«

Sie redet so viel, weil sie genauso verlegen ist wie ich, dachte Jefra.

Ruth sah nett aus, dem Foto sehr ähnlich. Und die roten Locken waren wirklich eine Wucht. Wenn sie nur nicht so den kessen Wirbelwind heraushängen ließe.

»Du sagst ja gar nichts. Bist du erschöpft von deinem Examen? Oder von dem Weg hierher? Es ist immer noch ganz schön heiß. Sollen wir uns draußen in den Garten setzen oder in mein Zimmer gehen?«

»Ich würde gern in dein Zimmer gehen. Und Cola wäre super.«

So fing es an. Ein Versuch von Freundschaft.

Bei diesem ersten Besuch vermieden sie sorgsam alle verminten Themen, sprachen kaum über Politik, aber über ihre Hobbys, Ruths Ballettomanie, Jefras Lust am Schreiben. Sie sprachen über Zukunftspläne, schwärmten von ihren Lieblingssängern und von alten Filmen, die sie beide kannten. (Ruth liebte »Titanic«, Jefra war von »Romeo und Julia« begeistert.) Ja, sie tauschten sogar Rezepte aus, während Ruth die Sesambrezel verdrückte.

Was sie nur hinter ihrem polternden, lauten Wesen verbirgt, dachte Jefra. Vielleicht verbirgt sie auch nichts.

Jefra sah sich in Ruths Zimmer um. Sie darf nie zu uns kommen, dachte sie. Der Kontrast ist einfach zu groß.

Ruth hatte alles, was zu einem wohlhabenden israelischen Teenager gehört. Auf dem Schreibtisch stand der Laptop, neben dem Bett der Fernseher. Im Regal lagen wild durcheinander: ein Mobiltelefon, ein tragbarer CD-Player, die Fernbedienung für den Video-Recorder, eine Digitalkamera, ein schnurloses Telefon. Es war eben alles da. Aber Ruth schien sich aus all dem nicht viel zu machen. »Im Grunde braucht man den ganzen Schnickschnack nicht«, lachte sie, als sie Jefras Blick über ihr Regal wandern sah. »Außer den PC und den Zugang zum Internet. Denn ohne unsere E-Mails würden wir jetzt wohl nicht hier sitzen.«

Neben dem ganzen »Schnickschnack« war das Zimmer vollgestopft mit Kuscheltieren. Pelzige Knäuel von Igel, Hasen, Koalabären, Pinguinen und Löwen mit samtig-treuem Blick saßen in Bücherregalen, auf Tischen, auf dem Fernseher. Und auf dem Bett thronte ein schwarzer Pudel in Lebensgröße.

»Meine Mutter sagt, ich sei regressiv«, lachte Ruth. »Ich sehnte mich danach, wieder ein Kind zu sein. Das sei typisch für Menschen, die zu schnell erwachsen würden. Ich finde das blödsinnig. Was ist daran falsch, daß man Stofftiere liebt?«

Irgendwann schaute Rachel vorbei. Sie klopft an, bevor sie das Zimmer ihrer Tochter betritt, staunte Jefra. Das sind die wahren Unterschiede zwischen unseren Familien. Bei uns stehen immer alle Türen offen. Wir müssen alles voneinander wissen, wir ertragen es gar nicht, einmal für uns zu sein. Wir baden in dem Gefühl, immer und überall aufgehoben zu sein in dem dicken Honigtopf von Familie, in dem alle aneinanderkleben.

Rachel sagte freundlich: »Shalom«, lächelte dann, als habe sie sich bei einem Fehler ertappt und verbesserte: »Salam, Jefra. Schön, daß du gekommen bist. Es ist im Augenblick ja nicht gerade einfach. Fühlt euch wohl, ihr beiden. Wollt ihr irgend etwas essen?«

»Mom, ich platze vor lauter Sesamkringel, aber frag Jefra!« Jefra winkte ab und bedankte sich artig. Ein Sandwich wäre ja nicht schlecht gewesen, sie hatte seit heute morgen nichts gegessen, aber sie traute sich nicht, darum zu bitten.

Nach drei Stunden wurde Jefra unruhig. »Ich muß jetzt nach Hause, wirklich.«

»Deine Eltern wissen nicht, daß du hier bist, oder?«

»Sie haben ziemlich viele Sorgen. Ich habe einen kleinen behinderten Bruder.«

»Das tut mir leid. Komm, wir holen uns im Kühlschrank noch ein Eis. Danach kannst du gehen.«

Als sie die Küchentür öffneten, prallte Jefra zurück. Vor ihr stand ein israelischer Soldat in Uniform, der gerade eine Milchtüte an den Mund gesetzt hatte und daraus trank. Als er die Tüte absetzte, hatte er einen weißen Bart.

»Hi, Rafi, wieso kommst du heute nach Hause? Haben sie dich unehrenhaft aus der Army entlassen?«

»Schwesterchen, du hast mal wieder keine Manieren. Willst du mich nicht deiner Freundin vorstellen?«

Jefra lief rot an. Sie wollte einem israelischen Soldaten nicht die Hand geben. Sie wollte es nicht. Vielleicht hatte der Mann mit dieser Hand den Abzug des Gewehrs gedrückt und einen palästinensischen Jungen erschossen. Was würde ihr Vater sagen, wenn er wüßte, daß sie mit einem israelischen Soldaten sprach?

»Also, das ist Rafi, mein Bruderherz, und das ist Jefra.«

»Jefra? Du bist Jefra? Ich habe von dir gehört.« Rafi stellte die Milchtüte zurück in den Kühlschrank. Er hatte keine roten Locken, sondern braunes glattes, sehr kurzgeschnittenes Haar. Aber er hatte die gleiche weiße Haut wie seine Schwester, um den Nasenrücken waren ein paar Sommersprossen versprenkelt.

Überhaupt kein jüdisches Gesicht, dachte Jefra.

Sie gab Rafi die Hand. Was hätte sie auch machen sollen.

»Na, da wird es aber allerhöchste Zeit, daß ich meine Uniform ausziehe«, sagte Rafi. »Diesen Anblick kann ich dir schließlich nicht zumuten. Eine israelische Uniform wird für dich ein rotes Tuch sein. Und mir wäre es schon lieber, du sähest in mir Rafi und nicht den Schützen Rafael Goldman.«

Rafi lächelte und sah Jefra in die Augen. So hatte sie noch nie ein arabischer Mann angesehen. So freundlich, mit solcher Wärme. Eine Art Panik überfiel Jefra. Ich muß hier weg, ich muß hier weg, dröhnte es in ihrem Kopf.

»Schade, ich muß wirklich gehen«, hörte sich Jefra sagen. Mit einer Stimme so fremd, als käme sie aus einem amerikanischen Fernsehfilm. »Ich bin wirklich spät dran. Das Eis essen wir ein anderes Mal, Ruth. Ja?«

Ruth verabschiedete sich überschwenglich mit einer großen Umarmung und wiederholten Treueschwüren. Rafi stand daneben und lächelte. »Ich würde dich auch gern zum Abschied umarmen, aber in Uniform geht das wirklich nicht. Komm doch einfach wieder!«

Als Jefra aus der Haustür heraus war, fing sie an zu laufen, als würde sie verfolgt. Nein, ja, nein, ja, rief es in ihr. Du machst dich verdächtig, geh langsam, sagte eine andere innere Stimme. Erst als sie schon weit die Emek Refa'im Street hinaufgelaufen war, fand sie in eine ruhigere Gangart.

Doch ihr Herz war aufgewühlt. Da war sie aufgewachsen in dem Bewußtsein: die Juden sind unsere Feinde. Die Juden sind Verbrecher und Mörder. Monster sind das, Killer. Und jetzt hatte sie Ruth und Rachel und Rafi kennengelernt, und siehe da: sie waren Menschen!

ج

I have a dream. Natürlich träume ich davon, daß dieser Alptraum, der sich Intifada nennt, ein Ende hat. Ich träume davon, nach Hebron zu fahren, um die Großmutter zu sehen. Ich träume davon, mit Rana in Tel Aviv am Strand zu liegen, und Rana trägt einen tollen Bikini, und ihre Haare hat sie mit pinkfarbenen Kämmen hochgesteckt. Ich träume davon, daß Jasir in eine Schule gehen kann, in der man sich um ihn kümmert, sich seiner Langsamkeit anpaßt und ihn weinen läßt, wenn er weinen will. Ich träume davon, meine Eltern wieder einmal so glücklich zu sehen wie bei dem »Lamm-Fest«, das Vater veranstaltet hat, als Tayseer und Achmed die gute Nachricht von ihrer Schule erhielten. Ich träume davon, nach Poughkeepsi zu fliegen und Maryam wiederzusehen. Vielleicht erwartet sie ein Kind, und ich werde Tante und weiß es nicht.

Ich träume davon, einen Brief von Rafi zu erhalten. Aber das ist der Traum, den ich nicht träumen darf.

Gestern nacht hatte ich einen schrecklichen Traum. Ich wollte aufstehen und irgendwohin gehen. Aber ich konnte nicht. Ich lag in einer Ambulanz des Roten Halbmondes. Ganz allein. Niemand kümmerte sich um mich. Ich konnte meine Arme nicht bewegen. Die Hände waren in Lederschlaufen gefesselt. Die Füße waren an Chromstangen geschnallt. Die Riemen schnitten ins Fleisch. Ich hatte große Schmerzen.

Ich wachte von meinem Schreien auf. Maryam hätte mich gehört und mich getröstet. Aber es schläft nur noch Ameera mit mir im Zimmer. Ameera ist nicht aufgewacht. Sie hat den festen Schlaf aller Schönen, die nichts kümmert, solange ihre Schönheit nicht in Gefahr ist.

ج

Jefra und Ruth schrieben sich jetzt häufiger. Manchmal ging Jefra auch in die Hatzfira Street. Immer traf sie dort andere Freunde und Freundinnen von Ruth. Als würde Ruth es darauf anlegen, nicht mit ihr allein zu sein.

Jefra wurde der neuen Bekanntschaft nicht froh. Ich bin ihr Kuscheltier, dachte sie oft, ein ausgestopftes Wesen, das man in den Arm nimmt, um sich warm und gut zu fühlen. Die Welt ist im Lot. Die Welt ist aus Plüsch.

»Meine süße Freundin«, pflegte Ruth zu schreiben, »ich fände es toll, wenn wir einmal zusammen in eine Diskothek gehen könnten, wenn ich dir alle meine Freunde vorstellen und wir uns einen Abend richtig austoben könnten.«

»Meine süße Freundin, kannst du mir nicht ein schönes Liebesgedicht auf Arabisch schicken? Am besten im Original und eingescannt per E-Mail. Das will ich einem Freund schicken, der ist dann einfach platt.«

»Meine süße Freundin, kannst du mir nicht ein Rezept für einen arabischen Kuchen schicken? Ich will den für meine Mutter zu ihrem Geburtstag backen. ›A Peace-Cake for a Peace-Lady‹, werde ich dazu schreiben. Wie findest du das?«

»Meine süße Freundin, es gibt einen Club in Tel Aviv, wo man arabische Musik macht. Sollen wir nicht einen Abend dorthin gehen?«

Vielleicht bin ich ihr ausgestopftes Dromedar, dachte Jefra. Arabische Folklore.

In einer englischen Zeitschrift, die im British Council auslag, las Jefra von einer Südpol-Expedition, in der israelische und palästinensische Forscher zusammenarbeiteten. Wenn ich doch mit Ruth zum Südpol fahren könnte. Oder sonst etwas Vernünftiges tun könnte. Aber vielleicht war es einzig und allein ihr Problem, daß sie nichts mehr mit Kuscheltieren anfangen konnte.

ج

Jefra hörte von dem Attentat auf das Café in der Emek Refa'im Street erst am Abend, als Ibrahim die Nachrichten am Fernsehen einschaltete. Sieben Tote, dreißig Verletzte. Bei dem Wort Emek Refa'im stockte ihr der Atem: Ruth. Was war mit Ruth? Das Café mußte ganz in der Nähe ihres Hauses sein. Vielleicht hatte sie sich am Nachmittag dort mit Freundinnen getroffen. Oder mit Rafi und dessen Freunden. Oder Rachel hatte dort Apfelkuchen gekauft.

»Ich muß kurz telefonieren.«

Niemand beachtete sie, alle waren von den Nachrichten gefangengenommen. Denn am gleichen Tag hatte ein weiteres Selbstmordattentat stattgefunden: In den frühen Morgenstunden waren am Eingang eines Armeestützpunktes neun israelische Soldaten getötet und zwanzig Menschen verletzt worden.

»Ruth, bist du es? Wie geht es dir? Bist du unverletzt? Hier ist Jefra.«

Eine sehr fremde Stimme, die Jefra noch nie gehört zu haben schien, antwortete: »Nein, Jefra, hier ist nicht Ruth, hier ist Rachel. Ruths beste Freundin ist in dem Café gestorben, Dafna. Ich glaube, wir können im Augenblick nicht mehr mit Palästinensern reden.«

Und damit war die Verbindung unterbrochen.

Jefra ließ sich auf ihre Matratze im Mädchenzimmer fallen. Sie hatte Dafna vor etwa vier Wochen bei Ruth kennengelernt, ein schönes Mädchen, achtzehn Jahre alt. Dafna hatte Jefra überhaupt nicht beachtet, sondern Ruth von ihrer neuen Flamme vorgeschwärmt, einem Medizinstudenten, der in Givat Ram studierte. Wie schön er sei, wie klug, wie »sweet«. Im Kino habe er sie das erste Mal geküßt. Wie originell, hatte Jefra gedacht und sich ein bißchen überlegen gefühlt. Jetzt war Dafna tot. Keine Küsse mehr im Kino, keine Abende mit ihrem Sweetheart in einem Straßencafé in Emek Refa'im, wo sie Händchen halten, roten Wein trinken und miteinander lachen würden, als hätten sie gerade die Liebe erfunden. Keine Zukunft, keine Hochzeit, keine Kinder, die Dafna zur Welt bringen und lieben und schützen würde. In einem Augenblick war Dafnas Leben ausgelöscht, waren ihre Eltern zu Waisen geworden und ihr Freund zu einem Witwer.

Und Ruth hatte ihre beste Freundin verloren.

Und Jefra hatte Ruth verloren.

Für die Familie Goldman war sie nicht länger Jefra, sondern eine Palästinenserin, Mitglied eines Volkes von Terroristen.

Aber ICH bin doch keine Terroristin. Und das wissen sie doch.

Jefra zog die braune Wolldecke über ihren Kopf wie ein Kind, das sich die Augen zuhält, um sich vor der Welt zu verschließen. Das Schlimmste war, daß sie nicht weinen durfte. Wie hätte sie das Weinen ihrer Familie erklären können, die doch nichts von Ruth wußte?

Als Ameera ins Zimmer kam, sprang Jefra abrupt vom Boden hoch und stürzte sich auf die kleine Schwester: »Und du, du, was denkst du? Glaubst du, daß es gut ist, daß zwei Studenten zwanzig Menschen umgebracht haben? Sag, was du denkst!«

Ameera wußte nicht, was in Jefra gefahren war.

»Aber sie sind doch Märtyrer, und sie kommen ins Paradies, wo siebzig Jungfrauen sie erwarten.«

»Hör bloß auf mit diesem Jungfrauen-Quatsch. Hör bloß auf. Ich sag's dir, halt deinen dummen Mund!«

Ameera fing an zu weinen und weinte so lange und so laut, bis sie ihr Ziel erreicht hatte: Baseema streckte ihren Kopf ins Zimmer.

»Was ist los?«

»Jefra ist schrecklich böse. Sie schreit mich an. Sie findet die Bomber nicht gut. Und deswegen schreit sie mich an.«

Baseema sah auf das braun eingewickelte Bündel, das auf der Matratze lag. Wie ein Embryo mit angewinkelten Knien lag Jefra da, den Kopf völlig verhüllt.

»Nein, Jefra ist nicht böse. Aber sie ist heute nicht sehr klug. Morgen werdet ihr euch wieder vertragen. Und jetzt schlaft!«

Damit schloß sie die Tür.

Jefra lag wach bis zum Morgen, bis im Osten der Himmel einen zaghaften rosa Schimmer gegen das Grau der Nacht setzte und der Schlaf über sie kam wie ein bleiernes Tuch.

ج

Schnee fällt so selten in Jerusalem, daß er als Sensation gefeiert wird, wenn er da ist. Die Kinder spielen verrückt, der Verkehr bricht zusammen, die Schule fällt aus. Eine Stimmung zwischen Panik und Euphorie macht sich breit. Und mit dem Schnee beginnt immer eine neue Zeitrechnung. Eine Woche, bevor es geschneit hat... Das war drei Tage, nachdem Schnee gefallen war... In jenem Jahr, in dem die Kuppel des Felsendomes vollkommen weiß war...

So erinnerte sich auch Jefra später daran, daß es einen Tag nach dem heftigen Schneefall im Januar war, als sie in die Schule kam und ihren angestammten Platz in der Klasse besetzt sah. Den Platz neben Rana.

»Sorry, Wisam, könntest du mich auf meinen Platz lassen?«

»Ach, Rana hat gemeint, wir könnten ja mal wechseln. Abwechslung macht Spaß. Du kannst dich ja neben Dana setzen. Und der Platz neben Pauline ist seit zwei Jahren frei.«

Jefra war wie vor den Kopf geschlagen. Sie sah Rana an, aber diese kümmerte sich wie beiläufig um ihre Schultasche, in der ihr Kopf fast verschwand, als sei auf dem Boden ein Geheimnis verborgen, das sie ergründen mußte.

Jefra stand vor ihrer Bank, unfähig sich zu rühren, und wartete darauf, daß Wisam ihre Sachen packte und den Platz räumte. Doch als Miss Ghada die Klasse betrat, blieb ihr nichts anderes übrig, als sich irgendwo hinzusetzen. So landete sie in der Bank neben Pauline. Eigentlich wollte sie in der Pause zu Dana wechseln, mit der sie sich gut verstand. Aber dann blieb sie neben Pauline sitzen, zuerst aus Verlegenheit, später aus dem trotzigen Stolz heraus, zusammen mit ihr die »Bank der Verfemten und Ausgestoßenen« zu teilen.

Pauline war erst vor zwei Jahren in ihre Klasse gekommen. Miss Hayat, die Kunstlehrerin, die noch schwatzhafter war als Miss Reem, hatte ihnen erzählt, die neue Schülerin sei die Tochter eines Palästinensers und einer Französin. Bisher hätte die Familie in Paris gelebt. Pauline habe in einem feinen Pensionat am Genfer See eine noble Ausbildung genossen (»genossen«!). Jetzt sei der Vater Handelsattaché geworden, und die Familie sei nach Jerusalem gezogen.

Die Erwartungen der Mädchen waren groß gewesen. Eine Französin! Wie aufregend. Sana hatte gleich überlegt, ob sie ihre Geburtstagsparty nicht um eine Woche verschieben sollte, dann könnte sie Pauline einladen, das wäre sicher ein »Knaller«.

Und dann kam Pauline in die Klasse, und ein hörbares Ausatmen ging durch die Runde, dumpf vor Enttäuschung. Pauline war klein, hatte ein unscheinbares Gesicht, das man sofort vergaß, wenn man es einmal gesehen hatte, hielt den Blick immer auf den Boden geheftet und signalisierte mit ihren eingezogenen Schultern, daß man gut daran täte, sie nicht zu behelligen, am besten, sie gar nicht anzusprechen.

Die Schülerinnen verstanden die Körpersprache. Sie ließen Pauline links liegen. Und genau das schien Pauline auch zu wollen. Im Unterricht sprach sie nie ein Wort, auch nicht, wenn die Lehrerinnen sie aufriefen. Dann zuckte sie mit den Schultern und nahm es gelassen hin, eine schlechte Note für mündliche Leistungen zu bekommen. Auch im Schriftlichen war sie keine überragende Schülerin, aber doch gut genug, um keine Schwierigkeiten fürchten zu müssen.

Jefra ging es wie den anderen Schülerinnen: Pauline existierte nicht für sie. Zwar machte sie sich nicht über sie lustig wie das andere Klassenkameradinnen taten. Einmal hing ein großes Poster an der Pinnwand im Klassenzimmer, auf dem ein abgrundtief häßliches Mädchen aufgeklebt war. Daneben stand: »Polish up, Poline.« Aber Jefra hatte auch nie das Gefühl gehabt, sich besonders um Pauline kümmern zu sollen.

Am Tag nach ihrer Verbannung durch Rana, dem zweiten Tag nach dem Jerusalemer Schnee, sprach Pauline Jefra an. Jefra war gerade dabei, für den Test in der nächsten Stunde Deutschvokabeln zu wiederholen. Deutsch war zweite Fremdsprache an der Schule. Es kam allen Schülerinnen so viel schwieriger vor als Englisch. Vielleicht lag es daran, daß man mit Englisch einfach mehr anfangen konnte.

Pauline zog einen Briefumschlag hervor, den sie in ihrem Deutschbuch versteckt hatte, gab ihn Jefra und sagte mit verschwörerischer Stimme: »Jefra, lies diesen Brief bitte nur für dich. Ich vertraue dir. Du hast mich völlig in der Hand. Aber ich vertraue dir. Bitte, enttäusche mich nicht. Gib mir morgen die Blätter zurück. Und sprich mit niemandem darüber. Jefra, bitte!«

Jefra war verblüfft. Pauline tat so, als würde sie sie in den Angriffsplan einer Armee einweihen, höchste Geheimhaltungsstufe. So viele Sätze wie jetzt hat sie mit mir überhaupt noch nie gesprochen, ging es ihr durch den Kopf.

Jefra widerstand der Versuchung, vor der nächsten Stunde unter der Bank den geheimnisvollen Briefumschlag zu öffnen, um wenigstens einen kurzen Blick auf die Papiere zu werfen. Sie spürte von der Seite Paulines seltsam flehenden Blick. Was konnte dieses merkwürdige Mädchen nur von ihr wollen?

Zu Hause ging sie schnurstracks ins Mädchenzimmer. Die paar Minuten konnten Achmed und Tayseer und Ameera noch mit dem Mittagessen warten, auch wenn die Jungen, wie es ihre Art war, schon mit dem Besteck auf den Tisch klopften und laut schrieen: »Jefra, wo bleibt das Essen?« Sie schrie zurück: »Die Kellnerin ist gerade beschäftigt, wenn die Herrschaften sich noch ein paar Minuten gedulden wollen, gibt es ein erlesenes Mahl aus Reis mit Auberginen, Blumenkohl und Hühnchen. Auf der Speisekarte finden die Herren das Gericht unter dem Zauberwort ›Maqlube‹.«

Manchmal waren die Zwillinge für Ironie zu haben.

Dann las sie in Ruhe die gedruckten Blätter.

»Sehr geehrte Miss Abbas«, stand da. Abbas war Paulines Familienname. »Wir freuen uns, daß Sie sich beworben haben, als Vertreterin der palästinensischen Delegation an dem Sommercamp in New Jersey, USA, teilnehmen zu wollen. ›Bridges for Peace‹ möchte den Dialog zwischen Palästinensern und Israelis, zwischen Muslimen, Christen und Juden fördern. Darum werden zwei Wochen lang sieben palästinensische junge Frauen, sieben israelische Jüdinnen und sieben israelische Araberinnen zusammenleben und die Chance haben, sich kennen-

und verstehen zu lernen. Wir freuen uns, daß Sie sich für dieses Projekt interessieren.«

Jefra hielt verblüfft inne. Das hätte sie Pauline nicht zugetraut. Ihr Vater war ein wichtiger Mann, ein offizieller Vertreter Palästinas im Ausland mit besten Beziehungen zur Autonomiebehörde. Und Pauline wollte in ein Sommercamp zusammen mit Israelis fahren? Ob das der Vater akzeptieren würde? Erstaunlich. Mutig. Oder, um es französisch zu sagen, Chapeau!

Aber warum weihte Pauline Jefra in ihre Pläne ein? Sie konnte doch ahnen, welch einen Sturm der Entrüstung es in der Klasse auslösen würde, wenn Jefra von Paulines Plänen erzählte. Im Kopf hatte Jefra so etwas ja schon einmal durchgespielt. Sie hatte sich die Reaktion ihrer Klassenkameradinnen ausgemalt, wenn diese erführen, daß sie eine Jüdin in Emek Refa'im besucht hatte. Alle würden sich mit Gekreische auf sie stürzen. Und Rana, ihre früher allerbeste Freundin, hätte vermutlich Schaum vor dem Mund und würde sie wohl am liebsten an irgendeine Geheimdienststelle verraten. In Palästina war man nicht sehr freundlich zu vermeintlichen oder echten Kollaborateuren.

Jefra verstand, daß Paulines Augen voller Angst gewesen waren. Sie an ihrer Stelle hätte auch Angst gehabt.

Die Zwillinge riefen nach der »Kellnerin«. Jefra stopfte die Papiere in ihren Schrank, ging in die Küche und setzte den Reis auf.

Erst als sie abends vor dem Schlafengehen noch einmal das Schreiben von »Bridges for Peace« studierte, fiel es ihr wie Schuppen von den Augen. Was stand da kleingedruckt: »Falls Sie andere palästinensische junge Frauen kennen, die Interesse hätten, an diesem Projekt teilzunehmen, so ermuntern sie diese doch zu einer Bewerbung.«

Pauline wollte sie für das Projekt WERBEN. Sie, Jefra, sollte mit nach New Jersey fahren! Da hatte sich Pauline aber geschnitten. Das war es wirklich nicht, was sie wollte. Nicht nach der Enttäuschung mit Ruth. Nein danke. Sie hatte ihre Dialog-Phase hinter sich. In ruhigen Zeiten war es leicht, sich anzunähern, miteinander zu sprechen, sich gegenseitig zu versichern, daß man zu den Menschen gehöre, die guten Willens sind. Der Härtetest kam immer am Ende der Nettigkeiten. Und diesen Test hatte die Familie Goldman nicht bestanden. Jefra war für sie eine Schön-Wetter-Palästinenserin gewesen. Als das schöne Wetter vorbei war, hatte man sie schnell abgeschoben. Was hatte Rachel gesagt? Wir können jetzt nicht mit Palästinensern sprechen. Die Bitterkeit war noch immer in ihr wie ein Geschwür, das drückte und brannte und schmerzte. Ob es eines Tages ausheilen würde?

»Shalom und Salam« stand am Ende des Prospekts als Grußformel. Als wenn alles so einfach wäre.

ج

Als Jefra am nächsten Morgen ins Klassenzimmer kam, sprang sie die Angst in Paulines Augen an. Wie hatte sich Pauline überwinden müssen, um diesen Brief aus den Händen zu geben, ihr Geheimnis zu offenbaren mit dem Risiko, verhöhnt, oder schlimmer, denunziert zu werden.

Jefra lächelte ihr aufmunternd zu und sah, wie Pauline sich entspannte. Zu Beginn der großen Pause trödelten die beiden so lange im Klassenzimmer herum, bis sie allein und ungestört waren.

»Was sagt denn dein Vater dazu, daß du dich für ein Sommercamp mit Juden bewerben willst?« fragte Jefra vorsichtig.

»Er weiß noch nichts. Nur meine Mutter weiß es, sie ist meine Verbündete. Sie fände es gut, wenn ich nach New Jersey führe. Aber sie meint, es wäre schön, wenn noch jemand mitführe, den ich kenne.«

Aha, daher wehte der Wind! Madame Abbas hatte Angst um

ihr zartes Töchterchen und hätte sie gern in den Händen einer Begleiterin gesehen, eines resoluten Kindermädchens. Es war also gar nicht Paulines Entschluß gewesen, Jefra zu fragen, dahinter steckte die besorgte Maman.

»Ich finde es klasse, daß du soviel Mut hast und dich in ein solches Abenteuer stürzen willst. Ich stimme auch mit den Zielen von ›Bridges for Peace‹ überein. Und du brauchst nicht die geringste Sorge haben, daß ich mit irgend jemandem in der Klasse über deine Pläne spreche. Ich halte dicht. Aber wenn du gedacht hast, daß ich mich vielleicht auch bewerbe, so muß ich dich enttäuschen. Ich glaube nicht mehr daran, daß wir uns mit den Juden verstehen können.«

Paulines Stimme war sehr leise: »Meine Mutter sagt, wenn ihr, die junge Generation, nicht versucht, miteinander ins Gespräch zu kommen, wer soll es dann tun? Wir können uns doch nicht ewig bis aufs Blut bekämpfen. Sagt meine Mutter.«

Jefra überkam ein spontanes Gefühl, Pauline in den Arm nehmen zu sollen. Das schüchterne, ängstliche Wesen. Das Muttertöchterchen. Die kleine Mademoiselle, die an das Gute im Menschen glaubte, auch an das Gute im jüdischen Menschen. Aber dann ließ Jefra die halbausgestreckten Arme wieder fallen. Pauline war einfach zu weit weg. Zu fremd. Zu naiv. Und ihre Beschützerinstinkte konnte Jefra bei ihren Geschwistern ausleben.

Pauline nahm noch einen zaghaften Anlauf:

»Es wäre einfach toll gewesen, wenn du mitgefahren wärest. Stell dir einmal vor, eine Palästinenserin, deren Vater vier Jahre in israelischen Gefängnissen war, spricht mit dem Todfeind.«

»Woher weißt du das? Das mit meinem Vater«, fragte Jefra heftig.

»Jeder weiß das. Es war das erste, was ich von dir hörte. Die Tochter eines Kämpfers. Das ist wie ein Adelstitel. Die ganze Klasse schaut doch auf dich. Natürlich erwarten sie von dir etwas anderes, als das, was du machst. Sie erwarten nationale Sprüche. Blindes Eintreten für die palästinensische Sache, Haß auf die Juden, die deinen Vater fertiggemacht haben. Statt dessen sagst du Sätze wie ›Inzwischen ist es doch auch ihre Heimat‹. Die früheren Freundinnen wenden sich von dir ab. Rana an erster Stelle. Vielleicht bin ich deine letzte Bewunderin.«

Ganz schön lange Rede für die stumme Pauline.

»Ich brauche keine Bewunderinnen«, sagte Jefra harsch und strebte zur Tür. Sie ließ Pauline einfach stehen und drehte sich nicht nach ihr um. Später sah Jefra Pauline einsam unter der Kiefer im Hof stehen und eine Clementine schälen.

Aber nachts, als sie im Bett lag, in diesem dunklen Zimmer, in dem sie nicht einmal Ameeras Gestalt ahnen konnte, sondern nur ihren flachen Atem hörte, ging ihr das Gespräch mit Pauline nicht aus dem Kopf.

War es nicht feige, nach einer Enttäuschung gleich den Kopf einzuziehen wie ein geprügelter Hund? Und hatte die Familie Goldman sie wirklich enttäuscht? Wie würde sie denn reagieren, wenn ihre beste Freundin von einem israelischen Soldaten erschossen worden wäre? Wäre sie dann am nächsten Tag zu Ruth gegangen und hätte gesagt: Es ist ja nur ein blöder Zufall, daß du auch eine Israeli bist, du hast natürlich gar nichts damit zu tun, also laß uns nicht weiter daran denken und lieber wieder über unsere amerikanischen Lieblingsschauspieler quatschen?

Sie war beleidigt gewesen, hatte sich in Sippenhaft genommen gefühlt und nicht einen Augenblick lang versucht, sich in Ruth hineinzufühlen. Oder in Rachel. In Rafi konnte sie sich nicht hineindenken. Er war der geheimnisvolle Fremde, der ihr aus der Nähe zugelächelt hatte, um gleich wieder in eine dunkle Ferne zu verschwinden. Rafi war ein Engel. Genau das war er. Ein mystisches Wesen, das sich entzog, wenn man sich ihm näherte. Aber einmal hatte sie ein Flügelschlagen vernommen. Dieses Rauschen war ihr ins Herz gedrungen.

Jefra wollte in dieser Nacht nicht an Rafi denken, sondern an Ruth und Pauline. Sie verstrickte sich in ihre Gedanken, die sich im Halbschlaf verzweigten und mäandrierten, in labyrinthische Gänge vorstießen und am Ufer des Meeres entspannten, dann wieder verknäulten und nicht entwirren ließen und sich verloren in einer Stadt mit einem seltsamen Namen: Poughkeepsi.

Als Jefra am nächsten Morgen erwachte, hatte sie zwei Entschlüsse gefaßt. Sie würde Ruth einen Brief schreiben. Sie würde Pauline bitten, ihr ein Bewerbungsformular für das Sommercamp mitzubringen.

ج

Das Schlimmste war natürlich, vor meinen Vater zu treten und ihm das Bewerbungsschreiben zu zeigen. Ich brachte es tagelang nicht fertig.

Meine Mutter hatte weniger ablehnend reagiert, als ich vermutet hatte. Statt »Kommt nicht in Frage« sagte sie: »Willst du dir das wirklich antun?« Vielleicht war sie nicht so strikt gegen diese Begegnung mit Israelis wie damals gegen das Treffen mit Ruth, weil sie im Ausland stattfand. Die USA waren weit entfernt. Vielleicht hatte sich auch irgend etwas in ihr verändert, ich weiß es nicht.

»Mama, bitte sprich mit Papa! Leg ein gutes Wort für mich ein. Er hört auf dich. Wenn du ihm klarmachst, daß ich ihn nicht beleidigen will, nicht das in Frage stellen will, wofür er gekämpft hat, dann wird er es vielleicht verstehen.«

Aber da war Mama ganz bestimmt geworden.

»Mein liebes Mädchen, du hast einen starken Willen und einen noch stärkeren Glauben, daß du die Welt verändern kannst. Versuche es! Du wirst dir Enttäuschungen und Kränkungen einhandeln, aber das gehört wohl zum Leben dazu. Nur eines mach dir klar: du mußt allein für deine Ziele kämp-

fen und kannst niemand anderen vorschieben. Wenn du jetzt zu feige bist, deinen Vater um Erlaubnis zu bitten, dann hast du es nicht verdient zu reisen.«

Wow, das war ja eine richtige Rede! Wie eisern Mama sein konnte. Jeder Satz wie mit dem Messer aus einem vereisten See gestochen. Auch wenn ich mich danach sehnte, daß sie mich in den Arm nahm und mir ins Ohr flüsterte: »Jefra, Jefra, das kriegen wir schon hin, das machen wir schon«, mußte ich sie doch bewundern. Ihre Strenge hatte Format.

Aber eine Hilfe war sie wirklich nicht. Sie sah, wie ich um meinen Vater strich, wie ich ständig versuchte, ihm alle Wünsche von den Augen abzulesen, um ihn gnädig zu stimmen und doch nicht den Mut fand, ihn mit meinem Wunsch zu konfrontieren.

Er war es schließlich, der mir half. Eines Nachmittags Ende Februar kam er in den Garten, wo ich allein unter dem Feigenbaum saß und die erste Vorfrühlingswärme genoß. Ich schrieb am wackligen Tischchen ein Referat über »Jane Eyre«. Er setzte sich zu mir und sagte nach einer Weile: »Ich weiß nicht, was in Frauen vorgeht. Kein palästinensischer Mann weiß das jemals.« Er lächelte. »Aber ich weiß, daß meine Tochter etwas auf dem Herzen hat.«

Es war, als hätte er mit einem Bagger eine Staumauer eingerissen. Eine Mischung aus Angst, Erleichterung und Vertrauen überschwemmte mich. Tränen stürzten mir in die Augen, und ich ließ sie in Sturzbächen fließen, ohne Scheu. Ich holte den ominösen Brief aus meiner Schultasche. Der Umschlag sah vom vielen Befühlen schon ganz grau aus.

Mein Vater las jedes Wort. Dann drehte er den Brief um, sah mich an – und las den Brief ein zweites Mal. Ich spürte, daß meine Tränen versiegten, mein Vertrauen schwand.

»So, du möchtest dich für dieses ›Friedenscamp‹ bewerben, Jefra?«

Ich nickte.

»Jefra, ich werde nicht anfangen, dir mein Leben zu erzäh-

len. Ich werde dir nichts sagen über meine Erfahrungen in israelischen Gefängnissen. Ich bin meinen Weg gegangen, und ich denke, er war richtig. Es ist immer richtig, sich für die Freiheit zu entscheiden, auch wenn man scheitert. Du willst deinen Weg gehen. Einen anderen als meinen. Vielleicht ist auch dieser Weg richtig. Vielleicht ist es richtig, sich für den Frieden stark zu machen, auch wenn man scheitert.«

Es entstand ein lange Pause, als lausche Papa in sich hinein, als überließe er sich seinen Erinnerungen.

»Hast du einen Stift? Ich muß wohl auf Englisch meine Zustimmung geben, vermute ich«, sagte er dann.

Ich wollte meinen Vater umarmen, aber er ließ es nicht zu. Nachdem er die Einverständniserklärung unterschrieben hatte, stand er auf und ging ins Haus. Mein Vater war noch ein junger Mann, aber wie er da ging, kam er mir gebeugt und alt vor.

ج

Das Interview für die Bewerbung fand zwei Wochen später in West-Jerusalem statt, in einem Raum des YMCA-Hotels. Den Weg ins YMCA kannte Jefra von Kindesbeinen an. Dort hatte sie Schwimmen gelernt. Sechs Jahre war sie alt gewesen. Maryam, die schon schwimmen konnte, nahm in der Zeit Trainingsstunden in Baseball, so daß die beiden Schwestern zusammen ins YMCA gehen konnten.

Jefras Schwimmlehrer war ein Jude gewesen, der Arabisch sprach. Und die jüdischen Kinder wurden von einem israelischen Araber trainiert, der Hebräisch mit ihnen sprach. Es gab damals solche Modelle von »Interkommunikation«, wie man das nannte. Vor allem vertraute man darauf, daß Kinder und Jugendliche vorurteilsfrei genug seien, um sich einander anzunähern. Mit der Intifada waren alle diese zaghaften Ansätze, mehr voneinander zu erfahren, verdorrt wie Oleander, den man nicht wässert. Die zarten rosa und weißen Blüten fielen zu Boden und wurden zertreten.

Jefra fragte sich, ob ihre Mutter damals durchgesetzt hatte, daß Maryam und sie ins YMCA gehen durften. Hatte ihr Vater denn nicht protestiert? Sie wußte es nicht. Sie wußte nur, daß sie seit über drei Jahren kein Schwimmbad mehr von innen gesehen hatte, geschweige das Meer. Ach, das Meer. Da lebt man siebzig Kilometer vom Meer entfernt, vom schönsten aller Meere, und verliert mehr und mehr das Gefühl dafür, wie es ist, warmen Sand unter den Füßen und zwischen den Zehen zu spüren. Und alles zu genießen, was das Meer bereithält, jene seltsame Mischung aus Zitronenfrische und Sonnenbrand, aus großer Freiheit und lauter Musik, aus der Schwere und der Leichtigkeit eines heißen Sommertages.

Natürlich wurde Jefra wieder an der City Hall von israelischen Soldaten kontrolliert. Aber dieses Mal hatte sie schon größeres Selbstvertrauen und zückte wie selbstverständlich ihr Einladungsschreiben, das auf Arabisch, Hebräisch und Englisch verfaßt war.

Man ließ sie warten. Man telefonierte. Jefra blickte hinüber zum Zionsberg, zum Davidsturm und der alten Stadtmauer, deren Steine im Licht des späten Nachmittags honiggelb leuchteten. Sie sah zum Turm der Dormitio-Abtei hinüber und weiter bis zu Sultans Pool und ins Hinnom-Tal, und es überkam sie eine große Ruhe. Sie fühlte in diesem Augenblick: Jerusalem ist auch meine Stadt. Hier bin ich geboren. Hier ist meine Mutter geboren. Und die Mutter meiner Mutter. Die Soldaten können mir Wege versperren, aber sie können mir Jerusalem nicht rauben.

Das Gefühl von Gelassenheit schwand wieder. Warum nur mußte sie ihre Jugend in einer Atmosphäre von Haß und Gewalt verbringen? In allen amerikanischen Songs wurde geträllert, wie süß und sorglos die Jugend sei. Manchmal hatte Jefra Lust, einen Stein auf den CD-Player zu werfen, weil eine kalte Wut in ihr hochstieg, wenn sie daran dachte, wie hart es war, in Jerusalem jung zu sein.

Wie lange es heute dauerte mit der Überprüfung. Wie schwer es war, geduldig zu sein. Nicht nervös werden. Wut herunterschlucken wie ein zähes Stück Fleisch. Sich nicht provozieren lassen. Cool bleiben.

Die Soldaten drückten ihr wortlos das Schreiben in die Hand und nickten kurz mit dem Kopf. Kein »Have a nice day!« An diesem Tag war Jefra in ihren Augen nur ein Mensch zweiter Klasse, den man nicht einmal eines Wortes für würdig befand.

Und mit solchen Typen soll ich mich wochenlang in ein Camp sperren lassen, dachte Jefra.

ج

Als Jefra aus dem YMCA trat, atmete sie durch. Drei Frauen hatten die Interviews gemacht, und sie wußte nicht einmal, ob es Araberinnen oder Jüdinnen gewesen waren. Sie hatten Englisch gesprochen, und nicht nur ihr Aussehen, sondern auch ihr Akzent war ähnlich gewesen.

Jefra hatte die Schritte des Interviews genau verfolgt. Erst gab es die Aufwärmphase, damit sie schön locker wurde, ein bißchen über ihre Familie, über ihre Hobbys plaudern konnte. Dann war man zur Sache gekommen, hatte ihre Einstellung abgeklopft, sie nach ihrer religiösen Überzeugung und politischen Meinung gefragt. Eine der Frauen hatte nichts gefragt, sondern ununterbrochen Notizen gemacht. Wenn sie einmal kurz innehielt, strich sie mit dem Kugelschreiber eine Haarsträhne, die ihr immer ins Gesicht fiel, hinter das Ohr. Warum mußte Jefra wie fasziniert auf diese Strähne starren?

Und dann kam der dritte, der entscheidende Schritt. »Und wie denken Sie über die Selbstmordattentate? Was würden Sie einem Bruder sagen, der ein Shaheed, ein Märtyrer werden möchte?«

Jefra wollte nichts sagen, das wie eingeübt klang und die vermutlichen Erwartungen der Jury bediente. Sie rechtfertigte Bombenattentate nicht, aber sie wollte auch deutlich machen, wie verzweifelt die Palästinenser waren, wie verzweifelt sie selbst war. Und ehe sie sich noch kontrollieren konnte, holte sie zu einer langen Rede aus, erzählte von ihrem Vater, der ein Widerständler gewesen war, von der Arbeitslosigkeit des Vaters und der Überforderung ihrer Mutter, den täglichen Schikanen auf dem Schulweg, den verlorenen Schultagen – und von dem, was das Schlimmste war, dem Gefühl der Rechtlosigkeit, der Hilflosigkeit, der Würdelosigkeit. Dieses Gefühl hatten ihr wenige Minuten zuvor bei der Kontrolle die israelischen Soldaten gegeben.

Die zwei Frauen hörten sie geduldig an, ohne sie zu unterbrechen. Sie lächelten ein Lächeln, das ihr wie eingefroren vorkam. Nur die Protokollantin lächelte nicht. Sie kämpfte mit ihrer Haarsträhne.

Das habe ich vergeigt, dachte Jefra, als sie nach Hause ging. Warum mußte sie ihre Gefühle immer so unkontrolliert herauslassen? Sie konnte sich einfach nicht verbiegen. Und wer weiß, vielleicht war es auch ganz gut, daß aus diesem amerikanischen Abenteuer nichts wurde.

In der Nacht träumte sie von Maryam. Maryam trug einen Cowboyhut und sah einfach geschmacklos aus.

ج

An dem Tag, an dem die Nachricht kam, daß Jefras Bewerbung für das Sommercamp positiv entschieden worden war, starb Jasir.

Jasir ging jeden Morgen mit Baseema in den Kindergarten. Er war nicht in der Gruppe seiner Mutter, da Baseema nicht wollte, daß er ihren Schürzenzipfel immer in Reichweite hatte.

Außerdem wollte sie sich nicht dem Verdacht aussetzen, sie würde ihr eigenes Kind bevorzugen.

Jasir schien seine Mutter tagsüber auch gar nicht zu vermissen, er liebte seine Kindergärtnerin, Dima. Und Dima vergötterte ihn. Dima war noch sehr jung, gerade zwanzig Jahre alt, und hatte einen leicht überschwenglichen Hang, sich in Kinder zu verlieben. Vielleicht weil sie ohne Geschwister aufgewachsen war, was in Palästina ungewöhnlich ist.

Jasir machte es einem leicht, sich in ihn zu verlieben. Wenn niemand etwas von ihm verlangte oder ungeduldig mit ihm war, hatte er das strahlendste Lächeln der Welt. Er konnte es anknipsen wie eine Tischlampe. Klick, und schon verzogen sich die Mundwinkel in die Breite, und die Augen blitzten fröhlich.

An diesem Mittag war Dima damit beschäftigt gewesen, den Dreijährigen beim Essen zu helfen. Es gab Bohnengemüse, und die kleinen roten Bohnen kullerten den Kleinen ständig vom Löffel. Der Raum war erfüllt von erbostem Gekreische. Dima hatte alle Hände voll zu tun, die zornigen Gemüter zu beruhigen und das schlimmste Tohuwabohu auf den Tischen zu verhindern. Sie hatte nicht bemerkt, daß Jasir einfach durch die offene Haustür ins Freie gegangen war.

Jefra hatte eine Ambulanz gehört, während sie den Brief von »Bridges for Peace« las. Wie man ein lästiges Geräusch aus seinem Bewußtsein schiebt, das einen nichts angeht.

Jasir war, so erfuhr die Familie Namadi später, auf die Straße gegangen und hatte den Weg nach Hause eingeschlagen. Es gab keinen Bürgersteig. So ging Jasir mitten auf der Straße. Als ein Bus um eine Kurve bog, konnte er nicht schnell genug bremsen. Eine Ambulanz brachte Jasir ins Augusta-Viktoria-Krankenhaus auf den Ölberg. Aber die Ärzte konnten nur noch seinen Tod feststellen.

Warum Jasir den Kindergarten verlassen hatte, blieb ein Geheimnis. Niemals zuvor hatte er das getan. Dima vermutete, daß er das Geschrei der Dreijährigen nicht hatte ertragen können. Dima sollte wegen Vernachlässigung ihrer Sorgfaltspflicht angeklagt werden. Doch die Familie Namadi verhinderte die Klage. Einen Tag nach Jasirs Beerdigung kündigte Dima im Kindergarten. Sie heiratete wenige Wochen später einen Bäcker aus Bethlehem.

ج

Nie werde ich das Schreien von Mama vergessen. Sie schrie wie ein Tier. Wir alle litten entsetzlich unter dem Tod unseres kleinen Bruders. Sogar Achmed und Tayseer hatten Ringe unter den Augen und waren wie gelähmt. Ameera bestand darauf, sich schwarze Schleifen ins Haar zu binden. Ibrahim versteinerte zu einem Monument des Schmerzes.

Aber Mama schrie. Das Schreien war so gewalttätig, daß die Nachbarn ins Haus stürzten und anboten, einen Arzt zu rufen. Mama schrie die Nachbarn aus dem Haus. Nachts, wenn sie heiser war, wimmerte sie. Und man wußte nicht, ob ihr Schreien oder ihr Wimmern schlimmer waren.

Jasirs Beerdigung fand einen Tag nach seinem Tod statt. Die Nachbarn trugen seinen kleinen Körper, der in ein weißes Leintuch gehüllt war. Papa und wir vier Kinder gingen hinterher, ich hatte Papa untergehakt. Mama konnte nicht mitgehen. Sie hätte es nicht überlebt.

Die Nachbarinnen kochten Kräutertees für Mama und brachten Medikamente aus der Apotheke. Mama bekam von den Medikamenten schreckliche Schweißausbrüche, wir mußten alle zwei Stunden die Bettwäsche und ihr Nachthemd wechseln. Ich kam aus dem Waschen nicht heraus.

Aber Mama hörte nicht auf zu schreien.

Ich begann Mama zu hassen. Wir alle hatten Jasir geliebt, wir hatten ihn geliebt, wie man ein behindertes Kind liebt. Als Jüngster und Schwächster war er von uns allen mit Aufmerk-

samkeit überschüttet worden. Wir trauerten und litten. Aber wir schrieen nicht. Ich war froh, wenn ich in der Schule war. Dort konnte ich ausruhen von dem Alptraum.

Meine Mutter verlor ihre Würde. Sie verlor alles, was eine Mutter auszeichnet. Sie war nur noch Gewalt und Tyrannei.

Auch mein Vater konnte nichts ausrichten. Er überlegte mit mir, Mama in ein Krankenhaus zu bringen, aber wir hatten beide die dumpfe Angst, daß Mama nicht zurückkommen würde, wenn wir sie dort einlieferten.

Mama konnte nicht mehr arbeiten. Vier Wochen bekam sie noch Lohn vom Kindergarten, dann wurde sie entlassen. Wir hatten niemanden mehr, der Geld verdiente, die einzige Einnahme war die kümmerliche Miete vom oberen Stockwerk. Die reichte gerade aus, damit uns nicht Wasser und Strom abgestellt wurden. Papa ging jetzt jeden Morgen wieder an die Straße »Number One« und hoffte auf einen Tagesjob. Meistens kam er mittags unverrichteter Dinge zurück.

Ich hatte nicht einmal mehr Geld, um Tomaten und Gurken zu kaufen. Und Fladenbrot, unsere elementarsten und billigsten Lebensmittel. Achmed und Tayseer verlangten nichts zu essen. Entweder bettelten sie oder sie stahlen sich das Nötigste auf dem Markt zusammen. Ich fragte sie nicht, wie sie satt wurden. Ameera, die sich immer beklagte, beklagte sich nicht mehr. Auch das hatte etwas Gespenstisches an sich.

Jeden Morgen fand ich, wenn ich in die Schule kam, eine frische Sesambrezel unter meiner Bank. Erst dachte ich, Pauline würde sie mir diskret zustecken, aber woher sollte Pauline wissen, wie schlecht es uns ging? Es gab nur eine Erklärung: die Brezel war von Rana. Nur Rana, deren Mutter im gleichen Kindergarten arbeitete, in dem Mama angestellt gewesen war, konnte erfahren haben, was in unserer Familie los war.

Ich suchte Ranas Blick, um mich bei ihr zu bedanken. Durch ein Nicken oder ein Lächeln. Aber sie wich mir aus.

Eine Woche nach der Katastrophe schrieb ich an »Bridges for Peace«, daß ich meine Teilnahme an dem Sommercamp aus familiären Gründen absagen müsse. Es täte mir leid. Pauline, die mich immer anstrahlte, seit sie von meiner Anmeldung wußte, sagte ich nichts. Eine Dame von »Bridges for Peace« rief bei uns an. Offensichtlich wollte sie mich umstimmen. Nach fünf Minuten gab sie entnervt auf, weil das durchdringende Geschrei meiner Mutter jede Verständigung unmöglich machte.

Und Mama hörte nicht auf zu schreien.

ج

Nach drei Wochen rief Jefra Tante Nibal an. Jefra hatte sie von Jasirs Tod unterrichtet. Nibal hatte einen langen Brief und ein großes Bukett aus weißen Lilien geschickt und sich entschuldigt, daß sie am Tag der Beerdigung nicht in Jerusalem, sondern in London gewesen sei. Seither hatten die Namadis nichts mehr von ihr gehört.

Nibal war nicht zu Hause, als Jefra anrief. Sie sprach ihr auf den Anrufbeantworter.

»Kannst du nicht einmal kommen. Mama ist sehr krank. Wir wissen nicht, was wir tun sollen. Wir brauchen deine Hilfe.«

Nibal kam am gleichen Abend. Sie runzelte befremdet die Stirn, als sie schon an der Haustür Baseema schreien hörte. Ibrahim führte sie ins Wohnzimmer, wo Baseema in den Patriarchensessel gekauert lag. Nibal betrachtete dieses verzerrte Bündel Mensch, das einmal ihre Schwester gewesen war. Ibrahim und die Kinder standen im Halbkreis herum.

»Baseema, hier ist deine Schwester Nibal. Hör auf zu schreien und rede mit mir«, sagte Nibal in einem so beiläufigen Tonfall, als hätte sie gesagt: Heute mittag habe ich eine Falafel gegessen.

Baseema hob den Kopf und schaute in die Richtung ihrer Schwester, drehte sich weg und hörte nicht auf zu schreien.

Nibals Brüllen kam so unerwartet, daß Ameera heftig zusammenzuckte und die anderen nicht weniger erschrocken reagierten. Mit einer Donnerstimme, die niemand der schmalen Person zugetraut hätte, fuhr Nibal ihre Schwester an: »Sofort bist du jetzt ruhig! Es ist gut, um Jasir zu trauern. Aber es ist ein Verbrechen, Ibrahim und den Kindern, die dir geblieben sind, das Leben zur Hölle zu machen. Hör sofort auf! Jetzt in dieser Sekunde. Sonst lasse ich dich wegschleppen. Wenn es sein muß, in einer Zwangsjacke. Dein Schreien ist gottlos.«

Und Baseema hörte auf. Sie wimmerte auch nicht mehr. Mit ihren Augen, in denen noch immer der Furor des Schmerzes flackerte, sah sie Nibal an.

Und dann sagte sie nur einen Satz. »Du hast recht, es ist gottlos.«

Als Tante Nibal ging, nahm sie Jefra zur Seite.

»Ich werde deiner Mutter eine Psychotherapeutin besorgen und sie bezahlen. Sie muß aus diesem Teufelskreis heraus, und ich weiß nicht, ob sie das alleine schafft. Hör nicht auf, deine Mutter zu lieben, auch wenn das im Augenblick sehr schwer ist.«

Sie hatte schon die Haustür halb hinter sich geschlossen, als ihr noch etwas einzufallen schien. »Was ist übrigens mit deinem Sommercamp? Baseema hat mir davon erzählt. Hast du den Wettbewerb gewonnen?«

Jefra erzählte von ihrer Absage. »Ach, weißt du, eigentlich bin ich ganz froh, daß aus der Reise nichts wird. Ich möchte gar nicht mehr mit Israelis zusammensein. Was soll schon dabei herauskommen!«

ج

Ich hatte keine Ahnung, was eine Psychotherapeutin macht. In Palästina gibt es den Beruf eigentlich nicht. Ich hatte auch noch nie den Namen Sigmund Freud gehört. Natürlich wurde im Literaturunterricht ständig von psychischen Problemen, psychologischer Durchdringung der Charaktere, psychologischem Feingefühl gesprochen, und ich konnte mir aus dem Zusammenhang immer vorstellen, was die Lehrerin meinte. Es war nicht so schwer, sich in die Psyche der Helden der Brontë-Sisters zu versetzen, zumindest der Heldinnen. Ein Psychotherapeut heilt eine kranke Seele. So viel wußte ich. Und daß meine Mutter eine so kranke Seele hatte, daß auch ihr Körper schwer krank geworden war, wußte ich auch. Aber WIE konnte man sie heilen? Jasir war nicht wieder zum Leben zu erwecken.

Mama ging jede Woche einmal zu einer Psychotherapeutin, die in einem verwunschenen kleinen Häuschen auf dem Ölberg wohnte. Sie war eine gebürtige Schweizerin, die nach einer gescheiterten Ehe mit einem palästinensischen Arzt in Jerusalem geblieben war. Sie hatte keine öffentliche Praxis und nahm nur Privatpatienten an, die ihr ihre Freunde empfahlen.

Am Anfang mußte ich Mama zu ihren Sitzungen bringen, weil sie so schwach war, daß sie nicht einmal in den Bus steigen konnte: die Stufe war ihr zu hoch.

»Was macht die Therapeutin mit dir?« fragte ich Mama.

»Sie hört mir zu.«

»Wir hören dir auch zu.«

»Das ist etwas anderes.«

Es dauerte lange, bis das Zuhören Wirkung zeigte. Aber irgendwann spürten wir kleinste Zeichen der Veränderung. Eines Tages kamen wir aus der Schule, und Mama lag nicht im Patriarchensessel mit verzerrtem Mund, aus dem der Speichel tropfte, sondern sie stand am Herd und kochte Mlokhiyye, unser aller Lieblingsgericht. Der Duft des aromatischen Krauts Mlokhiyye, bitter und süß zugleich, vermischte sich mit dem kräftigen Geruch des Suppenhuhns.

Wir Kinder sahen uns an. Sollte der Alptraum wirklich ein Ende haben?

Tayseer und Achmed zeigten ihr eines Tages ihr Zwischenzeugnis. In Sport hatten sich beide um einen Punkt verbessert, auf 98 und 99 Punkte. In den anderen Fächern waren sie aus dem roten Feld heraus. Sicher, die Noten in englischer Literatur und in Chemie waren immer noch unter 60 Punkten, aber sie hatten es doch geschafft, auf der Schule zu bleiben. Das Schulgeld wurde ihnen gestundet. In den Zeiten der Intifada gab es mehr als eine Familie, die nicht zahlen konnte.

Papa strich Mama über den Rücken, als sie die Zeugnisse studierte. »Mahsalla! Das ist wunderbar! Und es ist allein dein Verdienst! Du hast den Direktor mit deinem Charme um den Finger gewickelt.« Da schien es mir, als würde meine Mutter für einen kurzen Augenblick lächeln.

ج

Jefra ging wieder ins British Council. Ian kannte sie jetzt schon gut und begrüßte sie immer enthusiastisch.

»Wie wäre es heute mit Thomas Hardy? Und hast du eigentlich schon etwas von Charles Dickens gelesen? Er hat wunderbare Frauenfiguren geschaffen, glaub mir. Und irgendwann mußt du »Mrs. Dalloway« von Virginia Woolf lesen, das ist mein Lieblingsbuch. Mrs. Dalloway ist kein junges Mädchen, eine Frau an der Schwelle des Alters. Du wirst ihre Klugheit lieben. Ihre Selbstgewißheit, ihren Charme.«

Jefra unterbrach ihn. »Könnten Sie mir etwas von Sigmund Freud besorgen?«

Ian war verblüfft. »Wieso denn Freud? Ist das nicht ein bißchen früh?«

Jefra lachte ihn an.

»Nach meiner sehr bescheidenen Lebenserfahrung kann man etwas nur zu spät, aber selten zu früh kennenlernen.«

»Na, du riskierst ja eine flotte Lippe. Natürlich werde ich dir Sigmund Freud besorgen. Unter einer Bedingung.«

»Und die wäre?«

»Daß du mir anschließend den Ödipus-Komplex erklärst.«

ج

Jefra hatte noch vor Jasirs Tod eine E-Mail an Ruth geschickt. Seltsam, wie sich im Haus Namadi eine neue Zeitrechnung eingeschlichen hatte, ante und post Jasir, vor und nach seinem Tod.

Liebe Ruth,
es sind jetzt drei Monate seit dem Bombenattentat vergangen, bei dem Deine Freundin auf so schreckliche Weise ums Leben gekommen ist. Ich habe verstanden, daß Du in der ersten Zeit nicht fähig warst, mit mir zu sprechen. Auch wenn Du weißt, daß ich solche Attentate verabscheue, war ich für Dich in jenen unglücklichen Augenblicken eine Palästinenserin, eine Feindin. Es hat mir wehgetan, als Deine Mutter damals den Telefonhörer abrupt auflegte, als ich am anderen Ende der Leitung war. Ob Ihr noch immer das Gespräch mit mir ablehnt? Ob die Attentate in Afula und Hadera, die inzwischen geschehen sind, Euch in Eurer Meinung bestärkt haben, daß man keinen Kontakt mehr zu Palästinensern haben kann?
Aber vergiß auch nicht ganz, was Eure Armee in der Zwischenzeit im Gazastreifen und in der Westbank angerichtet hat. Ich würde gern einen neuen Anfang setzen. Denn unsere

Nachmittage in Eurem Haus waren mir wichtig. Ich habe damals Hoffnung geschöpft. Daß wir beide uns besser kennenlernen würden. Daß wir mehr Gemeinsamkeiten entdecken könnten. Daß wenigstens wir beide erfahren, daß auf der anderen Seite Menschen wohnen, die keine Teufel sind und keine Engel, keine Monster und keine Götter, sondern Menschen. Ich vermisse Dich. Ich vermisse vor allem Dein ansteckendes Lachen. Es grüßt Dich ganz herzlich
Deine Jefra

Es kam keine Nachricht von Ruth. Es kam ein Brief von Rachel:

Liebe Jefra,
Ruth hat mir erzählt, Du habest ihr geschrieben. Ich glaube nicht, daß sie Dir antwortet. So schreibe ich, damit Du aus Ruths Schweigen nicht die falschen Schlüsse ziehst.
Das Attentat in der Emek Refa'im Street und Dafnas Tod haben unsere Familie in einer Weise beschädigt, wie ich es mir nicht habe vorstellen können.
Ephraim kommt nicht mehr nach Hause, er arbeitet Tag und Nacht und schläft im Büro. Und wenn er zu Hause ist, schließt er sich in seinem Zimmer ein. »Was machst du dort?« frage ich meinen Mann. »Ich lese«, sagt er. Er liest zum ersten Mal in seinem Leben Werke jüdischer Philosophen und Lehrer, als suche er in ihren Schriften Erklärungen für das Leiden der Juden durch die Jahrhunderte.
Mit Ruth ist es schlimmer. Sie war immer so easygoing, so unbeschwert, vielleicht auch oberflächlich in ihrer Sorglosigkeit. Ruth hat sich völlig verändert. Sie ist hochaggressiv, beschimpft uns, ihre Eltern, als »Verräter an der jüdischen Sache«, bewegt sich in nationalistischen Jugendbünden, die wir zutiefst ablehnen. Jegliche Toleranz ist geschwunden. Vor uns steht ein großes zorniges Kind, das wütend mit dem Fuß auf den Boden stampft und ruft: »Israel den Juden«.

Rafi ist noch am wenigsten berührt von unseren häuslichen Veränderungen. Er ist an der libanesischen Grenze stationiert und kommt nicht oft nach Hause. Aber ich habe den Eindruck, daß dieser Militärdienst für ihn eine einzige freudlose Gasse ist, schlimmer, eine Sackgasse, aus der es kein Entrinnen gibt.
Und ich selbst? Meine Beschädigung zeigt sich in einer unendlichen Müdigkeit, einem Bettdecke-über-den-Kopf-Syndrom. Ich kann nicht mehr leben. Ich kann nur noch schlafen.
Jefra, ich schreibe Dir das, damit Du das Scheitern unserer Beziehung, die eine Freundschaft hätte werden können, nicht als Dein oder unser Versagen deutest. Wir alle sind Opfer.
Wir werden uns wohl nicht mehr sehen. Ich wünsche Dir alles Gute. Mögest Du nicht oder nur in erträglichem Maße vom Leben enttäuscht werden.
Deine Rachel

ج

Ich war wütend auf Tante Nibal. Wurde man so, wenn man einsam, ohne Familie, kinderlos war? Selbstherrlich und herrisch?

Nibal hatte in der resoluten Kürze, für die sie berühmt war, geschrieben. »Liebe Jefra, ich habe Dich wieder bei ›Bridges for Peace‹ angemeldet. Du wirst in die USA fliegen. Sollte es Deiner Mutter bis dahin immer noch schlechtgehen, finanziere ich eine Familienpflegerin. Nibal«

Wie konnte sie einfach so über mich verfügen, mich nicht einmal mehr fragen, ob ich noch in die USA reisen wollte? Denn ich wollte nicht mehr. Ich hatte dieses Abenteuer abgeschrieben, und ich fühlte mich nicht schlecht dabei. Ich hatte dieses Camp inzwischen so verdrängt (freudianisch: VERDRÄNGT!), daß es schon gar nicht mehr in meinem Ge-

dächtnis war. Nur wenn ich Paulines schüchternes Lächeln sah, fiel es mir wieder ein.

Und jetzt zwang mich Nibal zu fahren. Schrieb: »Basta, Du wirst fahren. Komm nicht mit müden Einwendungen, die bei mir ohnehin nicht verfangen. Du bist jung, weltoffen und tolerant. Du bist prädestiniert für diese Reise, und darum wirst Du sie auch machen. Ich werde mich in dieser Zeit um Deine homebase kümmern.«

Es war vielsagend, daß Tante Nibal von »homebase« sprechen mußte. Offensichtlich fürchtete sie sich vor dem Begriff »Familie«.

Ich antwortete tagelang nicht auf ihre Mail. Im Fernsehen sah ich Bilder aus Hebron, über das in diesen Tagen die Israelis wieder einmal die Ausgangssperre verhängt hatten, um eine Handvoll jüdischer Siedler gegen die arabische Bevölkerung zu schützen. Und wer schützte die Palästinenser vor diesen fanatischen Juden, die arabische Geschäfte demolierten und mit Schildern durch die Stadt zogen, auf denen stand »Diese Stadt gehört UNS.«?

Mein Vater war aus dem Zimmer gegangen, weil er die Bilder nicht ertragen konnte. Seine Familie kam aus Hebron, hatte seit Hunderten von Jahren dort gelebt, er war dort groß geworden, bevor er zum Studium nach Jerusalem gegangen war. Und jetzt sagten diese Siedler, die vor wenigen Jahren aus den USA nach Hebron gekommen waren, um hier das »heilige Land der Väter« zu verteidigen: »Die Stadt gehört UNS.« 250 jüdische Siedler hatten mehr Macht als fast 200 000 Palästinenser, und sie spielten diese Macht aus.

Ich konnte den Haß meines Vaters körperlich spüren. Und ich spürte ihn selbst. Die Kehle wurde mir trocken vor Zorn, ich konnte nicht mehr schlucken, nicht mehr sprechen.

Und mit solchen Menschen sollte ich mich an einen Tisch setzen, in einem Zimmer schlafen? Nur gut, daß die Reise nach New Jersey geplatzt war, nur gut.

Natürlich wußte ich, daß sich niemals junge Mädchen aus

fanatischen Siedlerfamilien um eine Teilnahme an einem Camp bewerben würden, das auf Verständigung setzte, daß ich in den USA andere Israelis kennenlernen würde. Aber so wie einst Ruth nicht zwischen Palästinensern und Palästinensern hatte unterscheiden können, so konnte ich es in diesen Augenblicken auch nicht zwischen Israelis. Die Empörung über eine solch himmelschreiende Ungerechtigkeit war zu groß.

Ich folgte meinem Vater in den Garten. Er rauchte, was er sehr selten tat. Ich legte meinen Arm auf seinen Unterarm. Wir sprachen nicht. Aber ich spürte, daß er ruhiger wurde.

Und in diese Phase tiefer Abneigung gegen den Feind, der uns so ungeheuer demütigte, war Tante Nibal mit ihrer »frohen Botschaft« geplatzt.

Nibal hat einen eisernen Willen. »Du hast einen ganz schönen Dickkopf, Jefra«, hatte meine Mutter früher gesagt und dabei gelacht. Früher, als sie noch lachen konnte. Mal sehen, wer dieses Duell der eisenharten Köpfe für sich entschied.

ج

Jefra war das Kind, das Nibal immer gern gehabt hätte. Das durfte sie ihrer Nichte nicht sagen, sie durfte es auch ihrer Schwester Baseema nicht sagen. Denn Baseema, das wußte Nibal, hätte eine solche Erklärung als arrogant empfunden. Im Sinne von »Du bist nichts geworden, aber du hast wenigstens nette Kinder. Ist ja auch etwas.«

Nichts lag Nibal ferner. In einem Umfeld, in dem Frauen nicht nur Steine, sondern ganze Geröllhalden in den Weg gelegt wurden, hatte sie sich durchgesetzt. Sie hatte die harte Tour hinter sich: Studium der Biologie in Bir Zeit, Auslandsstipendien, Promotion in Berkeley, Postdoc, Gastprofessorin an der Johns Hopkins und schließlich Leiterin des Departments für

Mikrobiologie an der Al-Quds-Universität in Jerusalem, ihrer Vaterstadt.

Sie hatte den Preis für ihre Karriere bezahlt, und der Preis war hoch gewesen. Eine gescheiterte Ehe mit einem amerikanischen Kollegen, der ihr immerhin die Vergünstigungen eines amerikanischen Passes hinterlassen hatte, Verzicht auf Kinder, Leben in einem arabischen Land, in dem bei einer klar patriarchalischen Gesellschaftsordnung wenig Platz war für eine intellektuelle Frau in einer Spitzenposition. Vielleicht noch nicht in dieser Generation.

Nibal war sich sicher, daß trotz aller Re-Islamisierung, trotz aller Versuche, die Frau wieder in Hijab und Khimar zu zwingen, die Emanzipation der modernen gebildeten Araberin auch in Palästina unaufhaltsam war. Und Jefra schien ihr eine Verheißung auf diese Entwicklung zu sein.

»Warum bist du nicht in den USA geblieben«, hatte Jefra sie einmal gefragt und nicht geahnt, welch wunden Punkt in Nibals Seele sie berührte.

Nibal hätte die Möglichkeit gehabt, an einer amerikanischen Universität zu lehren. Warum hatte sie es nicht getan? Sicher, da war diese schwere Kränkung von John gewesen, der sich im Alter von fünfzig Jahren in eine junge Promovendin verliebt und das nicht sehr originelle, aber offensichtlich immer noch anziehende Modell von väterlichem Lehrer und gelehriger Schülerin durchgespielt hatte.

Aber John war nicht Amerika. Es fiel ihr schwer, es sich einzugestehen, aber es war ihre Liebe zu Palästina gewesen. In Amerika hatte sie sich mehr als Araberin gefühlt als je zuvor. Und immer nachhaltiger gespürt, was ihr dort fehlte: die Wärme der Menschen, ihre Großherzigkeit, ihr Humor. Und das Leben in der Wüste mit ihrem Licht, ihrem hellen Stein, ihrer schnörkellosen Strenge und der Konzentration auf das Einfache. Man lebt hier weniger, viel weniger komfortabel als in den Staaten, hatte sie einer amerikanischen Freundin geschrieben, aber man lebt mehr in der Mitte, im Essentiellen.

Aber als sie das schrieb, wußte sie noch nicht, wie hart dieses Leben werden sollte. Denn ein Jahr nach ihrer Rückkehr nach Palästina brach die zweite Intifada aus. Und damit änderte sich auch für sie, die eigentlich unpolitisch war – soweit man in Palästina überhaupt unpolitisch sein konnte –, vieles. Ihre jüdischen Kollegen in den USA stellten die Korrespondenz ein, zumal nach dem Attentat auf das World Trade Center. Die internationalen Verbindungen wurden weniger, die Einladungen zu Kongressen nahmen rapide ab. Und wenn welche kamen, waren die Ausreisebedingungen für Palästinenser so restriktiv geworden, daß die Schere im Kopf schon die meisten Termine wegschnitt. Einmal in diesem Jahr war sie noch in London gewesen, hatte sich gefreut, daß das Zusammentreffen mit den Kollegen herzlich und ungetrübt gewesen war.

Am schlimmsten empfand sie die ständigen Kürzungen und Kündigungen in ihrem Institut. Daß ihr eigenes Gehalt radikal beschnitten worden war und inzwischen auf dem Niveau einer amerikanischen Verkäuferin lag, war das eine. Daß aber eine vernünftige wissenschaftliche Forschung kaum mehr möglich war, rührte an das Selbstverständnis ihres Berufes. »Überwintern« hieß das Wort der Stunde. Aber man sah dem dritten Herbst der Intifada entgegen, und die Verhältnisse wurden immer desolater.

Nibal hatte begonnen, sich auf Ausschreibungen von Professorenstellen in den USA zu bewerben. Und abends vor dem Spiegel zupfte sie die ersten grauen Haare aus ihrem schwarzen Schopf. Es wäre schön gewesen, einen Mann zu haben, der ihr gesagt hätte: »Färb dir doch einfach ein paar rote Strähnen ins Haar.«

ج

Ich fühlte mich in dieser Zeit gespalten, voller Widersprüche, voller Ja-Nein-Empfindungen. Vielleicht war es ja ganz normal in diesem Land, daß man ständig in unterschiedlichste Richtungen gezogen, ja gerissen wurde. Bis die Seelenhaut aufplatzte und fürchterlich wehtat.

Rachels Brief ging mir tagelang nicht aus dem Kopf. Ich hatte in ihren Worten die Wärme gespürt, die Sympathie, nach der ich mich in den ersten Tagen nach dem Attentat in Emek Refa'im so schmerzlich gesehnt hatte. Rachel hatte Öl in meine Wunden gegossen, hatte den Zorn besänftigt, der in meinem Herzen gegen Ruth brannte. Obwohl ich doch allen Grund hatte, gegen ein Mädchen zu wüten, das mir die Heimat streitig machte. Aber Ruth tat mir nur noch leid. Wie tief mußte der Schock über Dafnas Tod für sie gewesen sein, wenn sie sich jetzt in die Arme von Fanatikern stürzte. Ob Ruth eines Tages aus dieser Dumpfheit erwachte und ihr ein Gott oder ein Mensch die Augen öffnete? Wahrscheinlich würde ich das nie erfahren.

Trotz meiner Phase tiefer Abneigung gegen alles Israelische fiel mir in diesen Wochen nichts Besseres ein, als mir ein Sprachbuch zu kaufen und Hebräisch zu lernen. Heimlich natürlich. Hätten Achmed und Tayseer das Buch entdeckt, hätten sie es in der Luft zerfetzt. Und mich am liebsten gleich mit.

Ich hatte in den Wochen der langen Krankheit meiner Mutter eine erste Vorstellung davon bekommen, was ich studieren wollte: PSYCHOLOGIE. Und ich wußte, daß solch ein Studium an der Hebrew University möglich war, nicht aber an den palästinensischen Universitäten. Es war erst eine vage Idee, aber der leere Rahmen füllte sich jeden Tag etwas mehr mit einem Bild. Die Vorstellung, eines Tages durch meine Hilfe einem Menschen, der aus dem Leben gefallen war, den Weg zurück in dieses Leben ebnen zu können, hatte etwas Faszinierendes.

Ich wollte Tante Nibal bitten, mir als Ersatz für das Peace Camp einen Feriensprachkurs an der Hebräischen Universität zu finanzieren. Nun hatte Nibal einen Strich durch meine Pläne gemacht.

Aber wieso eigentlich? Ich konnte ein zweites Mal abgemeldet werden. Sie konnte mich nicht wirklich zwingen, in die USA zu fliegen.

Aber da war eine andere Stimme in mir, die sagte: Jefra Namadi, deiner Mutter hast du einmal gesagt: »Diese Welt ist keine Welt für Klein-Beigeber.« Also schnür dein Bündel und mach dich auf die Socken! Mach dich auf in die neue Welt!

ج

Auf dem Flughafen in Tel Aviv hielt sich Jefra an Samira, die Betreuerin der palästinensischen Gruppe. Sie suchte ihren Schutz wie ein Vogel, der noch nicht flügge ist und immer wieder unter den Flügel der Mutter kriecht.

Die letzten Tage vor dem Abflug war sie in ständiger Panik gewesen. Ich kann nicht fahren, ich will nicht fahren. Ich bin nicht dazu bereit. Ich schaffe das nicht. Ich breche zusammen. Sie war noch nicht flügge, nicht fähig zum Fliegen, genau so war es.

Aber jetzt stand Jefra am Flughafen, und es wurde ernst. Immer mehr Eltern kamen mit ihren Töchtern. Die arabischen Familien erkannte man schon von weitem. Die Väter sahen alle feierlich aus, die Mütter besorgt. Bei Jefras Eltern war das nicht anders. Baseema war mitgekommen, obwohl sie Menschenansammlungen nicht ertragen konnte. Es rührte Jefra sehr, daß ihre Mutter es sich nicht nehmen ließ, ihre Tochter zu verabschieden und ihr Glück zu wünschen. Baseema war immer noch schrecklich dünn und schwach, aber sie lächelte Jefra an.

Auch Pauline kam mit ihren Eltern. Die Mutter sah aus wie

Jacqueline Kennedy, umwerfend jung und hochelegant gekleidet. Mehr Champs-Élysées als Nablus Street. Pauline kam strahlend auf Jefra zu, stolperte über einen Koffer, schlug auf den Boden und riß sich an einer Kofferschnalle das Kinn auf. Die Aufregung half Jefra, das bleierne Gefühl des Abschieds zu verdrängen (VERDRÄNGEN!), während sie gemeinsam mit Samira Pauline verarztete. Ein Pflaster war zur Hand. Die Flughafensanitäter mußten nicht gerufen werden.

Jacqueline Kennedy sah Jefra an und sagte mit französischem Akzent: »Ich bin so froh, daß du mitfährst, Jefra. Pauline ist noch ein bißchen unreif.« Wie Jefra geahnt hatte. Sie war als Kindermädchen engagiert. Als Krankenschwester hatte sie sich ja gerade schon bewährt.

Die zweite Gruppe bestand aus sieben israelischen Araberinnen. Sie waren eigentlich auch Palästinenserinnen, aber gleichzeitig israelische Staatsbürgerinnen. Ihre Großeltern hatten sich 1948 nicht von den Juden vertreiben lassen, sie waren in ihrer Heimat geblieben. Nur, daß über Nacht diese Heimat zum Staat Israel ausgerufen worden war. Seither waren sie und ihre Nachkommen Israelis. Dem Buchstaben des Gesetzes nach waren sie gleichberechtigte Bürger, aber sie konnten ein Lied davon singen, daß sie im Alltag wie Menschen zweiter Klasse behandelt wurden.

Die jungen Mädchen standen in einer Ecke für sich, aber auch wenn sie sich gegenüber den jüdischen Mädchen benachteiligt fühlen mochten, so schienen sie doch deutlich mehr Selbstbewußtsein als ihre arabischen Schwestern zu haben, begrüßten sich mit lautstarken Zurufen, Küssen, Umarmungen. Und einige sprachen sogar Hebräisch miteinander.

Waren sie nun Israelis oder Araberinnen, oder was waren sie eigentlich? Jefra war sich sicher, daß sie nicht so zwischen allen Stühlen sitzen wollte, mit zwei Identitäten ausgestattet, die in diesen Zeiten unverträglich waren. Aber es gefiel ihr, daß diese Mädchen so viel Fröhlichkeit verbreiteten.

Und in einer noch entfernteren Ecke standen die sieben jüdischen Israelis. Sie warfen keinen Blick in die arabische Ecke. Sie sprachen aber auch nicht miteinander. Ihre Eltern hatten sie offensichtlich schon wieder nach Hause geschickt. Sie standen da – in ihrer »Uniform«. Alle sahen vollkommen gleich aus. Die gleiche Frisur: Pferdeschwanz. Das gleiche Outfit: knallenges T-Shirt und Minirock, der so kurz war, daß die Araberinnen sich vor Peinlichkeit wanden. Zwischen Shirt und Rock gab es einen breiten Streifen nackter Haut mit gepierctem Bauchnabel. Sie kauten Kaugummi und hörten Musik auf tragbaren CD-Playern. Einige wippten zum unhörbaren Takt der Musik.

Jefra sah, wie ihre Eltern die israelischen Schülerinnen musterten. Ihr war, als müßte sie sich für sie entschuldigen. Aber sie sagte nichts, und auch ihre Eltern schwiegen. Ein Sicherheitsangestellter ging jetzt auf die israelische Gruppe zu und holte sie zum Security Check.

Hätte mich auch gewundert, wenn man uns zuerst gebeten hätte, dachte Jefra.

Die Mädchen wurden befragt, zwei, drei Minuten, dann erhielten sie ihren Unbedenklichkeitssticker. Die jungen Palästinenserinnen standen noch eine ganze Stunde verloren in der Ecke, bis auch an sie die Aufforderung erging, nach vorn zu kommen. Das war der Augenblick, wo Jefra von ihren Eltern und Ameera Abschied nehmen mußte. Ihre Mutter weinte, Jefra weinte. Ihr Vater sagte kein Wort, wollte sie aber nicht aus seiner Umarmung lassen.

Glücklicherweise fing Ameera an zu plappern und zählte noch einmal alles auf, was Jefra ihr aus den USA mitbringen sollte. Seit Tagen hatte sie ihre Wünsche immer wieder hergebetet. Und schriftlich hatte Jefra sie auch erhalten. Aber in diesem Augenblick war sie ihrer Schwester dankbar. Ameera nahm mit all den Nichtigkeiten diesem Abschied die Schwere. Es war, als führe Jefra nach Disney-World, um für die Principessa einzukaufen.

Der Sicherheitscheck war demütigend und erniedrigend. Die Palästinenserinnen mußten ihre Schuhe und Jacken ausziehen.

Die Koffer wurden durchwühlt und ihnen in diesem Zustand zurückgegeben. Fotoapparate wurden geöffnet, Toilettensachen auseinandergenommen. Rasha mußte in eine Art Umziehkabine gehen und sich – wie sie später erzählte – bis auf Hemd und Slip entkleiden. Jefra beneidete die israelischen Mädchen. Die waren erhobenen Hauptes durch die Sperre gegangen, angesehene Bürgerinnen ihres Landes. Und was waren sie? Nur potentielle Terroristinnen oder doch noch Menschen?

Der Flug in die USA dauerte elf Stunden. Jefra saß elf Stunden auf ihrem Kabinensitz und hatte eine Wolldecke über ihren Kopf gezogen. Vor Kälte und Scham. Sie konnte nicht lesen. Sie konnte nicht schlafen. Sie konnte sich nicht mit Pauline unterhalten. Sie konnte nur denken: Welch ein schrecklicher Irrtum! Welch ein Fehler! Wie soll ich diese Zeit in New Jersey nur überstehen? Mit dem Feind unter einem Dach?

ج

Sechs Wochen vor unserem Abflug hatte ich angefangen, nach Maryam zu fahnden. Ich hatte den Namen Namadi in eine amerikanische Suchmaschine eingegeben und 638 Nennungen erhalten. Wissenschaftler, Ärzte, Biologen, Journalisten. Fast ausschließlich Männer. Die Namadis hatten offensichtlich einiges für das Wohlergehen der Menschheit geleistet. Maryam war nicht dabei. Was hatte ich denn erwartet? Daß sie in einem Jahr ein Star des amerikanischen Films geworden war?

Ich klickte auf Poughkeepsi und erfuhr, daß der Name der kleinen Stadt nördlich von New York indianischer Herkunft sei. Das war aber dem Anschein nach das einzige, was an Poughkeepsi interessant war. Dann fiel mir ein, daß Maryam vielleicht gar nicht mehr Namadi hieß, sondern Miller oder Walter oder Clinton. Vielleicht hatte sie sogar ihren Vornamen aufgegeben und hieß jetzt ganz einfach Mary. Mary Miller? War das die Erfüllung des amerikanischen Traums?

Ich hatte keine Idee, wie ich meine Schwester finden könnte, nur daß ich sie finden wollte, das wußte ich genau. Für amerikanische Verhältnisse war eine Fahrt von New Jersey nach Poughkeepsi keine Weltreise. Wenn sie wüßte, daß ich in USA wäre, würde sie mich sicher besuchen. Ich war doch ihre Schwester. Und in ihrem Abschiedsbrief hatte sie ja geschrieben: Ich werde euch nie vergessen. Das konnte doch nicht nur so einfach dahingesagt gewesen sein.

Das Dumme war, daß ich niemanden um Rat fragen konnte. Auch Tante Nibal nicht, die eine gute Anlaufstelle gewesen wäre, da sie noch immer Amerikanerin war. Schließlich fand ich im Internet eine E-Mail-Adresse der Stadtverwaltung in Poughkeepsi. Ich schrieb einen langen, sehr gefühlvollen Brief in der Absicht, das Herz eines Verwaltungsbeamten zu rühren. Das war meine letzte Hoffnung.

Nach zehn Tagen kam eine Mail, die aus einem Satz bestand: Aus Datenschutzgründen dürfe man die Adressen der Bürger der Stadt Poughkeepsi nicht an Dritte weiterleiten.

Wieso war ich eine Dritte? War ich als Schwester nicht allererste Verwandtschaft? Ich konnte nicht aufgeben. Maryam zu sehen, wurde zur fixen Idee, zu einer Zwangsvorstellung.

Ich schrieb zurück an die Stadtverwaltung, schrieb mit der ganzen Leidenschaft einer liebenden Schwester, schickte alle Daten Maryams. Für den Fall, daß sie einen anderen Namen trug, konnte man sie doch anhand des Geburtsdatums und des Geburtsortes finden. Wer in Poughkeepsi stammte wohl aus Jerusalem? Ich schlug vor, aus Datenschutzgründen, Miss Maryam Namadi zu benachrichtigen, daß ihre Schwester Jefra Kontakt mit ihr aufnehmen wolle und ihr meine E-Mail-Adresse zu schicken. In den nächsten Tagen lebte ich in der Angst, Achmed oder Tayseer könnten aus Versehen oder aus Neugier mein elektronisches Postfach öffnen und eine Nachricht abfangen. Aber nichts geschah.

Langsam drängte die Zeit. Ich ging Berichte über Mitgliederversammlungen des Tennisvereins von Poughkeepsis durch, suchte unter Basketball, unter arabischen Restaurants. Das alles war abwegig, zwanghaft. Irgendwann während meiner Lektüre von »Freud for Beginners« dachte ich: Vielleicht suche ich gar nicht Maryam, sondern Jasir, suche in Maryam den toten Bruder. Vielleicht war ich ja genauso krank, wie Mama es gewesen war, und projizierte auf Maryam den Verlust von Jasir.

Dann schob ich solche Gedanken wieder zur Seite.

Einen Tag vor dem Abflug sprang mich in meinem Posteingang der Name Maryam Namadi an. Für einen Augenblick blieb die Welt stehen. Ich hatte meine verlorene Schwester gefunden. Maryam lebte. Sie hieß nicht Mary Miller. Immer noch Maryam Namadi. Ich würde sie sehen. War das nicht, als sei ein Todesurteil aufgehoben? Oder ein lebenslang Verurteilter aus der Verbannung entlassen?

Maryams Nachricht war ernüchternd.

Liebe Jefra,
die Stadtverwaltung von Poughkeepsi teilt mir mit, daß Du unbedingt Kontakt mit mir suchst. Ich weiß nicht, warum. Du weißt, daß mich die Familie Namadi in Jerusalem nicht mehr kennt. Und ich kenne sie nicht. Falls Baseema oder Ibrahim Namadi gestorben sind, kannst Du mir das mitteilen. Aber es ändert doch nichts an der Situation. Wahrscheinlich aber wissen Deine Eltern nicht, daß Du die Verbindung zu mir suchst. Du hattest immer ein reichlich schwärmerisches Gemüt. Im Gegensatz zu mir. Und hätte ich es gehabt, wäre es mir in Amerika längst ausgetrieben worden. Denk an mich als an eine tote Schwester. Dann denkst Du richtig.
Maryam Namadi

Ich war wie vor den Kopf geschlagen. Mama war nicht mehr Mama, sondern Baseema Namadi, Papa war Ibrahim Namadi, und die beiden waren »Deine« Eltern, nicht mehr meine oder unsere. Ich las den Brief immer wieder. Dann schüttelte ich den Kopf und sagte laut vor mich hin: »Und wir werden uns sehen, Maryam. Du bist nicht tot, Schwester. Aber du bist unglücklich. Solange du lebst, werde ich dich nicht aus meinem Herzen verbannen.«

ج

Sie kamen spät in der Nacht in dem Haus in New Jersey an. Und obwohl Jefra viele Stunden im Flugzeug vor sich hingedämmert hatte, wollte sie nur eins: schlafen, schlafen, schlafen. Die Augen verschließen vor dem, was auf sie zukam. Aber im Haus erwartete sie Marilyn, die Leiterin des Sommercamps. Sie hieß wirklich so. Blond war sie aber nicht. Sie trug streichholzlange schwarze Haare, war sehr schlank und wirkte jungenhaft schlacksig. Sie empfing die Teilnehmer des Camps mit einer Fröhlichkeit, die Jefra nervte. Als sei sie als personifiziertes Sonnenscheinchen auf die Welt gekommen, um die Menschen mit ihrem glockenhellen Lachen zu erfreuen. Und als habe sie in der Elementarschule nur zwei Sätze gelernt. »Don't worry, be happy« und »Take it easy«. Daß sich Jefra in Marilyn täuschte, erfuhr sie erst später.

Die Teilnehmerinnen standen »nach Parteien getrennt« in der großen Eingangshalle. Die Betreuerinnen reichten Cola, Säfte und Cracker. Jede zerrte verlegen an ihrem Daypack herum. Die israelischen Mädchen froren, sie waren zu dünn angezogen. Jefra war warm genug angezogen, aber auch sie fror. Marilyn hielt eine kleine Rede. »Ihr steht da festgerammt wie eiserne Blöcke. Genau diese Blockbildung wollen wir ja auflösen. Und damit fangen wir gleich an. Wir haben für euch sieben

Zimmer mit je drei Betten. In jedem Zimmer schläft eine Vertreterin der drei Gruppen, eine jüdische Israeli, eine arabische Israeli, eine Palästinenserin. Ich habe nach dem Zufallsprinzip eingeteilt. Beziehungsweise danach, wie hübsch eure Namen zusammenpassen. Tamara, Samar und Hana schlafen zusammen, das ist die Double-A-Fraktion. Rawan, Rasha und Rivka sind die Rolling Rs., Dima, Deborah und Dana die Big Dees, Jefra, Shifra und Yusra die Rambling Ras…«

Und so weiter. Kindergeburtstagsspielchen. Wer waren sie denn mit ihren sechzehn, siebzehn Jahren?

Jefra wollte nicht mit einer Jüdin in einem Zimmer schlafen. Vor allem wollte sie niemanden zugeteilt bekommen. Schon gar nicht nach solch idiotischen Buchstabenspielchen.

Plötzlich war sie hellwach. Wenn Jefra wütend war, wurde sie immer ganz wach.

»Marilyn, ich fände es entschieden besser, wenn wir uns unsere Zimmerkameradinnen selbst aussuchen könnten.«

Marilyn blieb die Freundlichkeit in Person.

»Die Zeit ist zu kurz, als daß wir euch lange Aufwärmphasen einräumen könnten. Wir haben gute Erfahrungen mit unseren Zuteilungen gemacht. Wenn es auf irgendeinem Zimmer gar nicht funktioniert, können wir gemeinsam beraten, was zu tun ist. Es werden euch Leistungen abverlangt. Zum Beispiel mit zwei wildfremden Menschen zurechtzukommen. Schaut einmal her. Hier steht ein großer Spiegel. Heute seid ihr alle gedankenlos daran vorbeigegangen. Ihr wolltet eure müden Gesichter nicht sehen. Wenn ihr in zwei Wochen das Haus verlaßt, werdet ihr alle in diesen Spiegel schauen und jede von euch wird sagen: Ich bin stolz auf mich. Ich hätte nicht gedacht, daß ich das leisten kann, was ich geleistet habe.

Heute nacht müßt ihr euch nur noch die Zähne putzen und ins Bett kriechen. In das, das für euch vorgesehen ist. Ausnahmsweise gibt es morgen kein gemeinsames Frühstück. Jeder kann ausschlafen. Von zehn bis zwölf gibt es Müsli und Milch. Um eins ist ein Treffen im Salon. Da sollte dann jeder anwesend sein. Gute Nacht, meine Lieben. Schlaft süß und habt zauberhafte Träume! Die Luft in New Jersey ist die aromatischste der Welt.«

Augen zu und durch. Jefra putzte sich die Zähne. Aus dem Augenwinkel schielte sie zu ihren Zimmergenossinnen hinüber. Aber beide wühlten in ihren Koffern. Jefra kroch ins Bett, auf dem eine Schokolade mit ihrem Namen lag. Und zog wieder eine Decke über den Kopf und dachte: Welch ein Irrtum! Welch ein Fehler, hierherzukommen.

ج

Während Jefra in New Jersey war, erschien in Jerusalem ein lichter Streif am dunklen Horizont. Baseema erhielt das Angebot, wieder im Kindergarten zu arbeiten. Ihre Nachfolgerin, eine junge Frau, hatte ein Stipendium für ein Pädagogik-Studium an einer englischen Universität erhalten und gekündigt.

Baseema sprach mit ihrer Therapeutin, ob sie nach fünfmonatiger Krankheit den Schritt wagen konnte, wieder dort anzufangen, wo sie aufgehört hatte. Dabei wußte Baseema, daß sie nicht einfach einen fallengelassenen Faden aufnahm und weiterspann. Sie müßte den Faden völlig neu knüpfen. Die Gefahr, sich zu verheddern, erneut in ihr Elend zu verstricken, war groß. Denn in dem Kindergarten würde sie alles an Jasir erinnern. Wenn sie morgens das Haus verließ, würde sie erwarten, daß sich seine kleine Hand in ihre legte, um mit ihr zu gehen. Diese Erwartung würde jeden Morgen grausam enttäuscht werden. Wie sollte sie den Weg gehen können? Die Therapeutin machte ihr Mut. Der Kindergarten war mit einer Probezeit einverstanden.

Sogar Ibrahim hatte eine Arbeit gefunden. Er hatte sich um eine Hausmeisterstelle in der Schule Deir Tiffel, in der Nähe des American Colony Hotels, beworben und war genommen worden, sogar mitten in den Ferien, um mitzuhelfen, das Gebäude wieder »in Schuß zu bringen«. Natürlich war es ein dramatischer Abstieg vom Manager des Paradise-Hotels zum Hausmeister. Aber für Ibrahim war es das Ende des quälenden Gefühls der Nutzlosigkeit. Er hatte als Ernährer seiner Familie versagt. Wenn er dieses Versagen wieder wettmachen konnte, spielte es eine untergeordnete Rolle, womit er die Familie über Wasser hielt. Eines Tages würden die Zeiten ja besser werden. Er bürstete jeden Abend seinen grauen Anzug, als schiene dieser ein Garant dafür zu sein, daß er eines Tages wieder eine besondere Position bekleiden würde. Bis dahin schien ihm der Hausmeisterkittel ein angemessenes Symbol für die schwierigen Zeiten.

Selbst Achmed und Tayseer hatten einen richtigen Job ergattert. Es war nicht verborgen geblieben, daß die beiden erstklassige Fußballer waren. Eines Tages erhielten sie einen Anruf von einer christlichen Organisation, die sich um palästinensische Jungen kümmerte, die nicht mehr in die Schule gingen und auf die schiefe Bahn zu geraten drohten. Ob sie mit solchen Jungen im Alter von sieben bis zehn Jahren zweimal in der Woche ein Fußballtraining machen wollten?

Und ob sie wollten! Der Job war ziemlich gut bezahlt. Offiziell bekamen sie nur ein Taschengeld, denn die Zwillinge waren ja gerade erst dreizehn Jahre alt geworden. Ibrahim beobachtete, wie sich Achmed und Tayseer mit Autorität aufpumpten, wenn sie sich für das Training vorbereiteten. Er konnte zusehen, wie sie jede Woche ein Stück erwachsener wurden, sich den Kopf darüber zerbrachen, wie man die ihnen anvertrauten Jungen auf den richtigen Weg bringen könnte. »Wenn Ali ein richtig guter Torwart würde, müßte er nicht ständig den Kaspar spielen«, räsonierten sie beim Mittagstisch. »Hassan ist einfach durchgeknallt, je mehr wir ihn beachten, um so schlimmer wird er. Palästinensische Jungs sind manchmal so.«

Nur in einem Punkt blieben die Zwillinge eigensinnig und hart, in ihrem Haß gegen die Juden. Sie ballerten nicht mehr so kindisch mit Spielzeugpistolen herum, aber ihre Worte waren schärfer als ein Stilett. Jefra war für sie eine Verräterin, die noch stärker als Maryam die Ehre der Familie verletzte. Als Baseema eines Abends freudestrahlend erzählte, Jefra habe aus den USA angerufen, daß es ihr gutgehe, daß sie sich mit den anderen Mädchen verstehe, fuhren Achmed und Tayseer ihrer Mutter über den Mund. »Hör auf, Mama! Sie ist eine Kollaborateurin. Palästina kann Leute wie sie nicht brauchen. Wäre sie ein Mann, würde man sie umbringen. Wie konntet ihr nur eure Einwilligung geben? Das war ein Verbrechen.«

Baseema brach in Tränen aus. Ibrahim begann Jefra zu rechtfertigen. Aber Achmed und Tayseer standen in einer synchronen Bewegung auf – das Aufstehen hatte etwas merkwürdig Militärisches an sich – und verließen den Raum. Ameera schnappte sich die beiden Eisbecher, die die Jungen stehengelassen hatten.

Manchmal gab es nämlich wieder Eiscreme in der Familie Namadi.

ج

Am schlimmsten waren die Zeiten der Stille. Das selbstverordnete oder das verordnete Schweigen. Die Stille als Erschöpfung. Das Schweigen aus Zorn und Verbitterung. Die Stille, die keine Flucht mehr zuließ, in der wir nicht mehr durch Lärm, Lachen, Geschrei zudecken konnten, was sich in unseren Seelen begab. Die Stille, die sich auf uns herabsenkte wie ein nordamerikanischer Himmel voll grauer Regenwolken.

Wie die Dielen knarrten und stöhnten, wenn sich eine von uns in dieser Stille erhob und aus dem Raum ging. Wie sich die Gesichter der Mädchen veränderten, wenn sie lange Zeit nicht sprachen, wenn nicht mehr Worte etwas erzählten, sondern eine fahrige Bewegung, eine hochgezogene Augenbraue, ein leichtes Verziehen des Mundwinkels. Wie nackt uns das Schweigen machte! Wie verwundbar. Und wie sich die ersten Worte mit Bedeutung aufluden, die nach langem Schweigen fielen.

Einmal gab es ganz offiziell einen »Silent Day«. Wir durften sechzehn Stunden lang kein Wort sprechen. Alle hielten sich daran. Marilyn hatte uns angestrahlt, als sie uns das »neue Programm« verkündete. »Ich verspreche euch, ihr werdet ganz neue Erfahrungen machen. Euer Leben wird nicht mehr sein, wie es vorher war.«

Ich hatte ironisch über dieses Statement gelacht. Mein Leben nach New Jersey würde genauso sein wie das vorherige. Da hatte ich mir noch nicht vorstellen können, was ein absolutes Schweigen mit mir machen würde. Wahrnehmungen und Empfindungen trafen aufeinander wie bei einer dramatischen Wetterlage. Schwere Wolken aus Wut und Abneigung wechselten mit lauen Abendwinden, Gewitterböen wirbelten alles durcheinander, was schön ordentlich verschnürt gewesen war. Regenbänke schoben sich vor die Bläue eines Frühlingsmorgens. Schnee hüllte alles in geheimnisvolles Weiß. Temperaturen schnellten in unerträgliche Höhen oder stürzten ins Bodenlose.

Die emotionalen Wechselbäder erschöpften mich ungemein. Ich hätte immer nur schlafen mögen und konnte es doch nicht, weil die Seele so aufgewühlt war, daß auch nachts die Hochspannung nicht nachließ.

Wie erleichternd war es, als wir nach dem Schweigetag wieder sprechen durften. Aber seltsamerweise sprachen wir zunächst sehr wenig. Als hätten wir alle das gleiche Gefühl: daß Worte banal geworden waren.

ج

Yusra war eine israelische Araberin, die mit ihren Eltern im Jerusalemer Stadtteil Beit Safafa wohnte. Warum sie nach New Jersey gefahren war, blieb ein Geheimnis. Sie schien es nicht zu wissen. Yusra stellte nie eine Frage, auch sich selbst nicht. Sie meinte mit ihren sechzehn Jahren alle Antworten des Lebens gefunden zu haben. Vielleicht auch nur eine Antwort, aber die war allumfassend: Yusra war dazu da, um glücklich zu sein. Und sie war es. Das Leben war toll.

Am Anfang fand Jefra Yusras unerschütterlich gute Laune bewundernswert. Aber nach ein paar Tagen schlug diese Bewunderung in schiere Aggression um. Wenn Yusra zum hundertsten Mal erzählte, wie süß ihre Katze Mimouche sei, die sie in Beit Safafa zurückgelassen habe, dann reagierte Jefra gereizt. Die Katze schien Yusra auch unendlich viel wichtiger zu sein als ihre Familie, von der sie wenig erzählte.

Yusra, ethnisch gesehen Jefras Schwester, Araberin und Muslimin wie sie, war einfach keine Gesprächspartnerin.

Die Herausforderung war Shifra, die jüdische Israeli. An ihr mußte sich Jefra reiben und scheuern, an ihr mußte sie krank werden, in sie mußte sie sich verkrallen und schließlich auch verlieben.

Shifra war schon äußerlich das exzentrischste der israelischen Mädchen. Wo andere ein knappes T-Shirt trugen, hatte Shifra einen so engen Body an, daß ihr Busen zu einem überdimensionalen Gebirge herausgequetscht wurde. Wo andere Israelinnen geschminkt waren, legte Shifra balkendicke Lidstriche und ins Schwarz changierenden Lippenstift auf. Wo andere Miniröcke trugen, kaprizierte sie sich auf handbreite Schals, die sie um ihre Hüften geschlungen hatte. Für jede muslimische Frau war sie ein Bild der Verworfenheit. Nur zu denken, man könne in die Nähe einer Frau geraten, die so demonstrativ ihre sexuellen Reize zur Schau stellte, überstieg das Vorstellungsvermögen der Araberinnen. Shifra war die reine Provokation.

Schon am ersten Morgen, beim Frühstück, zu dem die meisten Mädchen gähnend und noch deutlich am Jetlag laborierend herbeigeschlichen kamen, knallten Shifra und Jefra zusammen wie zwei Raketen, die aufeinandertreffen und in einer riesigen Detonation explodieren. Shifra wischte sich keine Schlafkrümel aus den Augen, lümmelte nicht im Jogginganzug herum oder löffelte lustlos und müde ein Müsli in sich hinein wie die anderen israelischen Mädchen. Shifra erschien in voller Montur, geschminkt und herausgeputzt, als solle es in einer halben Stunde in eine Disco nach Tel Aviv oder New York gehen. Sie kam diagonal durch den Raum auf Jefra zu, bewaffnet, ja, bewaffnet mit einem Orangensaft, den sie wie ein Schutzschild energisch vor die Brust hielt.

»Du bist doch, Jefra, meine Zimmergenossin, oder? Woher kommst du? Hast du Brüder? Gibt es in deiner Familie Terroristen? Ist dein Vater bei der Hamas? Sind die Jeans, die du trägst, Verkleidung? Trägst du zu Hause ein Kopftuch? Du wunderst dich, daß ich so direkt bin. Direkt bin ich immer. Fahr' immer gut damit. Ich muß abschätzen können, mit wem ich es zu tun habe. Also, schieß los!«

Jefra war verwirrt. So einen Stil im Umgang mit Menschen war sie einfach nicht gewöhnt. Dann rettete sie ein Geistesblitz. »Findest du nicht, daß ›Also, schieß los!‹ eine ziemlich makabre Einleitung zu einem Gespräch ist? Ich meine, für uns beide, in unserer Situation?«

Shifra brüllte los. Ihr Lachen war genauso impulsiv und ungehemmt wie die ganze Person. Marilyn, die gerade ins Zimmer gekommen war, hob erstaunt die Augenbrauen. Auch die anderen Mädchen drehten sich nach Shifra und Jefra um, und langsam wich das Dämmern in ihren Augen einem unverhohlenen Interesse. Was ging da vor, wie verlief eine erste Begegnung zwischen zwei Wesen von zwei weit entfernten Planeten im Weltraum?

Dieses erste Lachen schaffte Raum, schlug eine Schneise in ein Dickicht von Vorurteilen und kulturellen Fixierungen. Diesem ersten Lachen folgten viele andere, folgten aber auch Tränen, Wutausbrüche, Beschimpfungen, Beleidigungen.

Jefra warb um Shifras Freundschaft, und Jefra schämte sich, daß es sie so sehr danach drängte, von ihr anerkannt zu werden. Wenn sie ihr das Herz ausschüttete – und Jefra neigte zum Herzausschütten –, sagte Shifra in einem Ton harschester Zurückweisung: »Jefra, sei nicht sentimental! Mit Gefühlsduseleien erreichen wir gar nichts.«

Beim Abendessen war es üblich, daß eines der Mädchen aus seinem Lieblingsbuch vorlas. Als Jefra an die Reihe kam, hatte sie Ghassan Kanafanis Erzählung »Im Land der traurigen Orangen« ausgewählt, eine Geschichte, in der der palästinensische Autor den Verlust der Heimat beklagt. Aus der Perspektive eines kleinen Jungen beschreibt er die Flucht der Familie vor der israelischen Armee im Jahre 1948.

Beim Lesen schwankte Jefras Stimme, und an einer Stelle kippte sie um in ein trockenes Schluchzen.

> »Deine Mutter betrachtete noch immer schweigend die Orange, und aus den Augen deines Vaters blickten alle Orangenbäume, die er den Juden zurückgelassen hatte, all die Orangenbäume, die er Stück um Stück erworben hatte, sie alle standen ihm ins Gesicht gezeichnet, und vor dem Grenzposten konnte er seine Tränen nicht mehr zurückhalten.«

Am nächsten Morgen stürzte sich Shifra auf Jefra.

»Hi, Jefra, ich glaube du spinnst. Wie kannst du eine Geschichte von Kanafani vorlesen? Kanafani war ein Terrorist, wenigstens im Kopf. Er war Mitglied der ›Volksfront für die Befreiung Palästinas‹, einer Organisation, die verantwortlich ist für viele Terrorattacken. Wie kannst du, die du immer so die Verständigung beschwörst, jemanden wie Kanafani lieben?«

»Woher kennst du denn Kanafani?«

»Internet macht's möglich. Ich muß ja abends keine E-Mails an die liebe Familie schreiben, da kann ich herumsurfen und schauen, wer Jefra Namadi zu Tränen rührt.«

Jefra wurde wütend. Sie wollte sich ihre Bewunderung für Kanafani nicht nehmen lassen. Es war ihr, als hätte Shifra ein Mitglied ihrer Familie in den Dreck gezogen.

»Ihr wißt ja immer ganz genau, wer ein Terrorist ist. Und dann bringt ihr ihn um. Auch Kanafani habt ihr umgebracht. Ihr habt gedacht, was er schreibt, sei gefährlich. Vielleicht war er auch gefährlich für euch, weil er die Wahrheit geschrieben hat. Und die könnt ihr nicht vertragen!«

Shifra brüllte zurück: »Mach halblang, Jefra. Hör auf, ›ihr, ihr‹ zu brüllen. Ich bin nicht ›ihr‹. Und hör mir auf mit der Wahrheit! Es gibt keine Wahrheit. Merk dir das. Sei doch nicht immer so pathetisch.«

Jefra und Shifra saßen auf der Holzbank vor dem Haus, blickten in die Ahornbäume, die die alte Villa im Kolonialstil umstanden, aber sie sahen die Bäume nicht.

In diesem Augenblick kam Marilyn. Vielleicht hatte sie schon eine Weile zugehört.

»Eine Freundin aus Jerusalem, eine Israeli, hat mir geschrieben, daß ihr Mann als Codewort für seinen PC ›Emet‹ gewählt hat. Die Wahrheit. Daraufhin hat sie als Codewort ›Amitot‹ gewählt. Die Wahrheiten. Aus Protest. Und weil sie findet, daß Frauen ohnehin klüger sind als Männer. Stellt euch vor, ihr wäret die Tochter dieses Paares und müßtet euer Codewort wählen. Vielleicht ist das eine Hausaufgabe für heute nachmittag.«

»Natürlich sollte es auf Hebräisch sein, der größten aller Sprachen«, sagte Jefra. Sie war selten ironisch, aber ihr Zorn war noch nicht verraucht.

»Natürlich kann es auch auf Arabisch sein. Einer der wunderbarsten Sprachen der Welt. Und das allertollste wäre, wenn ihr euch auf einen Begriff einigen könnten. Dann wohl in Englisch.« Das sagte Marilyn schon im Weggehen.

Shifra und Jefra dachten im Traum nicht daran, ihre Hausaufgaben zu machen und darüber nachzudenken, wonach sich eine »Tochter der Wahrheit« sehnt. Aber ihrer Wut war durch Marilyns Intervention die Spitze gebrochen. Sie starrten in die Ahornbäume und schwiegen. Die Sonne ließ die Rippen und Adern der Blätter wie eine filigrane japanische Tuschezeichnung aufleuchten. Die Luft stand still. In der Ferne hörten sie Schreie von Jubel und Enttäuschung. Die anderen Mädchen trugen gerade ein Baseballmatch aus.

»Da sitzen ja die Jeshi-Zwillinge«, sagte Manar mit einem Hauch von Spott, als sie zusammen mit Pauline eine halbe Stunde später an der Bank vorbeikam, auf der Jefra und Shifra noch immer saßen, dem Anschein nach einträchtig.

»Hör bloß auf, du dumme Kuh«, brüllte Shifra los. »Seit dem ersten Abend gefallen sich einige besonders inspirierte Geister darin, ständig unsere Namen zu verhunzen. Das habe ich langsam satt. Also halt die Klappe, sonst reißen dir die Jeshis oder die Fra-Fras den Kopf ab. Es ist schon grotesk genug, daß sich unsere Namen so ähnlich sind. Aber täusch dich nicht, wir sind uns kein bißchen ähnlich und wollen es auch verdammt nicht werden.«

Manar war erschrocken über Shifras Heftigkeit. »Mein Gott, reg dich ab, Shifra. Namen sind doch nicht so wichtig.« Jefra fiel spontan ein Zitat aus dem Deutschunterricht ein. »Name ist Schall und Rauch«.

»Was ist denn das für ein Kauderwelsch, Jiddisch, Aramäisch oder Kisuaheli?« Shifra blieb in ihrer Hau- und Stechlaune.

»Was bedeutet das«, fragte Pauline.

»Ach, das kann man nicht so richtig übersetzen. Etwa: ›Name is sound and smoke.‹«

Brüllendes Gelächter, in das auch Shifra und Jefra einstimmten.

Jeshi sagte von diesem Tag an niemand mehr. Auch nicht Fra-Fra. Dafür ertönte jetzt häufiger »Sound and Smoke«, wenn die beiden auftauchten.

ج

Da war die Nacht, als wir aus Washington zurückkamen, wo wir das Holocaust-Museum besucht hatten. Bis zu jenem Tag waren Busausflüge die wunderbarsten Unternehmungen gewesen. Dort hatte man Gelegenheit, ein paar Wörter Hebräisch zu lernen und den Israelis einiges auf Arabisch beizubringen. Wir sangen zusammen, tanzten und lachten miteinander.

Aber diese Fahrt nach Washington war anders. Die Atmosphäre war aufgeladen. Ich versuchte, den anderen Mädchen aus dem Weg zu gehen, ihre Blicke zu meiden. Das Museum war grauenvoll. Ich haßte es, weil es so naturalistisch alle Grausamkeiten nachbildete: einen Waggon, der nach Auschwitz unterwegs war, eine Baracke in einem Konzentrationslager, Menschen in der Todeszelle, die als Duschkabine getarnt war. Es gab kein Entrinnen in diesem Museum. Die Bilder, Prospekte, aufgebauten Szenarien jagten einem nach, verhafteten einen: »Hiergeblieben! Du mußt dich dem, was du siehst, stellen.«

Ich wollte meine Gefühle nicht mit den israelischen Mädchen teilen. Ich fürchtete, sie könnten sie nicht verstehen. Verstand ich sie denn selbst?

Die Busfahrt zurück nach New Jersey verlief schweigend. Und dehnte sich endlos. Jede von uns hing erschöpft in ihrem Sitz, einige kapselten sich vollkommen ab, schlossen die Augen, die mehr gesehen hatten, als sie wollten, hatten ihre CD-Player eingeschaltet. So herrschte im Bus eine seltsam gespenstische Musik, die sich aus vielen Quellen speiste: ein disharmonisches Konzert, in dem die stampfenden Bässe die Oberhand behielten: Taramtamtam, taramtamtam.

In der Nacht hörte ich Schreie vom ersten Stock. Die Mädchen, die dort schliefen, hatten angefangen zu streiten, ja, sich zu bekämpfen. Sie schrieen sich an, sie bewarfen sich mit Haarwaschmittel, Seifendosen, Zahnputzbechern, Büchern.

Ich zitterte vor Kälte und Aufregung. »Ihr seid die neuen Nazis«, schrieen die Israelis. »Ihr seid die neuen Nazis«, riefen die palästinensischen Mädchen. Und auch die israelischen Araberinnen, die sich bisher immer zurückgehalten hatten, schienen plötzlich wie im Feuer zu glühen. Sie skandierten »Nazis, Nazis« in einem wilden, dumpfen Chor. Schließlich hielt es mich nicht mehr. Ich rief: »Ruhe, Ruhe, Ruhe!« – und, o Wunder, es wurde ruhig. Man wollte mir zuhören, aber in der Aufregung hatte ich vergessen, was ich eigentlich sagen wollte. Als ich meine Stimme hörte, kam sie mir vor wie die einer fremden Frau:

»Heute haben wir Palästinenserinnen erfahren, was den Juden vor sechzig Jahren in Europa angetan wurde. Wir wußten das nicht. Oder wir wollten das nicht wissen. Wir konnten uns nicht vorstellen, daß Juden so gelitten haben. Wir haben nicht gelernt, in Juden Opfer zu sehen. Für uns sind Juden Menschen, die uns leiden machen. Man hat uns nicht erzählt, was eure Großeltern und Urgroßeltern durchgemacht haben. Vielleicht können wir euch jetzt besser verstehen. Aber gleichzeitig fragen wir uns: Warum müssen wir für die Verbrechen bezahlen, die andere verübt haben? Warum mußte mein Vater im Gefängnis sitzen? Er ist kein Krimineller. Warum wurde das Haus meines Onkels dem Erdboden gleichgemacht? Er ist kein Terrorist. Warum habe ich mich so schrecklich minderwertig gefühlt, als ich vor einer Woche am Flughafen stand? Ihr sprecht über das Blutvergießen vor einem halben Jahrhundert, aber was hat es mit dem Blutvergießen von heute auf sich? Bitte, sagt mir, warum muß so eine schreckliche Vergangenheit in eine so düstere Zukunft führen? Warum kann sie nicht Vergangenheit bleiben, so daß wir auf sie zurückblicken, darüber weinen und Gott danken, daß die Menschen aufgewacht sind und aufgehört haben, andere Menschen als ›Untermenschen‹ anzusehen?«

Ich sah auf und blickte in die Runde. Niemand sprach, alle weinten.

Ich suchte Shifra. Sie hatte sich hinter anderen Mädchen versteckt. Ich erwartete, daß sie laut rief: »Sei doch nicht so schrecklich sentimental, Jefra.« Aber als ich einen kurzen Blick auf sie werfen konnte, sah ich, daß auch sie Tränen in den Augen hatte.

Diese Nacht brachte die Wende. Etwas hatte sich verändert, und ich wußte, daß ich angefangen hatte, Shifra zu lieben, weil sie so verletzlich war wie ich selbst. Und mit Shifra konnte ich auch die anderen Mädchen lieben. Innerhalb von einer Woche sah ich in den Israelis meine Freunde, die doch meine Feinde gewesen waren.

Es gab Stunden, in denen Jefra nicht an Maryam dachte. Stunden, in denen sie so sehr mit Shifra und den anderen Mädchen beschäftigt war, daß sie vergaß, wieviel Hoffnung sie in diese Reise in die USA gesetzt hatte, Hoffnung, ihre Schwester wiederzufinden. Vielleicht hatte sie ja eine Schwester verloren und in Shifra eine neue Schwester gefunden. Auch wenn Jefra und Shifra das unpassendste Geschwisterpaar der Welt waren.

Einmal konnte Jefra doch nicht an sich halten, Shifra zu fragen: »Sag mir, warum du so herumläufst?«

»Was meinst du denn mit ›so‹? Geiles T-Shirt, Piercing, nackte Taille? Glaub ja nicht, daß ich damit Jungen aufreißen will. Im Gegenteil, damit halte ich sie mir vom Leib. Die kriegen doch Angst, wenn sie mich sehen. Merk dir Jefra, Angriff ist die beste Verteidigung. Warum ich mich so kleide und schminke, ist ganz einfach: So spüre ich: Ich bin frei! Frei! Ich kann leben, wie ich will, ich kann provozieren, wen ich will, die behäbigen Brav-Bürger, die bigotten Frommen, deren Schläfenlöckchen in wilder Gier tanzen, wenn sie mich sehen. Ich kann ihnen ins Gesicht lachen und sagen: That's my life.

Ich glaube, das wäre mein Codewort im Computer: FREIHEIT.«

Jefra liebte Shifra in diesem Augenblick um ihres Selbstbewußtseins und um ihrer Kompromißlosigkeit willen. Als gute Araberin hätte sie Shifra natürlich verachten müssen. Sie konnte es nicht. Sie konnte es nicht mehr.

Aber sie beneidete sie auch nicht. Das, was Shifra Freiheit nannte, erschien Jefra wie ein Kolibri, der davonfliegt, wenn man ihn fangen will. Eine Verheißung von buntem, aufregendem Leben. War denn »Leben nach Lust und Laune« alles, was man sich zum Ziel setzen konnte? Deine Werte sind nicht meine, dachte Jefra. Deine Träume sind nicht die meinen. Wenn es dich nach coolen Abenteuern mit deinen Freunden drängt, sitze ich zu Hause und lerne, lerne, lerne, weil Bildung der einzige Reichtum meiner Familie und meines Volkes ist, weil ich weiß, daß ich ganz viel wissen und können muß, um die Erwartungen meiner Eltern erfüllen und einen Platz in meiner Gesellschaft ausfüllen zu können.

»Wie pathetisch!« rief Shifra aus, wenn Jefra vorsichtig diese Gedanken formulierte. »Du redest, als hättest du einen Text im Sozialkundebuch auswendig gelernt. Denk doch einmal an dich, statt an deine Familie, deine Gesellschaft, das palästinensische Volk.«

Dabei war Shifra nicht so cool, wie sie sich gerne gab. Jefra entdeckte jeden Tag mehr, wie dünnhäutig sie war, wie verletzlich. Die Fähigkeit zu leiden war, so glaubte Jefra, das, was sie am meisten verband.

»Ich kann dieses ständige Gelaber vom Holocaust einfach nicht mehr hören. Wenn du die Schule schwänzt, wagt dir keiner eine Strafe zu geben, wenn du sagst, daß deine Großmutter in Auschwitz war. ›Ach Gott, das arme Kind ist ja so traumatisiert.‹ Es ist zum Kotzen.«

So sprach Shifra.

Aber in der Nacht nach dem Besuch im Holocaust-Museum hatte sie sich die Augen ausgeweint.

»Am schlimmsten ist für mich die Familie – diese verrückte Mischpoke. Ich gäbe etwas darum, wenn ich eine Waise wäre. Möglichst eine reiche, natürlich.«

So sprach Shifra.

Aber als Jefra ihr in einer Nacht von Jasir und seinem Tod erzählte, umarmte Shifra sie so fest, als wollte sie sie bis in alle Ewigkeit nicht wieder loslassen.

»Die Palästinenser müssen aus ihrer verdammten Wehleidigkeit herauskommen. Dieses ewige Gejammer geht allen auf den Geist und ändert nichts.«

So sprach Shifra.

Aber als Rasha von ihrer fünfjährigen Cousine erzählte, die auf dem Nachhauseweg aus der Schule in Bethlehem in israelisches Feuer geraten und schwer verletzt worden war, verstummte Shifra und zitierte auch nicht mehr ihren Lieblingsspruch »Pech gehabt«.

Shifra war Jefras erster Gedanke am Morgen und ihr letzter am Abend.

»Hi, Jefra, paß auf, daß du dich nicht noch in diese Shifra verliebst«, sagte eines Tages Pauline zu ihr. Jefra erschrak. Wahrscheinlich hatte Pauline recht. Hatte Jefra nicht so die Liebe in den Büchern erfahren, als eine zwanghafte Fixierung auf das vergötterte Wesen? Und versank nicht die übrige Welt in Staub und Bedeutungslosigkeit angesichts der übermächtigen Besitzergreifung durch den EINEN oder die EINE?

Die übrige Welt war tatsächlich für Jefra versunken. Denn als sie zwei Tage vor ihrer Abfahrt mitten während des Mittagessens ans Telefon gerufen wurde – Marilyns strafender Blick verfolgte sie auf dem Weg aus dem Eßzimmer, weil Telefonieren nur am Abend erlaubt war –, hatte sie nicht die leiseste Vermutung, daß Maryam am anderen Ende der Leitung sein könnte. So sehr hatte sie ihre Schwester schon aus dem Gedächtnis gestrichen.

»Jefra, ich habe ein freies Wochenende und fahre morgen

früh los, um dich zu sehen. Kannst du mir eine genaue Wegbeschreibung mailen, wie ich euer Haus finde? Mailen dürft ihr doch hoffentlich in eurem Weltverbessererverein? Was heißt, weißt du nicht? Hör mal, erst tust du so, als bräche die Welt zusammen, wenn wir uns nicht sähen, und jetzt scheint dir das vollkommen schnuppe zu sein. Was heißt hier: Es kann Probleme geben? Du bist doch wohl nicht in einem Gefängnis und kannst sehen, wen du willst und wo und wie lange. Bye, bye, Jefra, bis morgen.«

»Salam, Maryam. Bis morgen.«

Als Jefra mit hochrotem Kopf in den Speisesaal zurückkam und ihre kaltgewordenen Spaghetti in sich hineinstopfte, spürte sie im Rücken Marilyns fragenden Blick. Es wurde ihr klar, wie naiv sie gewesen war, Maryam einfach nach New Jersey zu bestellen in ihr Haus, ihre Kommune, ihr »Kloster«, wie Rasha es ironisch genannt hatte.

Rasha war eine christliche Araberin und hatte offensichtlich eine solch intensive religiöse Erziehung genossen, daß sie alles, was ihren Weg kreuzte, in christliche Bilder einordnen mußte. »Du siehst aus wie das Leiden Christi. Du brauchst dringend die letzte Ölung«, begrüßte sie eines Morgens Ikram, als diese bleich und hohlwangig zum Frühstück kam. Rasha lief zu großer Form auf, wenn niemand wußte, was ein Ministrant war oder eine Tonsur oder die Virginität Mariens. Und da viele Mädchen es liebten, auf der Wiese vor dem Haus mit nackten Füßen herumzulaufen, hatte Rasha die Gemeinschaft gleich am ersten Tag das »Kloster der unbeschuhten Karmeliterinnen« getauft und die etwas rundliche Areej, die aus Haifa, also vom Berg Carmel kam, zur »Mutter Oberin« ernannt.

In einem hatte Rasha recht: die ungeschriebenen Gesetze im Sommercamp waren mit Ordensregeln zu vergleichen. Telefonieren und Mailen war nur am Abend gestattet, beides war auf je fünf Minuten pro Teilnehmerin limitiert. Das reichte gerade, um einen knappen Kontakt zur Familie zu halten. Als Marilyn bei der Begrüßung gesagt hatte »Besuche sind unerwünscht«, hatten alle nur gegrinst: Wer sollte denn bitte aus Jerusalem oder Haifa oder Nablus angereist kommen, um das Töchterchen zu sehen? Damals hatte Jefra noch an Maryam gedacht. Na, dann fahre ich eben einen Tag nach Poughkeepsi, war ihr durch den Kopf gegangen. SIE WAR NAIV. Da hatte Shifra schon recht.

ج

Das Problem, wie sie es arrangieren könnte, Maryam zu sehen, mit ihr zu sprechen, sich aus dem »Kloster« zu entfernen, die morgige Dialoggruppe zu schwänzen, beim Abendessen zu fehlen, den angekündigten »Bunten Abend« zu versäumen – was immer für ein Programm geplant war –, besetzte Jefra völlig, so daß andere Gefühle keine Chance hatten, in ihr wach zu werden: Erstaunen darüber, daß Maryam ihre Meinung geändert hatte und bereit war zu kommen; Vorfreude, ihre Schwester wiederzusehen; vielleicht auch Gewissensbisse gegenüber ihren Eltern, die ein Treffen mit ihrer Schwester, die die Ehre der Familie verraten hatte, zutiefst mißbilligt hätten. Wie sag ich's Marilyn? – das war die einzige Frage, die Jefra beschäftigte.

Nach dem Mittagessen ging Marilyn meistens in das kleine Zimmer neben der Küche, das sie zu ihrem Büro erklärt hatte. Sehr büromäßig sah es dort nicht aus. Der PC wackelte gefährlich auf einem mit Wachstuch bezogenen Tischchen, das Telefon stand auf dem Boden, und dort stapelten sich auch Zeitungen, Klarsichthüllen, Briefe, Leitz-Ordner. Neben dem PC stand ein Becher, in dem eine durchsichtig-bräunliche Brühe schwamm, die die Amerikaner Kaffee nannten. Auf dem Kaffeebecher tanzte ein rosarotes Schwein auf Stöckelschuhen und stieß eine Sprechblase aus gespitztem Schnäuzchen: »I am absolutely crazy«.

Jefra mußte immer auf dieses merkwürdige Schwein starren,

weil sie Marilyn nicht anschauen konnte, während sie nach Worten rang, um ihr Anliegen zu formulieren. Sie sehnte sich danach, daß Marilyn sie beim Abschied, und der war ja schon in zwei Tagen, in den Arm nehmen und sagen würde: »Ich bin stolz auf dich, Jefra!« Und jetzt kam sie mit Sonderwünschen, die einfach nicht ins Programm von »Bridges for Peace« paßten.

Als Jefra ihre Bitte mehr gestottert als vorgetragen hatte, wartete sie auf eine Antwort.

Die kam nicht. Das rosa Schweinchen begann tatsächlich vor ihren Augen zu tanzen, so angestrengt starrte sie auf den Becher. Schließlich hob sie den Kopf.

»Na, endlich kannst du mich anschauen, Jefra«, sagte Marilyn. Sie sprach sehr sachlich, nicht abweisend, nicht freundlich.

»Ich denke, du weißt sehr genau, daß deine Bitte nicht erfüllt werden kann. Sie sprengt das Konzept unseres Workshops. Du kannst dich nicht einen Tag von der Gruppe beurlauben, das ist gegen die Verabredungen, die du akzeptiert hast.«

»Nicht einen Tag, Marilyn, nur ein paar Stunden, sagen wir, zwei Stunden. Vielleicht ist es das letzte Mal in meinem Leben, das ich meine Schwester sehen kann.«

»Dein Leben ist noch lang«, sagte Marilyn trocken.

Jefra spürte, wie sich ihre Kehle zuschnürte. Ein sicheres Anzeichen dafür, daß sie bald in Tränen ausbrechen würde. Genau das aber wollte sie nicht. Nur nicht auf die wehleidige Tour etwas herbeiheulen. Marilyn sollte sehen, daß eine arabische Frau Stolz hat.

»Marilyn, seit zehn Tagen reden wir ständig über Menschlichkeit und Unmenschlichkeit. Wir haben uns in Definitionen geübt, wir haben viele Beispiele zitiert für das eine oder andere Verhalten, wir haben darüber nachgedacht, wie wir mehr Menschlichkeit leben, ja vorleben können. Ich muß dir sagen, daß ich ein Verbot, meine Schwester zu sehen, unter den gegebenen Verhältnissen als unmenschlich empfände.«

Da lachte Marilyn. Zum ersten Mal sah Jefra, daß sie, die so jung wie die anderen Mädchen wirkte, tatsächlich dreiunddreißig Jahre alt war, denn um die Augen bildeten sich eine Menge kleiner Falten.

»Gut gekämpft, Jefra. Ich kapituliere. Der morgige Nachmittag gehört dir. Ich erwarte dich um zwanzig Uhr zurück. Du kannst dich mit deiner Schwester im Nachbarort treffen. Ich fahre dich mittags dorthin. Das einzige Restaurant heißt Golden Eagle. Sie kann es nicht verfehlen. Und du kannst ihr gleich von meinem PC aus mailen, sonst mußt du ja heute abend stundenlang warten, bis du an die Reihe kommst.«

Bevor Jefra Marilyn anstrahlen konnte, war sie schon aus der Tür gegangen. Jefra fuhr den Computer hoch.

ج

Um halb acht war Jefra aus dem Golden Eagle zurück. Es fiel ihr unendlich schwer, sich auf den »Bunten Abend« zu konzentrieren. Zuerst wurde gesungen. Jede Gruppe sollte ein »patriotisches« Lied singen. Es fiel ihnen nicht Besseres ein, als ihre Nationalhymnen herunterzuschmettern. Die Israelis begannen forsch mit ihrer »Hatikwah« und sangen von ihrer Hoffnung, »ein freies Volk in unserem Land zu sein, im Lande Zion und Jeruschalajim«. Die israelischen Araberinnen blieben stumm. Welche Nationalhymne hätten sie singen sollen? Aber auch Shifra sang nicht mit. Das fiel Jefra auf.

Die palästinensischen Mädchen konnten die Inbrunst steigern: »Biladi, biladi«, mein Land, mein Land! »Filusteen dari filusteen nari filusteen thari ila an a'ood«, Palästina, meine Heimat, meine Zuflucht, meine Freiheit, Land der Ewigkeit!

Marilyn spürte, was sie angerichtet hatte, und versuchte, auf ein weniger umstelltes Lied abzulenken. Es gäbe doch sicher etwas Internationales, das sie alle gleich gern sängen, einen

Popsong vielleicht. Lange Diskussionen. Schließlich machte Pauline, die kleine schüchterne Pauline, die jeden Tag etwas kesser und vorlauter wurde, das Rennen mit »Yesterday« von den Beatles. Sie war allerdings auch die einzige, die den Text vollständig kannte. Jefra war erstaunt, was für eine schöne Stimme sie hatte.

Danach gab es Schreibspiele. Jede sollte aphoristisch-zugespitzt einige Fragen beantworten. Die Zettel wurden anonym in die Mitte des Tisches geworfen. Marilyn las die Ergebnisse vor, man sollte dann raten, aus welchem »Lager« die Antworten kamen. Die Schreiberinnen konnten sich enttarnen, konnten es aber auch lassen.

Was bedeutet dir Heimat? Wie würdest du reagieren, wenn dein Bruder eine Frau »von der Gegenseite« heiraten möchte? Was würdest du mit einem Millionengewinn im Lotto machen? Sollte dein künftiger Mann bei der Geburt eures ersten Kindes dabei sein? Welchen Menschen verehrst du am meisten? Und so weiter. Natürlich war die Absicht klar: die kulturellen Unterschiede sollten herausgearbeitet und dann das Verbindende gesucht werden.

An diesem Abend hatte Jefra keinen Nerv für dieses Spiel. In einem Anflug von Bockigkeit hätte sie am liebsten Marilyn angeraunzt: Ich habe es satt, ständig entdecken zu sollen, daß wir alle einander ja so schrecklich ähnlich sind und wir darum überhaupt keinen Grund haben, uns zu bekämpfen. Wir sind uns nicht ähnlich. Wir sind anders. Und wir wollen und sollen es auch bleiben. Ich kann Shifra umarmen, gerade weil sie nicht ist wie ich. Sie ist nicht meine Schwester, auch nicht im Geiste. Wir bleiben uns fremd. Und genau darum können wir uns akzeptieren, ja sogar lieben.

Aber heute war nicht der Tag, um unfreundlich zu Marilyn zu sein.

Jefra konnte nicht einmal lachen, als Rawan bei der Frage nach ihrem am heißesten verehrten Mann Arafat nannte. Sie konnte Rawan auch nicht gegen die israelischen Mädchen verteidigen, die mit Hohn und Spott über sie herfielen. Eigentlich eher gutmütig als aggressiv, die zehn Tage gemeinschaftlichen Lebens zeigten Wirkung.

In Gedanken saß Jefra immer noch mit Maryam im Golden Eagle, und bei dem Gedanken an ihre Schwester verspürte sie eine seltsame Anwandlung von Mütterlichkeit. Maryam, ihre Schwester. Ihre kleine Schwester. Auch wenn sie zwei Jahre älter war, hatte Jefra sich älter empfunden als sie, eher fähig, Maryam zu beschützen vor den rauhen Stürmen des Lebens, als in ihrer Nähe Geborgenheit zu finden. Wie sie da auf der Eckbank saß in dem ungeheuer dunklen und tristen Lokal, die Schultern nach vorn gezogen, mit den Händen ihre dünne Strickjacke immer wieder über die Brust ziehend, war sie Jefra vorgekommen wie ein kleines Mädchen, das alles verloren hat.

Jefra dachte an ein trauriges Märchen, das ihre Deutschlehrerin einmal vorgelesen hatte. Sie erinnerte sich nicht an den Namen des Dichters, aber das Märchen hatte sie nicht vergessen.

> »Es war einmal ein armes Kind, das hatte keinen Vater, keine Mutter. Niemand. Alle waren tot. Da ist das Mädchen fortgegangen und hat Tag und Nacht geweint. Es wollte in den Himmel gehen, der Mond hat so freundlich geguckt, aber als es endlich zum Mond kam, war er ein faules Stück Holz, und als es zur Sonne kam, war die nur eine verwelkte Sonnenblume, und als sie zu den Sternen kam, da waren die nur kleine goldene Mücken. Da wollte das Mädchen wieder zurück zur Erde, aber die Erde war nur noch ein umgestürzter Hafen. Da war es ganz allein, hat sich hingesetzt und geweint. Und da ist es noch, ganz allein.«

Solch ein trauriges, verlassenes und verlorenes Mädchen war Maryam. Auch wenn sie nicht weinte.

Jefra wußte schon alles, bevor Maryam mit dem Erzählen anfing. Da war zunächst die harte Stimme, die Jefra erschreckte. Wo war ihr melodiöses »See you later« geblieben, mit dem sie in Jerusalem immer aus dem Haus gestürmt war? Sie war nicht so zynisch, wie Jefra nach ihrem Brief erwartet hatte. Sie war auch nicht aufgekratzt und munter, wie Jefra befürchtet hatte. Sie war traurig und gefaßt und mutig und stark und schwach – und eben Maryam.

Die Ehe mit Andrew war nicht gutgegangen. Wie sollte eine Verbindung gelingen, die auf nichts als Verliebtheit des Mannes und Berechnung der Frau gegründet war. Maryam lebte allein, jobbte abends als Kellnerin in einer »mittelanständigen« Kneipe – was war »mittelanständig«? – und fuhr dreimal in der Woche nach New York, um eine Filmakademie zu besuchen.

»Mein Traum ist es immer noch, Regisseurin zu werden. Es ist eine Knochenarbeit, bis du den Durchbruch geschafft hast. Du mußt Leute für dich interessieren, damit sie dir einen Film finanzieren. Du mußt versuchen, ein, zwei Promis für deine ersten Filme zu erwärmen, am besten Tom Cruise und Nicole Kidman, du mußt arbeiten wie eine Verrückte, aber vielleicht schaffe ich es ja. ›Man muß nur richtig besessen sein‹, hat Bill gesagt.«

Jefra hätte gern gefragt, wer Bill war. Aber es kam ihr unpassend vor.

Maryam redete unaufhörlich über ihre Filmpläne. Sie war besessen.

Irgendwann fragte Jefra: »Worüber willst du einen Film drehen?«

»Ach, Gott, Jefra. Immer noch das Dummchen. Der Inhalt des Films ist im Prinzip unwichtig. Natürlich brauchst du irgendeine Story. Am besten etwas mit Sex und Gewalt. Auch romantische Liebe ist wieder schwer im Kommen. Aber das Entscheidende ist das WIE! Ob du Aufsehen erregst mit Kameraführung und Schnittechnik, mit dem Gebrauch von Schwarzweiß statt Farbe oder mobiler Handkamera, mit raffinierter Beleuchtung, mit radikaler Musik. Den Zuschauern muß Hören und Sehen vergehen, dann liegst du genau richtig.«

Jefra schwirrte der Kopf. Und sie fand alles falsch, was Maryam sagte, auch wenn sie ihr nicht widersprach.

Maryam rauchte nicht. Das erstaunte Jefra. Es hätte gut zu ihrer Nervosität gepaßt. Sie trank abwechselnd Tee und Cola, blickte angestrengt aus dem Fenster des Golden Eagle auf die Hauptstraße, als könnte dort etwas geschehen, das man sofort mit der Kamera aufnehmen müßte. Alle paar Sekunden zog sie die Strickjacke ihres Twinsets über ihre Brust – ein Tick, unbewußt und zwanghaft. Wahrscheinlich fror sie immer.

»Wenn ich die Filmakademie beendet habe, bleibe ich natürlich nicht mehr in diesem Kaff Poughkeepsi. Dann heißt es ›Go west‹. Wenn man irgend etwas im Filmgeschäft werden will, muß man nach Los Angeles gehen. Natürlich ist der Glanz Hollywoods verblaßt, aber die besten Filmemacher sind immer noch an der Westküste. Ich schlage mich schon durch. Am Anfang kann ich es ja als ›Best Boy‹ bei einer Produktion versuchen, bei der Beleuchtung oder beim Cutten assistieren. Oder mich als Script Girl verdingen. Mir ist alles recht. Ich bin nicht wählerisch.

Einige der ganz großen Leute im Geschäft haben ganz klein angefangen. Das ist amerikanisch. Wenn du gut bist, fragt dich keiner: ›Woher kommst du, welche Examina hast du gemacht, wer sind deine Eltern, welche politische Meinung vertrittst du, wer ist dein Ehemann?‹

Hier hast du dein Schicksal selbst in der Hand. In Palästina hast du nichts in der Hand. Erst bestimmt dein Vater über dich, dann dein Ehemann, dann noch die israelischen Besatzer. Hier bin ich frei.«

Maryam redete zu schnell und zu laut. Manchmal schaute der Wirt von der Theke zu ihnen hinüber. Einmal kamen drei junge Männer ins Lokal, die an der Theke ein Bier tranken und versuchten, die jungen Frauen anzumachen. Als einer an ihren Tisch trat und fragte, ob er sie zu einem Bier einladen dürfe – ausgerechnet einem Bier! –, schnippte Maryam nur mit Daumen und Zeigefinger: »Go away!« Und als er nicht sofort das Weite suchte, schrie sie: »Fuck you!«

Jefra wäre vor Scham am liebsten im Boden versunken. Und wünschte in diesem Augenblick nichts so sehr, wie im Schutze ihrer »Klostermauern« mit Shifra über die Intifada zu streiten.

Nur einmal unterbrach Maryam ihren Vortrag zum Thema »Wie werde ich eine berühmte Filmregisseurin?«.

»Wie geht es Jasir?«

»Er ist tot.«

»Haben sie ihn umgebracht? Haben die Juden das auch noch fertiggebracht? Ein unschuldiges Kind zu töten?«

Jefra erzählte, wie Jasir zu Tode gekommen war. Es waren die einzigen Augenblicke, in denen Maryam still war. Als Jefra anfing, von Baseemas Wahnsinn zu erzählen, unterbrach Maryam sie harsch. »Ist doch klar, daß du irgendwann verrückt wirst, wenn du als Frau nichts anderes im Leben hast als einen Spintisierer zum Mann und sechs Kinder, die bis auf eines nicht recht geraten. Bis auf Jefra, das Vorzeigekind.«

Jefra wurde wütend. »Maryam, wie kannst du ... «

»Hör auf, Jefra! Ich kann dir nur einen guten Rat geben. Hau ab, sobald du kannst. In diesem verfluchten Palästina gehst du dem gleichen Schicksal wie Baseema entgegen. Du bist intelligent, wahrscheinlich viel intelligenter als ich. Mach was draus! Komm nach Amerika. Lach dir jemanden an, der dir die Studiengebühren an der Universität bezahlt. So hat es doch auch Tante Nibal gemacht.«

»Hör auf, Maryam«, schrie Jefra. Der Wirt schaute strafend zu den beiden hinüber und räusperte sich.

»Ich will gehen«, sagte Jefra im Flüsterton.

ج

Am letzten Tag fuhr uns der Bus in eine Shoppingmall in der Nähe einer größeren Stadt. Der einzige Programmpunkt war: Souvenirs kaufen. Ich war froh, daß wir stundenlang Zeit hatten, uns in diesem Einkaufsparadies umzuschauen. Vor vier Jahren war ich ab und zu mit Mama ins Canyon nach Westjerusalem gefahren, ein Shoppingcenter, das mich fasziniert hatte, weil es nichts Vergleichbares in Palästina gab. Aber diese Mall war unendlich viel größer und glanzvoller. Auch unendlich verwirrender. Nach einer Stunde hatte ich noch nichts gekauft, obgleich meine Liste lang war. Ich kam aus dem Schauen und Staunen nicht heraus.

Überall gab es zwischen den Läden »Erholungsinseln« mit Springbrunnen und Sitzgruppen, mit Cafés und Restaurants, mit Spielplätzen für Kinder und Computerterminals für die Kids. Die Hauptattraktion war eine künstliche Eisfläche in der Mitte der Plaza, auf der man Schlittschuhlaufen konnte.

»Die sind verrückt, die Amis. Mitten im August kann man eislaufen«, hatte Shifra gelacht und sofort angestanden, um sich Schlittschuhe zu leihen. Ich sah ihr zu, wie sie kunstvolle Pirouetten auf dem Eis drehte, als hätte sie in Jerusalem jeden Tag Gelegenheit, auf vereisten Seen herumzukurven. Einmal kam sie an die Bande geflitzt und kicherte albern: »Jefra, du siehst, welche Vorteile man hat, wenn man frei ist und keine blöden Geschenke für die Familie besorgen muß.«

»Man riskiert aber, daß man auf die Nase fällt«, kicherte ich und schubste sie mit einem leichten Stoß aufs Eis zurück. Natürlich fiel Shifra nicht auf die Nase, sondern flog graziös davon, nicht ohne mir eine Nase zu drehen.

Ich kaufte Tayseer und Achmed Baseballkappen, eine in Rot, eine in Blau. Die würden ihnen als Trainer der »Bad Boys«, wie sie die ihnen anvertrauten Jungen nannten, den Anstrich von Profis geben. Ich kaufte Ameera ein Seerobben-

baby aus Plüsch mit riesigen Kulleraugen und mußte einen Augenblick lang an Ruth und ihren Kuscheltierzoo denken. Ich versuchte, ein paar Wünsche von Ameeras langer Liste abzuhaken: Nemo-Sticker, Filzstifte, die Sterne sprühten, wenn man daran rieb, ein Federmäppchen mit Aufdruck: I love NY. Haarspangen im Apple-Design und eine Menge anderer putziger und sinnloser Spielereien.

Was könnte ich Mama mitbringen? Und noch schwieriger, was könnte ich für Papa finden? Ich wanderte durch alle Abteilungen, nahm tausend Dinge in die Hand, Spaghettizangen, Aschenbecher, Schneekugeln mit dem Chrysler Building, muschelbesetzte Fotorahmen, CDs mit Jazzmusik aus New Orleans – und legte alles wieder zurück ins Regal. Wenn ich irgend etwas fände, das für einen kurzen Augenblick ein Lächeln auf ihre müden Gesichter zauberte.

Dann sah ich die rote Handtasche, und ich wußte, diese Tasche gehört zu den roten Schuhen aus Amman. Mit dieser Tasche würde meine Mutter eines Tages, wenn die Zeiten wieder besser waren, abends ausgehen, ins Restaurant Pascha vielleicht, das die beste arabische Küche in Jerusalem hat. Eingehängt in Papas Arm, ginge sie in den schönen Garten des Restaurants, die Tasche würde über der Stuhllehne baumeln, sie ließe sie nicht aus den Augen. Das Rot würde auf sie abstrahlen, ihre Augen heller färben und ihrem Lachen Wärme geben.

Ob Mama jemals wieder würde lachen können?

Das Preisschild brachte schlagartig die Ernüchterung. Die Tasche war aus Leder und kostete weit mehr, als ich an Taschengeld mitgenommen hatte. Selbst wenn ich Papa gar nichts mitbrächte, fehlten mir 30 Dollar. Ich konnte mich nicht von der Tasche trennen. Sie war wie eine Art Verheißung, daß meine Mutter wieder eine lebenslustige Frau wird.

»Du hast dich in diese Tasche verknallt, habe ich recht«, hörte ich plötzlich Shifra an meiner Seite. »Ich kaufe sie dir, aber nur, wenn sie für dich ist. Nicht für eine Cousine dritten

Grades, eine Schwiegertante oder die Nebenfrau deines Vaters.«

»Vergiß es, Shifra. Ich hatte gedacht, daß ich sie meiner Mutter mitbringe. Aber die Tasche ist wohl doch ein bißchen zu rot für sie.«

»›Mazal beesh‹ – Pech gehabt«, kommentierte Shifra. Und war schon wieder verschwunden. Ich kaufte einen Schal für Mama und eine rot-silbern gestreifte Krawatte für Papa. Ich wußte, daß es in seinem gegenwärtigen Leben keine Gelegenheit gab, eine Krawatte zu tragen. Aber lebten wir nicht alle von der Hoffnung auf eine bessere Zukunft?

In einer Buchhandlung fand ich die Anthologie mit arabischen Geschichten, die mir Tante Nibal geschenkt hatte, ins Englische übersetzt. Die kaufte ich von meinem letzten Geld für Shifra.

ج

Am Schluß kam dann die Spiegelparade, wie Marilyn angekündigt hatte. Jede der Teilnehmerinnen stand in der Eingangshalle vor dem Spiegel und sollte mit ihrem Konterfei sprechen. Einige sprachen schweigend, andere aber formulierten laut ihr persönliches Resümee dieser zwei Wochen.

Pauline zum Beispiel: »In meinem bisherigen Leben war ich eine Null. Die häßliche Tochter einer schönen Mutter, die etwas zurückgebliebene Tochter eines klugen Vaters. Hier hat man mich zum ersten Mal in meinem Leben ernst genommen. Sogar die Israelis haben mit mir gesprochen, als hätte ich etwas zu sagen. Das hat mich stolz gemacht.«

Yusra sagte laut: »Ich fand alles klasse.«

Rivka sagte:»Ich fand alles schwierig. Und nach dem Ausflug ins Holocaust-Museum nach Washington wollte ich abreisen. Ich bin stolz, daß ich ausgeharrt habe.«

Ikram aus Bethlehem sagte: »Bisher habe ich die Israelis gehaßt. Aber ein Volk besteht aus Einzelmenschen. Ich kann Rivka und Shifra und Talila nicht hassen. Aber ich werde den israelischen Politiker hassen, der wieder einmal die Panzer in Bethlehem einmarschieren und auf unbewaffnete Menschen schießen läßt. Ich bin nicht stolz. Worauf sollte ich stolz sein?«

Manar stand vor dem Spiegel und sagte nichts. In ihren Augen standen Tränen.

Deborah sagte: »Es war gut, daß ich mitgefahren bin. Ich hatte große Zweifel. Bisher war ich stolz, eine Israeli zu sein. Nach allem, was ich hier gehört habe, bin ich es nicht mehr.«

Talila sagte: »Ich hätte nie gedacht, daß vierzehn Tage mein Leben umkrempeln könnten. Aber ich glaube, das ist geschehen. Meine wichtigste Erkenntnis: Wir müssen alle aus dieser verdammten Opferrolle raus. Nur so können wir etwas ändern.«

Rawan sagte: »Ich bin immer noch stolz darauf, eine Palästinenserin zu sein. Und ich werde nicht aufhören für die Freiheit Palästinas zu kämpfen. Aber meine Ansichten, wie man kämpfen soll, haben sich geändert.«

Orit stand minutenlang vor dem Spiegel, starrte hinein, sagte nichts, konnte sich nicht vom Spiegel wegbewegen. Dann fing sie an, »Hevenu Shalom alechjem« zu singen, hörte aber sofort wieder auf. Es war ihr doch wohl zu kitschig.

Rasha sagte: »Also, ein bißchen kommt mir das ja vor wie im Beichtstuhl. Dabei haben wir doch nicht gesündigt und brauchen keine Absolution.«

Mirna aus Nazareth sagte: »Ich fühle mich schwach. Ich fühle mich stark. Ich fühle mich elend. Ich fühle mich glücklich.«

Dann war Jefra an der Reihe. Sie sah sich im Spiegel. Du bist dünn geworden, kam ihr in den Sinn. Warum hast du denn abgenommen? Es gab doch genug zu essen. Sieht dir da ein Mädchen entgegen, das stolz ist? Stolz muß doch auf Verdienst gründen. Habe ich irgend etwas Besonderes geleistet in diesen zwei Wochen? Es fiel ihr nichts ein. Laut sprechen konnte Jefra nicht.

Da fiel von hinten Shifra über sie her, schlang ihren Arm um Jefras Schultern, schaute mit ihr gemeinsam in den Spiegel – und streckte die Zunge heraus.

»Hi, klar sind Jefra und ich superstolz. Guck uns doch mal an, Spieglein an der Wand. Hast du schon mal so irre Typen gesehen wie uns? Die ernste, brave Jefra, die das Gute in die Welt bringen will, und die verrückte Shifra, die alles Gute aus der Welt für sich heraussaugen will. Und wir beide sind Freundinnen geworden. Wir sind die Zukunft für Middle East. Wir sind das Prinzip Hoffnung. Wir machen den Friedensvertrag.« Und dann schnellte Shifras Hand hervor und malte mit ihrem schwarzen Lippenstift das Peace-Zeichen auf den Spiegel.

Jefra lachte und weinte, hob ihre Hand und schmierte mit ihrem rechten Zeigefinger das Peace-Zeichen nach. Alle Mädchen klatschten. Shifra fing an, »We shall overcome« zu singen und mit Jefra zu tanzen.

Marilyn gebot dem Treiben Einhalt. »Es wird Zeit, in den Bus zu steigen.«

Sie hielt Shifra und Jefra zurück.

»Ich hoffe, euch im nächsten Jahr wiederzusehen. Als Betreuerinnen einer neuen Gruppe.«

»Dann wird es aber weniger klösterlich zugehen als dieses Mal«, warnte Shifra.

»Und etwas erwachsener«, sagte Jefra.

Im Bus wurden Treueschwüre und Adressen ausgetauscht. Als Jefra auf Shifras Zettel Emek Refa'im las, gab es ihr einen Stich.

»Ich war einmal mit einem Mädchen aus Emek Refa'im befreundet. Das heißt, eigentlich waren wir nicht befreundet. Ich wäre es gern gewesen. Sie wohnt in der Hatzfira Street, sehr schön, in einem vollkommen von Grün überwucherten Haus.«

»Heißt sie etwa Ruth?«

Jefra nickte.

»Habe ich mir gedacht. Ruth geht mit mir in die gleiche Klasse. Sie hatte einen richtigen Araber-Tick. Wenn du mich fragst, so wollte sie sich nur interessant machen. ›Die Palästinenser sind doch auch Menschen‹, hat sie ständig hergebetet, ihre Kulleraugen verdreht und ihre roten Locken geschüttelt. Bis ich ihr einmal gesagt habe: ›Jetzt erklär mir auf der Stelle ganz genau, was das Wörtchen ›auch‹ bedeutet.‹ Dann wurde ihre Freundin bei dem Bombenattentat in Emek Refa'im getötet. Danach war Ruth völlig durchgeknallt. Pilgerte mit dubiosen Jugendgruppen nach Massada. ›Kein zweites Massada! Nieder mit unseren Feinden! Die Römer von damals sind die Palästinenser von heute!‹ brüllen solche Gruppen vom Felsen herunter. Alles Schwachsinn, natürlich. Rückfall ins Pubertäre.«

»Und wie geht es ihr jetzt?«

»Seit ein paar Wochen ist sie ganz komisch. Kein Gebrüll und Gegeifer mehr gegen die Feinde. Sie ist irgendwie verstummt. Oder verstockt. Oder verstört. Ich weiß nicht so genau. Fehlt oft in der Schule. Vielleicht psychisch angeschlagen.«

»Das tut mir leid.«

»Hast du vielleicht Rafi kennengelernt, Ruths Bruder?«

Der Stich in der Herzgegend bohrte tiefer.

»Ich war mal mit ihm zusammen«, sagte Shifra. »Er ist süß. Für einen Israeli erstaunlich wenig cool. Ziemlich idealistisch, ziemlich soft. Na ja, wir haben eigentlich nicht so gut zusammengepaßt. Aber er ist in Ordnung. Hast du ihn gesehen oder nicht?«

»Ja, ganz kurz. Zwischen Tür und Angel. Würde ihn wohl kaum noch erkennen, wenn er mir begegnete.«

Warum sagte sie das? Immer und ewig würde sie Rafi erkennen, wann immer er ihr über den Weg liefe. Wahrscheinlich wollte Jefra, daß Shifra aufhörte, über Rafi zu sprechen. Wahrscheinlich wollte Jefra, daß Shifra nicht aufhörte, über ihn zu sprechen.

Aber Shifra war schon dabei, im Kopf eine Wiedersehensparty »zu Jefras Ehren« zu organisieren. Ob sie Rafi dazu einladen solle?

»Ich weiß nicht. Vielleicht. Ja, warum nicht. Ach nein, auf keinen Fall. Lieber nicht. Also, wenn Rafi will. Doch eher nein.«

Also ja. Falls er gerade Urlaub als Soldat habe. Zuletzt sei seine Einheit an der libanesischen Grenze stationiert gewesen. Sie könne ihm ja eine Mail schicken.

»Sag mal, darfst du denn über Nacht bei uns bleiben?«

»Wohl kaum«, sagte Jefra. Und dachte: Ganz bestimmt nicht. Ab morgen leben Jefra Namadi und Shifra Bernstein wieder auf verschiedenen Kontinenten. Und bauen an einer Brücke, die einen Ozean von Vorurteilen und Feindseligkeit überspannen soll.

Brücken zu bauen erfordert Zeit.

Manchmal Jahrzehnte.

ج

Das erste, was Jefra bei der Ankunft in Tel Aviv sah, war, daß ihre Mutter mitgekommen war, um sie abzuholen. Baseema sah immer noch sehr schmal aus, aber sie trug ein neues Kleid, das ihr nicht am Körper schlotterte. Kleine rote Rosen blühten auf weißem Grund. Es schien Jefra das schönste Kleid, das ihre Mutter jemals getragen hatte.

Als Jefra sich nach langen Umarmungen von ihren Eltern wegdrehte, um sich von Shifra zu verabschieden, war diese verschwunden. Jefra hatte nicht einmal gesehen, wer sie abgeholt hatte. Jefra hoffte, daß sie überhaupt jemand abgeholt hatte, daß sie jetzt nicht allein in einem Sherut-Taxi saß, das von

Lod nach Jerusalem fuhr. Kurz vor der Landung hatten sie ihre Abschiedsgeschenke getauscht. Shifras Päckchen war ziemlich groß. Es paßte nicht in Jefras Rucksack, und sie mußte es gesondert in einer Plastiktüte transportieren. Aber schwer war es nicht.

Ibrahim hatte sich eigens ein Auto geliehen, um Jefra abzuholen. Baseema und ihre Tochter saßen hochherrschaftlich im Fond, und Baseema hielt die ganze Zeit Jefras Hand. Ameera war schon schlafen gegangen, als sie zu Hause ankamen. Tayseer und Achmed standen demonstrativ vom Fernsehen auf und verschwanden im Jungenzimmer. Jefra verstand nicht, warum sie vor ihr Reißaus nahmen. Das sollte sie sich noch häufiger fragen müssen.

Jefra erzählte zwei Stunden lang von ihrem Sommercamp. Aus übervollem Herzen. Atemlos. Ihr Vater sagte nichts. Sein Gesicht war verschlossen. Ihre Mutter hielt immer noch ihre Hand. Bevor sie ins Bett ging, drapierte sie vor dem Jungenzimmer die beiden Baseballkappen auf leeren Wasserflaschen und schrieb einen Zettel dazu: »Amerika grüßt die Champions.« Der schlafenden Ameera legte sie das Robbenbaby in den Arm.

Dann wollte sie todmüde in ihr Bett fallen. Mit letzter Anstrengung öffnete sie Shifras Geschenk. Es war die rote Handtasche.

ج

Nach drei Tagen standen die Wasserflaschen mit den Baseballmützen immer noch vor dem Zimmer von Tayseer und Achmed. Ich nahm sie fort und steckte die Kappen in meinen Schrank. Was war mit den beiden los? Jungen sind von Natur aus komisch. Und in diesem Alter sind sie doppelt komisch. Aber jedes Mal, wenn ich die Baseballkappen im Schrank sah, überkam mich ein Gefühl, als hätte ich eine wichtige Sache ver-

gessen oder nicht erledigt. Ich mußte mit meinen Brüdern reden. Das war leichter gesagt als getan. Wenn sie zu Hause waren, schlossen sie sich in ihrem Zimmer ein. Aber sie waren nicht oft zu Hause. Wo sie sich nur den ganzen Tag herumtrieben?

Wenn ich meine Brüder sah, fiel mir oft ein Erlebnis »aus meiner frühen Jugend« ein. Ich muß damals zehn Jahre alt gewesen sein, als unsere Nachbarin ein Kind bekam. Das war eigentlich nichts Besonderes, in Palästina werden viele Kinder geboren. Und die Nachbarin hatte auch schon drei. Drei Mädchen! Sie hatte sich in den Kopf gesetzt, daß das Krankenhaus schuld daran sei, daß sie nur Mädchen zur Welt brachte. Darum wollte sie ihr viertes Kind zu Hause gebären. Sie war überzeugt, daß es ein Junge würde. Als die Wehen einsetzten, wurden alle Nachbarfrauen gerufen, ihr bei der Geburt beizustehen. Mama ging auch hinüber. Es war ein warmer Tag. Alle Fenster des Hauses standen offen. Während ich im Garten saß und Schularbeiten machte, hörte ich das Stöhnen der Schwangeren und die Anfeuerungsrufe der Nachbarinnen. Ich wußte nicht genau, was dort drüben eigentlich passierte, das Stöhnen machte mir ebenso Angst wie die schrillen Laute der anderen Frauen. Aber ich blieb wie gebannt im Garten sitzen, voller Spannung auf das Ende. Nach etwa zwei Stunden wurde es ganz still. Dann erhob sich plötzlich ein wahnwitziger Chor von jubelnden Frauenstimmen: »Mabruk, mabruk!« Glückwunsch! Ein Junge! Ein Junge, ein Junge, ein Junge!

Und was ist mit uns Mädchen? Sind wir denn nichts? Ich war wie erschlagen von der Erkenntnis, daß ich als Mädchen weniger wert bin als ein Junge. Damals schwor ich mir, daß mein Vater eines Tages sehr stolz auf mich sein sollte, stolzer als auf alle seine Söhne. Aber bald lernte ich, daß der Blick meines Vaters niemals so auf mir ruhen würde wie auf seinen ungebärdigen und wilden Zwillingen. Gleichgültig was ich tat, um seine Anerkennung zu erringen.

Am Dienstag nach meiner Rückkehr aus New Jersey kam ich von draußen ins Haus und lief frontal Tayseer und Achmed in die Arme, die gerade zum Training wollten. Sie blieben stocksteif stehen und sahen mich an wie eine Fremde. Dann schubste mich Tayseer mit dem Ellenbogen zur Seite, brutal drückte er mich an die Wand und zischelte: »inti 'amileh, Verräterin.« »Du bist einfach durchgeknallt«, schrie ich ihn an. Da kam es noch einmal, diesmal von Achmed: »inti 'amileh.«

Ich spürte, wie etwas hart in meiner Seele wurde wie ein Stein. Wenn sie so über mich dachten, dann waren eben meine Brüder nicht mehr meine Brüder.

Auch mit meinen Eltern war es nicht einfach. Am Anfang ging mein Vater auf das ein, was ich über die Israelis sagte, widersprach, erregte sich sogar, wenn ihm etwas nicht paßte. Nach ein paar Tagen verließ er das Zimmer, wenn ich anfing, von New Jersey zu erzählen. Und Mama hatte eine Art, mir »begütigend« die Hand zu tätscheln, die mir zunehmend auf die Nerven ging. »Hauptsache, du hattest es schön dort drüben«, sagte sie. Immer diesen einen Satz. Als sei das der Zweck meiner Reise gewesen.

In der Stadt traf ich zufällig Shireen, meine Cousine. Sie ist vier Jahre älter als ich. »Ich habe gehört, du warst in den USA. Erzähl mal, wie es war! Warst du in New York? Auf dem Empire State Building? Hast du im Atlantik gebadet? Hummer gegessen? Es muß ganz fancy Restaurants dort drüben geben.« Sie sagte tatsächlich »fancy«! »Mein Verlobter hat in Baltimore studiert, und nach unserer Hochzeit will er mir unbedingt die Ostküste zeigen. Vielleicht machen wir aber auch einen Kurztrip nach Frisco.« Sie sagte tatsächlich »Frisco«. Ich fing an, Shireens Geplapper zu unterbrechen und ihr zu sagen, wo und warum ich in den USA gewesen war.

Da hob sie die perfekt ausrasierten Augenbrauen, brachte ein »Ach« hervor – und war schon verschwunden.

Langsam wurde mir klar, daß niemand, wirklich niemand an meinen Erfahrungen interessiert war. Jefra war in den USA ge-

wesen, na toll. Aber sie war mit Israelis zusammengekommen. Überhaupt nicht toll. Eher peinlich. Wenn sie dann wenigstens die Freundlichkeit hätte, nicht darüber zu reden. Das war unausgesprochen die Reaktion, die ich überall zu spüren bekam. Sie machte mich wütend. Abends im Bett, wenn ich nicht einschlafen konnte, entwarf ich Reden, die ich halten wollte, verknüpfte Argumente und Appelle, reicherte sie an mit meinen Erlebnissen, meiner Beziehung zu Shifra – am nächsten Morgen wurde mir klar, daß ich ein Rufer in der Wüste war, daß ich Steinen predigte.

Aber durfte ich einfach aufgeben? Sollte denn »Bridges for Peace« sinnlos gewesen sein? Wir wollten ein Netzwerk bilden, hatten wir uns zum Abschied versprochen, ein Netzwerk von Menschen, die sich Gedanken des Friedens öffneten. Vielleicht mußte ich mich mehr anstrengen, um die Menschen um mich herum aus ihrer Gleichgültigkeit zu reißen.

ج

Jefra kochte jeden Tag für die ganze Familie, für die Geschwister ein Mittagessen, für Baseema und Ibrahim etwas zum Aufwärmen am Abend. Jeden Mittag saß Jefra allein mit Ameera in der Küche. Die Zwillinge blieben wie vom Erdboden verschwunden. Ameera quengelte herum. Es war ihr zu heiß. Es war ihr langweilig. Die Freude an Jefras Mitbringseln war schnell verflogen. Das einzige, was sie interessierte, war, von Jefra Englisch zu lernen. Sie wollte die Texte ihrer Popgrößen besser verstehen. Also saßen die beiden nachmittags oft zusammen, und Jefra übersetzte Texte aus CD-Booklets. Die meisten Songs waren absolut schwachsinnig, aber Ameera war begeistert und lernte sie auswendig. Der Gedanke, in den ersten Schultagen, die langsam näher rückten, ihren Klassenkameradinnen zu imponieren, schien sie zu beflügeln.

Jefra hätte diese heißen Sommernachmittage durchschlafen können. Nach der Zeit der Hochspannung in den USA fiel eine bleierne Erschöpfung über sie. Sie schrieb ein paar Mails an ihre neuen Freundinnen, mit einigen telefonierte sie. Shifra und sie telefonierten nie miteinander, obwohl es technisch ganz einfach war, sich innerhalb Jerusalems anzurufen. Ein letzter Hauch von Grenzenlosigkeit in einer Stadt, in der die Grenzen immer enger wurden, und der geplante Sicherheitswall, wie die Israelis die Mauer nannten, in absehbarer Zukunft die Stadt in zwei Hälften schneiden würde. Nur die unterirdischen Telefonleitungen trotzten dem Drang, Jerusalem zu zerstückeln.

Aber Shifra und Jefra telefonierten nicht miteinander. Dabei war Shifra eigentlich das, was ihre Kameradinnen eine »Quasselstrippe« nannten. Auch in New Jersey hatten sie im Gespräch nicht die Worte gewogen, sondern frei von der Leber weg geredet. Eine merkwürdige Vorsicht hatte sie jetzt erfaßt, als hätten Worte zwischen Jerusalem West und Jerusalem Ost die fatale Neigung, ihre Bedeutung zu verändern, sich aufzuladen mit falschem Gewicht und dunkler Farbe.

Sie trauten nur dem Geschriebenen. Jeden Tag wechselten sie eine E-Mail, und obgleich sie sich um einen spontanen und herzlichen Zungenschlag bemühten, spürten beide, daß ihre Briefe immer förmlicher wurden, daß sich ihr »amerikanisches Lebensgefühl« mehr und mehr verflüchtigte. Der Alltag hatte sie wieder, der palästinensische, der israelische.

Jefra beklagte sich über ihre Brüder und hatte erwartet, daß Shifra etwas schreiben würde wie »Schlag ihnen die Baseballkappen um den Kopf, damit sie wieder normal werden.« Was schrieb Shifra: »Es tut mir leid, daß sich deine Brüder dir entfremden. Vielleicht ist dir noch nicht klargeworden, daß Abschiednehmen zum Erwachsenwerden gehört. Vermutlich ist deinen Brüdern der Weg, den du eingeschlagen hast, suspekt. Das fände ich erklärlich.«

Jefra fand Achmeds und Tayseers Feindseligkeit überhaupt

nicht erklärlich. Aber auch Shifras wohltemperierte Sprache brüskierte sie. Diese tantenhafte Besonnenheit war doch das letzte, was zu ihr paßte. War das die Shifra, die noch vor wenigen Tagen wie wild mit ihr im Foyer des Hauses in New Jersey herumgetanzt, dem Spiegelbild die Zunge herausgestreckt und mit Lippenstift »Peace« auf das Glas geschmiert hatte?

Baseema sagte: »Du solltest Tante Nibal besuchen, solange du noch Ferien hast. Du verdankst ihr doch die Reise.« Aber Jefra hatte keine Lust, Tante Nibal zu besuchen.

Statt dessen schrieb sie einen Artikel für eine arabische Zeitschrift über das Sommercamp von »Bridges for Peace«. Am Schluß des Artikels versuchte sie ein Resümee zu ziehen – auch für sich selbst. Rasha hätte das in ihrem christlichen Jargon wohl »Gewissenserforschung« genannt.

»Während dieses Sommercamps habe ich wahrgenommen, daß die Schmerzen der Israelis unseren sehr ähnlich, daß ihre Ängste genau die gleichen wie unsere sind und daß ihnen Menschlichkeit genausoviel bedeutet wie uns.

Darum begann ich, diese Mädchen zu lieben. Ich sah in diesen jungen Israelis, die noch vor einer Woche meine Feinde gewesen waren, Freunde.

In dem Camp habe ich gelernt, daß nur der Mensch ein Feind ist, dessen Geschichte ich nicht kenne, von dessen Schmerzen ich nichts weiß.

Bevor ich ›Bridges for Peace‹ kennenlernte, hatte ich fast alle Hoffnung verloren. Jetzt kann ich wieder glauben, daß der Dunkelheit das Licht folgt, daß der Konflikt eines Tages zu Ende sein wird und daß beide Seiten erkennen, daß der einzige Weg zu leben, der ist, zusammenzuleben.

Ich träume davon, ein Leben zu führen, in dem ich meine palästinensischen und israelischen Freundinnen in meiner Nähe finde und nicht unter den Trümmern eines zerstörten Hauses oder eines zerbombten Restaurants.«

Jefra hoffte, daß ihr Artikel bald erschiene. Und sie hoffte in den Augen ihres Vaters zu lesen, daß er stolz auf sie war.

ج

Nibal machte sich Sorgen um Jefra. Was sie von ihrer Schwester erfuhr, die fast täglich aus dem Kindergarten anrief, klang nicht gut. Irgend etwas mußte mit Jefra geschehen sein. Als hätte man sie in diesem Sommercamp in New Jersey einer Gehirnwäsche unterzogen. Für Jefra – so ihre Mutter – existierten nur noch die Juden. Als seien die die wahren Opfer, erst verfolgt von den Nazis und jetzt bedroht von den Palästinensern, die sie aus ihrer rechtmäßigen Heimat vertreiben wollten.

Jeden Tag wußte Baseema Neues zu berichten. Jefra habe sich geweigert, bei einem Schulfest mit einer Gruppe aufzutreten, die traditionelle arabische Tänze vorführte.

»›Ach, das ist doch nur Folklore‹, hat sie gesagt. Ibrahim hat ihr heftig widersprochen. Du kennst ihn ja, Ibrahim fährt nicht leicht aus der Haut. Man darf bei ihm vieles in Frage stellen, aber nicht die Heimat. Jefra aber hat nur ganz kurz, fast schnippisch geantwortet: ›Vielleicht muß ich neu über Heimat nachdenken. Vielleicht gehören jetzt auch meine israelischen Freundinnen dazu.‹«

Beim nächsten Telefonat erging sich Baseema darin, Erklärungen für Jefras Verhalten zu suchen. »Das alles ist eine spätpubertäre Ablösung von der Vaterfigur. Weil aber der Vater als Angriffsziel tabu ist, richtet sich Jefras Aggression gegen die Zwillinge. Eine Art Stellvertreterkrieg, sage ich dir. Mit allen Implikationen: einseitiger Frontstellung, sprachlicher Gewalt, blockierter Toleranz.«

Nibal reagierte unwirsch. »Entschuldige, Baseema, du hast die einschlägigen Vokabeln bei deiner Therapie gut gelernt, aber das ist Küchenpsychologie.«

Aber Baseema hörte nicht auf zu klagen. An manchen Tagen stehe Jefra wie unter Strom. »Sie redet unaufhörlich. Die Israelis wollen, so behauptet sie, Frieden, es liegt doch nur an den Palästinensern, an der Autonomiebehörde und dem Präsidenten, daß kein Fortschritt erzielt wird. Stell dir vor, sie spricht den Namen ›Arafat‹ nicht aus, als könne sie ihn mit einer Anonymisierung persönlich kränken. ›Dieser Präsident ist ein Unglück für unser Land‹. Das verkündet sie lautstark, ohne mit der Wimper zu zucken.«

Nibal war ernstlich beunruhigt. Wie konnte man Jefra daran hindern, ihre neuen Erkenntnisse in die palästinensische Welt hinauszuposaunen? Nicht nur, daß der Familienfrieden im Hause Namadi brüchiger wurde. Solche Reden, wie Jefra sie führte, waren nicht opportun in einer Gesellschaft, in der die Verhältnisse immer desolater wurden durch die israelische Okkupation. Und ob Ibrahims Nimbus als Widerstandskämpfer Jefra auf alle Zeit schützen würde?

Jefra lebte gefährlich.

Nibal bat Baseema, Jefra zu ihr zu schicken. Vielleicht konnte sie herausfinden, was hinter Jefras »Bekehrung« steckte. Oder ihr erklären, daß Friedensliebe und missionarischer Ehrgeiz unterschiedliche Kräfte waren, daß Fanatismus auch dann fatal war, wenn er die gerechte Sache im Blick hatte. Aber Jefra kam nicht.

»Was macht sie den ganzen Tag?« fragte Nibal Baseema.

»Jefra putzt, kocht, wäscht und lernt mit Ameera Englisch. Und abends sitzt sie vor dem PC und schreibt E-Mails an ihre israelischen Freundinnen.«

Das Putzen und Kochen beruhigte Nibal. Sie, die nie eine Hausfrau gewesen war, hatte ein tiefes Vertrauen in die regulative Kraft von Hausarbeit. Wer kocht, schießt nicht, pflegte sie zu sagen. Und wer Windeln wechselt, verliert sich nicht in ideologischen Höhenflügen.

Es gab aber keine Windeln zu wechseln im Hause Namadi.

Als Jefra schließlich doch kam, hielt Nibal den Atem an. Das war nicht das etwas eckige Mädchen mit den strengen Zügen, das vor vier Wochen in die USA aufgebrochen war. Amerika hatte in kurzer Zeit aus Jefra eine sehr feminine junge Frau gemacht, an der alles Eckige sich in einer Art wunderbarer Metamorphose in lieblichstes Rund verwandelt hatte. In den Augen blitzte ein Feuer, das, hätte es einem jungen Mann gegolten, schwerwiegende Konfusionen ausgelöst hätte.

Das Feuer galt aber keinem jungen Mann.

Der Furor, der in Jefra glühte, galt dem Frieden. Nibal dachte darüber nach, während sie Jefra von New Jersey erzählen ließ, wie aus einer Friedensliebe eine Friedenswut entstehen konnte. Das Eintreten für eine Verständigung mit den Juden verlangte Mut und ein stabiles Rückgrat, mehr als das: eine Leidenschaft des Herzens. All das hatte Jefra gehabt. Aber so wie ein Kaleidoskop ein Bild verzerrt, so schien ihre Optik den unbefangenen, geraden Blick eingebüßt zu haben. Sogar ihre Gestik hatte eine Form von Unduldsamkeit angenommen. Jefras Hände sausten nach jedem Satz mit der Längskante wie zwei Fallbeile aus Brusthöhe hinab auf die Knie.

Aus reiner Lust an der Provokation widersprach Nibal ihrer Nichte. »Glaubst du wirklich, daß die Israelis zum Frieden fähig sind? Hat nicht die jahrzehntelange Macht sie korrumpiert? Nicht nur die Politiker, auch die einfachen Leute?«

»Also auch du, Tante Nibal! Voll von Vorurteilen! DIE Israelis. Und das aus deinem Mund. Wie viele Israelis kennst du, bitte schön? Wahrscheinlich keine. Aber DIE Israelis sind unfähig zum Frieden! Und was ist mit uns? Will Hamas Frieden schließen? Oder die Al-Aqsa-Brigaden? Oder der Islamische Dschihad? Hast du dich jemals bemüht, die andere Seite zu verstehen?«

»Nun, mach aber einen Punkt, Jefra. Deine persönlichen Unterstellungen verfangen nicht, weil ich jahrelang mit Israelis an einem Forschungsprojekt gearbeitet habe. Aber das spielt hier keine Rolle.

Mir geht es um dich. Merkst du nicht, daß du inzwischen in

dem gleichen Fahrwasser bist wie die Zwillinge, nur mit umgekehrten Vorzeichen? Ein Widerspruch reizt dich zum blinden Losschlagen. Du denkst nicht mehr, Jefra, du reflektierst nicht mehr, du differenzierst nicht mehr, was einmal deine großen Stärken waren. Hast du dir schon einmal überlegt, daß deine Friedensliebe in deiner Familie genau das Gegenteil dessen auslöst, was du bewirken möchtest: Unfrieden und Polarisierung?«

Nibal hielt inne. Sie mußte Jefra zu Atem kommen lassen.

Die beiden Frauen schwiegen. Jefra schaute auf den Boden, als sei ihre ganze Aufmerksamkeit von einer Arabeske in dem persischen Teppich gefangengenommen.

»Ich habe dich bewundert, weil du aus dieser palästinensischen Krankheit ausbrechen wolltest, immer nur die Juden für alles Elend in unserer Welt verantwortlich zu machen. Ich kann dich nicht mehr bewundern, weil dein Umkehrschluß, daß alles Elend nur von der palästinensischen Uneinsichtigkeit herrührt, keinen Deut besser ist. Und jetzt, meine liebe Jefra, muß ich arbeiten. Besuch mich wieder, wenn dir danach ist.«

Damit öffnete Nibal die Wohnungstür, und Jefra stand auf der Straße.

ج

Da stand ich mitten auf der Straße. Der Verkehr donnerte rechts und links an mir vorbei. Die Autos hupten wütend und aggressiv. Ich kochte vor Wut. Wie konnte Tante Nibal so mit mir reden! So ungerecht. Nibal war die Verräterin, nur sie. Immer hatte sie sich ein friedensbewegtes Mäntelchen umgehängt. Jetzt kam heraus, daß sie darunter nackt und bloß war.

Ich mußte mit jemandem sprechen, mein Herz ausschütten, die gekränkte Seele baden in einem See voll Verständnis und Sympathie.

Und da kam der zweite Schock, der viel schlimmer war als der erste. Wen hatte ich denn noch zum Herzausschütten? Rana, meine beste Freundin, war schon lange für mich verloren. Tante Nibal hatte ich heute verloren. Ich hätte Maryam schreiben können, aber sie interessierte sich nicht mehr dafür, was bei uns geschah.

Mama. Natürlich, Mama. Sie hatte mich immer verstanden. Hatte nicht aufgehört, meine Hand zu halten, als ich von »Bridges for Peace« erzählte. Aber hatte Mama vielleicht Nibal gebeten, mir ins Gewissen zu reden? Hatte Mama mich verraten?

Die plötzliche Erkenntnis, ganz allein zu sein, in dünner Luft und eisigem Wind, ohne einen Menschen, der mir ein warmes Tuch um die Schultern legte, der bereit war, den von mir eingeschlagenen Weg mit mir zu gehen, schmetterte mich nieder. Ein Schüttelfrost überfiel mich mitten an diesem heißen Jerusalemer Nachmittag. Ich lehnte mich an eine Mauer, schloß die Augen und wartete, daß mein Herz wieder ruhiger schlagen würde.

Eine ältere Frau sprach mich an, fragte, ob ich krank sei. Ich schüttelte nur den Kopf, ohne die Augen zu öffnen, und war erleichtert, als sie sich entfernte. Junge Männer kamen in Pulks vorbei. Sie treten immer in Pulks auf, und mir schien es oft, daß jeder Junge für sich genommen ein freundlicher, ja schüchterner Mensch ist, daß aber die Zusammenballung alles Gute ins Gegenteil verkehrt und Dummheit und Frechheit freisetzen, die man schwer ertragen kann. Offensichtlich reizte ich sie zu Hänseleien, die sie »cool« fanden.

»Na, hat dich dein Bräutigam verlassen? Vielleicht mit vollem Bauch? Bei uns findest du sofort Ersatz. Wer von uns gefällt dir am besten?«

Ich rappelte mich auf und ging. Immer noch von innerer Kälte geschüttelt.

Und von Einsamkeit.

Dann fiel mir Shifra ein. War sie nicht meine beste Freundin geworden? Aber sie war eine Israeli. Könnte sie wirklich verstehen, daß sich meine Familie gegen mich wandte, weil ich für Gewaltlosigkeit und Frieden eintrat?

Und konnte sie wirklich ermessen, was mir Familie bedeutete? Es fiel mir ein, daß sie immer nur abträglich von ihrer »Mischpoke« gesprochen hatte, ihrer »Familienbande«. Aber so vage, daß ich nicht einmal wußte, wie sie lebte, mit wem sie lebte, ob sie Geschwister hatte. Sie hatte um ihr Leben ein Geheimnis gewoben, und erst jetzt, da ich daran dachte, sie spontan zu besuchen, fiel mir auf, daß Shifra so etwas wie eine Frau im Schatten war, eine geheimnisvolle Fremde.

ج

Baseema war besorgt, wie Jefra von ihrer Schwester zurückkommen würde. Sie kannte Nibal und wußte, daß diese kein Blatt vor den Mund nahm. Früher war Jefra von einer seelischen Robustheit gewesen, daß man nie Angst haben mußte, sie zu kränken oder zu verletzen, anders als Ameera mit ihrem empfindlichen Seelchen, das noch auf die sanfteste Kritik reagierte, als habe ein übler Nachtfrost zarte Rosenblüten zerstört.

Als Jefra mit finsterem Blick nach Hause kam und sich demonstrativ am hellen Nachmittag ins Zimmer einschloß und, als Ameera ins Zimmer wollte, überhaupt nicht reagierte, wußte Baseema, daß ihre Befürchtungen berechtigt gewesen waren.

Was konnte sie tun? Wie konnte sie, Baseema, die Risse und Brüche kitten, die sich überall in der Familie auftaten: Ibrahims Schmerz, wenn Jefras »ins Predigen« geriet. Die aggressiven Bemerkungen der Zwillinge, die sie zu immer maßloserer Kritik an der »korrupten palästinensischen Gesellschaft« provozierten. Vielleicht, dachte Baseema, war das Maßlose in Jefra ja ihr mütterliches Erbteil. Sie konnte ihre Tochter nicht verurteilen.

Baseema seufzte. Ich werde ihr Lieblingsessen kochen. Was kann man sonst schon machen. Spaghetti sollen Glückshormone enthalten, sagt man in Italien.

Aber Jefra kam nicht zum Abendessen aus ihrem Zimmer.

Am nächsten Tag saß Jefra über einem Referat in Geographie, als Baseema nach Hause kam.

»Darf ich stören?«

»Sag mir nur eins, Mama: Hast du Nibal gebeten, mir die Leviten zu lesen?«

»Ich habe Nibal erzählt, daß es schwierig geworden ist, seit du aus den USA zurückgekommen bist. Nichts weiter.«

»Also meinst du auch, daß ich eine blinde Fanatikerin geworden bin?«

»Jefra, ich will dir einmal erzählen, wie es einem entfernten Freund meines Bruders ergangen ist.«

»Mama, ich will keine Geschichten hören, ich will eine Antwort.«

»Also Saad, oder hieß er Khalid, ich weiß es nicht mehr genau, hatte als junger Mann eine verrückte Idee. Er hatte in London Wasserwirtschaft studiert, ein reichlich exotisches Fach für einen, der in der Wüste groß geworden ist. Irgendwann hatte er sich in den Kopf gesetzt, Palästinas Wasserprobleme ein für allemal zu lösen. Er wollte in der Türkei oder auf dem Balkan mit Geldern der Europäischen Union einen See kaufen und das Wasser über eine Pipeline nach Ramallah transportieren. Natürlich lachten ihn alle aus. Politiker, Industrielle, aber auch die einfachen Leute im Suk, denen er von seinen Plänen erzählte. Je mehr er auf Widerstand stieß, desto mehr verbohrte er sich in seine Idee.«

»Und landete schließlich im Irrenhaus.«

»Woher weißt du das?«

»Ich weiß es nicht, aber darauf läuft es doch hinaus. Mama,

siehst du denn nicht, daß deine Geschichte hinkt wie ein angeschossener Esel? Ist denn der Friede ein See, den man leer pumpen kann? Ist denn ... «

»Schon gut, Jefra. Du hast ja recht, Saads Geschichte ist vielleicht kein gutes Beispiel. Aber in einem Punkt paßt sie doch: daß es fatal ist, wenn man sich in etwas verrennt.«

»Aber wenn die Richtung stimmt, warum darf man dann nicht auch rennen? Warum muß man immer nur ›vorsichtige Schritte‹ machen?«

Baseema seufzte. »Vielleicht lernst du ja noch zu rennen, ohne dabei alle Leute anzurempeln und zu Boden zu werfen.«

»Und hoffentlich bleibt es mir erspart, als Verrückte in einer geschlossenen Anstalt zu landen.«

»Hör schon auf, Jefra. Damit treibt man keinen Scherz.« Baseema wollte ihrer Tochter in die Augen sehen, um herauszufinden, ob ihre Worte sie erreicht hatten. Aber Jefra hatte den Kopf weggedreht und klapperte angelegentlich mit einem Lineal auf dem eisernen Gartentisch herum. Es klang wie der Basso continuo in einem dissonanten Musikstück.

ج

»Die Frau im Schatten« hatte geschrieben:

Liebe Jefra,
ich finde es ja witzig, wie Du mich titulierst und mir Geheimnisse andichtest. Ganz so wild ist es nicht. Aber in einem hast Du recht: Im Augenblick bin ich mit meiner »Schattenfamilie« reichlich beschäftigt, und so kann ich schlecht über meinen Schatten springen und Dich zu mir einladen. Irgendwann schreibe ich Dir Genaueres über meine etwas chaotischen Lebensverhältnisse.
Der Geist von New Jersey weht und braust nach wie vor. Auch

in mir. Aber ich entdecke, daß wir in N.J. auf einer Insel gelebt haben, wild und frei. In den ersten Wochen, als ich wieder zu Hause war, hatte ich wirkliche Probleme, mich zurechtzufinden. Sogar unsere Freundschaft kam mir wie eine Fata Morgana vor. So aberwitzig und irreal, daß sie gar nicht ins wirkliche Leben paßt. Vermutlich hast Du aus meinem Schweigen und meinen zurückhaltenden Reaktionen auf Deine Briefe Schlüsse gezogen und über meine Veränderungen gegrübelt.

Dabei habe ich mich nicht von Dir entfernt. Aber auf dem neutralen Boden in New Jersey war es leichter zu glauben, daß wir Grenzen überwinden und Gräben überspringen können. Wie toll haben wir uns als Brückenbauer empfunden. Wie einfach erschien es uns.

Jetzt leben wir wieder in unseren sehr konkreten Heimaten, und das bedeutet im Klartext: Eigentlich sind wir Feinde. Jeden Tag stoße ich mir in Jerusalem den Kopf am realen Leben, an den vielen Betonwänden, die ich am liebsten einrennen würde, wo ich mir aber bei dem Versuch nur Beulen hole. Ich habe schon jede Menge blaue Flecken. Du aber anscheinend auch. Vielleicht machen wir bald einmal eine Pflaster-Party, bei der wir unsere gegenseitigen Schrammen und Platzwunden bewundern. Und natürlich auch verbinden.

Bis bald

Deine Shifra

PS. Merkst du, daß ich irgendwann einmal Medizin studieren will? Das hättest du nicht gedacht. Oder?

ج

»Ich habe Maryam gesehen, als ich in den USA war.«

Ich weiß nicht, warum ich das Mama erzählen mußte. Ich wollte es gar nicht, und dann liefen die Worte aus mir heraus wie Wasser aus einer sprudelnden Quelle. Ich kam mir fremdgesteuert vor. Als wollte vielleicht Maryam aus der Ferne, daß ich hier in diesem Haus, in dem sie achtzehn Jahre lang gelebt hatte, laut ihren Namen nannte, damit sie nicht in Vergessenheit geriet.

Mama stieß einen Schrei aus und schlug sich dann heftig mehrmals mit der Hand auf den Mund, eine Geste, die ich noch nie an ihr gesehen hatte. Als müßte sie sich zum Schweigen bringen. Dabei wollte sie doch mich zum Schweigen bringen.

»Jefra, bitte sag um Gottes willen Papa nichts davon. Jefra, versprich es mir. Jefra, wie konntest du nur!«

»Ich verspreche es.«

Wir schälten Kartoffeln. Wir putzten Möhren. Wir schnitten Tomaten und Gurken. Wir rührten den Joghurt. Wir träufelten ein paar Tropfen Olivenöl auf den Humus. Wir schwiegen.

Dann schlug Mama wieder mit der Hand auf ihren Mund, schnell und heftig. Fünfmal, sechsmal.

»Sag mir nur eins: Ist Maryam glücklich? Sag nur ja oder nein, nicht mehr, kein Wort mehr.«

»Maryam ist glücklich. Sie fühlt sich frei.«

»Sag nie wieder ein Sterbenswörtchen. Versprich es mir! Gib mir die Petersilie!«

»Ich verspreche es, Mama.«

Hatte ich Maryam jetzt endgültig in diesem Haus begraben?

ج

Shifra schrieb einen Brief an ihren Vater, der ihr mitgeteilt hatte, daß sie nicht länger bei ihrem Großvater in Jerusalem leben könne, sondern »unverzüglich« nach Rishon Le Zion umziehen solle, wo ein »entzückendes Apartment« auf sie warte – im gleichen Haus, in dem auch ihr Vater seine Arztpraxis und seine Wohnung habe.

Shifra dachte im Traum nicht daran, nach Rishon Le Zion umzuziehen. Da hatte ihr Vater sich jahrelang nur wenig um sie gekümmert, und plötzlich entdeckte er, daß er eine halbwüchsige Tochter hatte, aus der man ja vielleicht auch eine Ärztin machen konnte.

Shifra verachtete ihren Vater. Sie hielt ihn für geldgierig und sentimental. Im Augenblick hatte er offensichtlich keine Geldsorgen, da konnte er seinen sentimentalen Anwandlungen nachgeben. Nicht mit ihr.

Ihr eigentlicher Vater war ihr Großvater. Er war zweiundsiebzig Jahre alt und ein sehr aktiver Mann, der im Alter seiner wahren Berufung frönte: dem Schreiben. Er hatte im Laufe seines Lebens schon viele Bücher veröffentlicht, populärwissenschaftliche Romane über Theodor Herzl und die ersten Zionistenkongresse, über den Widerstand der Haganah während der englischen Mandatszeit, über das Ehepaar Tycho und deren philanthropisches und künstlerisches Wirken zu Beginn des Jahrhunderts. Er schätzte Anna Tycho als Malerin über die Maßen und besaß zwei Originale von ihr, einen Orangenhain und eine judäische Landschaft in braunen Aquarelltönen.

Shifra war zu ihrem Großvater gekommen, als sie noch ein kleines Kind war. Drei Monate nach der Geburt der Kleinen hatte seine Tochter Anat, Shifras Mutter, ihr erstes Engagement als Sängerin an die Oper San Carlo in Neapel erhalten. Das war natürlich eine Sensation. Eine blutjunge israelische Sopranistin wird aus dem Stand an die nach der Scala in Mailand wichtigste italienische Opernbühne berufen. Alle hatten Anat zugeredet, diese einmalige Chance nicht zu verpassen und das Blondchen in der Mozartschen »Entführung aus dem Serail« zu singen. Alle, auch Chaim. Er hatte eine Kinderfrau für Klein-Shifra engagiert und sie in sein Haus aufgenommen. Anats Vertrag lief über drei Monate. Sie telefonierte, schickte Grüße und Küsse an ihre kleine Tochter und Jubelkritiken von der Premiere. Blondchen wurde gelobt. Eine »veritable Entdeckung« schrieb der »Corriere della Sera«, und eine lokale Zeitung schwärmte von ihrem »unvergleichlichen Schmelz«.

Nach den drei Monaten wurde ihr Vertrag verlängert. Sie sollte die Zerlina in »Don Giovanni« singen. »Meine Traumrolle«, sagte sie zu ihrem Vater. Dieser verlängerte den Vertrag mit dem Kindermädchen.

Anat kam nach acht Monaten zum ersten Mal wieder nach Jerusalem. Ihr Mann, der Schönheitschirurg, lebte bereits mit seiner Sprechstundenhilfe zusammen und hatte die Scheidung eingereicht.

Shifra konnte schon laufen, wenigstens ein paar unbeholfene Schritte tun, wenn sie den Kampf mit dem Gleichgewichtssinn gewann. Der Opa hatte ihr rote Schleifen ins Haar gesteckt und zwei Wörter bis zum Überdruß mit ihr geübt: Shalom, Mama! Natürlich sagte Shifra nicht Shalom, sondern schrie gottserbärmlich, als die fremde Anat die Arme nach ihr ausstreckte. Shifra flüchtete in die Arme ihres Großvaters.

Seit siebzehn Jahren flüchtete Shifra in Chaims Arme, wenn ihr irgend etwas über den Kopf wuchs.

In ihren Augen war Chaim der großzügigste, humorvollste Ersatz-Vater, den sie sich ausmalen konnte. Er hatte gelacht, als sie mit gepiercter Zunge nach Hause gekommen war. Er hatte die ersten wilden Parties, die sie in seiner Wohnung feierte, mit Nachsicht über sich ergehen lassen. Er ertrug ihre Launen, ihre nervösen Störungen, ihre zu laute Musik. Nur einmal hatte es ein echtes Problem gegeben. Da war sie in der Nacht nach ihrem fünfzehnten Geburtstag nicht nach Hause gekommen, weil sie das erste Mal mit einem Jungen geschlafen hatte. Als sie am nächsten Morgen am Wohnzimmer vorbei auf ihr Zimmer schlich, hatte Chaim sie mit einer Stimme gerufen, die nach den Posaunen von Jericho klang.

»Shifra, wenn du noch einmal eine Nacht fortbleibst, ohne zu sagen, wo du bist, mußt du dieses Haus verlassen. Dann müssen sich deine Eltern um dich kümmern.«

Die Drohung hatte gesessen. Die Eltern waren doch – als Eltern – die absoluten Versager, mochten sie auch sonst Erfolg haben. »Israels Geschenk an die Welt«, hatte »Maariv« geschrieben, als ihre Mutter unter James Levine die Fiordiligi an der Met gesungen hatte. Dann aber hatte es offensichtlich einen Knick in ihrer Karriere gegeben. Man las nichts mehr von ihr. »Manche beginnen als Genie und enden als Talent. Das ist schon häufiger vorgekommen«, hatte Chaim einmal beiläufig gesagt. Ab und zu schickte Anat Shifra Geschenke, die alle nie paßten, entweder waren sie zu kindlich oder zu erwachsen, zu bunt oder zu langweilig, zu kitschig oder zu edel. Chaim entdeckte eines Tages im Keller eine stattliche Batterie von Postpaketen, die nicht geöffnet waren.

Mit ihrem Vater hatte Shifra größere Probleme. Denn der war in der Nähe, und er war noch immer erziehungsberechtigt. Zwar hatte er eine neue Familie – er hatte nicht die Sprechstundenhilfe, sondern eine deutlich reichere Frau geheiratet und mit ihr zwei Söhne in die Welt gesetzt – und war aus diesem Grund offensichtlich einverstanden damit, daß Shifra bei Chaim lebte. Aber er legte Wert auf den Kontakt mit seiner Tochter, erwartete, daß sie jeden zweiten Schabbat nach Rishon Le Zion kam, um mit seiner Familie zu feiern, interessierte sich für ihre Schulleistungen und geizte nicht mit guten Ratschlägen für ein »gelingendes Leben«. Shifra absolvierte diese betulichen Schabbat-Essen mit den dressierten Halbbrüdern nicht ohne Zähneknirschen, erfüllte aber die väterlichen Erwartungen, solange sie sich damit ihr freies Leben mit Chaim erkaufen konnte.

Insgeheim hegte sie den Verdacht, daß sie ihrem Vater den Namen Shifra verdankte. Niemand in ihrem Bekanntenkreis hatte so einen alten hebräischen Namen. »Der Name ist so altbacken wie ein Stück vergessenes Mazze-Brot«, beschwerte sich Shifra bei Chaim.

Mit Chaim gab es keine Schabbat-Feier-Pflichten. Wenn sie Lust hatte, konnte sie am Freitagabend mit ihren Freunden ins Kino oder in die Diskothek gehen. Es gab ja auch im frommen Jerusalem zunehmend »Fluchtmöglichkeiten« für die Schabbatmüden oder -unwilligen: Lokale, die geöffnet hatten, Kinos, die auch am Freitag Filme zeigten. Nur an Feiertagen ließ es sich Chaim nicht nehmen, seiner Enkelin den Sinn des Festes zu erklären. An Pessach den Auszug aus Ägypten, an Purim die Esther-Geschichte, an Chanukka den Befreiungskampf der Makkabäer. »Sie haben die Feinde besiegt, die den Tempel entweiht hatten. Sie wollten sich nicht hellenisieren lassen. Sich neuen Herren anzupassen, war zu allen Zeiten der einfachere Weg. Aber genau darum, weil diese jüdischen Widerständler ihre Eigenart bewahren und nicht Zeus als ihren Gott anerkennen wollten, der schon als Statue in ihrem Tempel aufgerichtet stand, gibt es die Juden noch heute. Und du, meine Liebe, kannst dich noch so weltläufig und säkular fühlen, auf deinen Schultern ruhen auch viertausend Jahre jüdischer Geschichte. Der entrinnst du nicht. Und ich natürlich auch nicht. Auch, wenn sie eine Last ist.«

Dann war Chaim mit einem Schlaganfall ins Hadassah-Krankenhaus nach Ein Kerem eingeliefert worden. Und jetzt spielte sich dieser Möchtegern-Daddy auf. Ein halbwüchsiges Mädchen könne und dürfe nicht allein leben. Und ein spätwüchsiger Vater solle sich gefälligst nicht in ihr Leben einmischen, hatte Shifra auf seinen ersten Brief geantwortet. Es war doch jedem klar, daß sie gerade jetzt bei ihrem Großvater bleiben mußte. Wer sollte ihm denn helfen, wenn er aus dem Krankenhaus entlassen wurde?

Eine philippinische Krankenschwester könne in die Wohnung ziehen, hatte ihr Vater geschrieben. An Geld mangele es ja nicht, und dann hätte der Großvater eine Rundumbetreuung. Was in Shifras Augen wieder einmal bewies, daß dieser Mensch Frauen ihre krumme jüdische Nase gerade richten oder Fett an den Oberschenkeln absaugen konnte, aber nichts vom Leben verstand.

ج

Achmed und Tayseer führten sich immer mehr wie Paschas auf. Jefra sah sie nie, weil sie ihre Schwester nach wie vor mieden wie eine Aussätzige. Aber jeden Morgen räumte Jefra ihre Wäsche weg, die sie im Badezimmer einfach fallen- und liegenließen. Für schmutzige Wäsche gab es schließlich Frauen im Haus. Jefra machte es wütend, daß sie ständig ihre dreckigen T-Shirts und Unterhosen aufsammeln, waschen, zusammenlegen und wieder in den Schränken verstauen sollte. War sie denn das persönliche Dienstmädchen der beiden jungen Herren?

Sie beschwerte sich bei ihrer Mutter. Doch die war in der fatalen Nachgiebigkeit palästinensischer Mütter gegenüber den Söhnen gefangen. »Sie sind halt Jungen«, sagte sie, »und sie arbeiten hart.«

»Sie trainieren Kinder in Fußball.«

»Ist das etwa kein harter Job? Es sind alles schwierige Jungen, mit denen sie arbeiten, undisziplinierte, unerzogene, vernachlässigte. Ein Knochenjob.«

»Ich könnte drei Damenfußballmannschaften trainieren, Mama, und nicht eine Minute lang würdest du tolerieren, daß ich auch nur ein Papiertaschentuch im Badezimmer herumliegen lasse.«

»Du hast recht, Jefra. Wenn Achmed und Tayseer wieder mehr Zeit haben, müssen sie mehr Ordnung halten. Aber es ist doch nur ein kleiner Handgriff, wenn du ihre Wäsche in die Trommel stopfst.«

An einem Tag entdeckte Jefra, daß ein T-Shirt in der Waschmaschine steckte. Sie zog es heraus, um zu sehen, ob es ein schmutziges war oder ein sauberes, das aus Versehen in der Maschine geblieben war. Das Shirt hatte einen großen Blutfleck. Jefra starrte darauf. Wenn man sich beim Sport verletzte, so schürfte man sich das Knie auf, vielleicht auch die Hand oder den Ellenbogen. Woher kam ein großer dunkelroter Flecken Blut in der Gegend des Herzens? Ob Mama etwas von dieser Verletzung wußte?

Jefra paßte die Zwillinge ab, als diese aus dem Haus zum Training gehen wollten.

»Ich möchte wissen, was passiert ist? Wer von euch hat sich verletzt? Was ist geschehen?« Und dabei hob sie das T-Shirt in die Höhe.

Tayseer riß es ihr aus der Hand und ging wortlos weg, Achmed im Schlepptau.

»Paß nur auf, daß du nicht eines Tages in deinem Blut liegst«, rief Achmed, als er die Haustür hinter sich schloß.

Jefra sprach mit Baseema. Seit sie aufgehört hatte, Jasir zu beweinen und zu beschreien, schien es Jefra, als liefe ihre Mutter mit vergoldeten Augenlidern durchs Leben. War das der Erfolg der Psychotherapie?

»Ach, Jefra, du kennst doch Achmed und Tayseer. Richtige Jungen klettern auf Mauern und fallen auch mal herunter. Manchmal prügeln sie sich mit anderen Kindern. Wenn sie kein Aufsehen um etwas Blut machen, sollten wir das auch nicht tun. Blut wäscht sich gut aus Baumwolle heraus. Du wirst sehen.«

Es blieb tatsächlich kein Fleck auf dem Shirt zurück. Aber der Fleck blieb in Jefras Kopf. Wie schwarz sich das geronnene Blut auf dem weißen Grund abgehoben hatte! Es hatte überhaupt nicht harmlos ausgesehen.

ج

Als Shifra Chaim im Krankenhaus besuchte, war sie nicht darauf gefaßt, ihn in einem solchen Zustand anzutreffen. Der Schlaganfall hatte ihn halbseitig gelähmt, ein Auge war offen, bei dem anderen hing das Augenlid herab. Speichel floß ihm aus einem Mundwinkel. Er konnte nicht sprechen. Aber er grimassierte, und Shifra las aus den Grimassen heraus, daß er sie erkannte. Sie saß eine Stunde neben ihm, hielt seine Hand und erzählte ihm alltägliche Dinge. Was es in der Schule gegeben hatte, wie sich die Witwe aus dem ersten Stock aufgeführt, was die Putzfrau wieder zu Bruch hatte gehen lassen. Und sie verkniff sich erfolgreich ihr ewiges »Pech gehabt«.

Nach dieser Stunde spürte sie, daß sie ruhiger wurde, daß das Entsetzen über Chaims Zustand wich. Er war immer noch ihr Großvater, er hatte eine warme Hand, er verstand, was sie sagte, und er freute sich, daß sie da war. Und so wie sie ihn siebzehn Jahre lang gebraucht hatte, so brauchte er sie jetzt. So einfach war das. Das mußte der Schönheitsdoktor aus Rishon Le Zion gefälligst einsehen.

Als Shifra das Krankenhaus verließ, fiel ihr ein, daß sie sich ja für diesen Nachmittag mit Jefra verabredet hatte. Wie hatte sie das vergessen können. Wahrscheinlich wartete Jefra schon vor der Haustür. Jefra hatte auf ein Treffen gedrängt, Shifra hatte nicht nein sagen können, auch wenn sie im Augenblick anderes im Kopf hatte als »Bridges for Peace«.

Shifra wurde selten nervös. Aber warum kam gerade jetzt kein Bus? Eigentlich hatte sie ihrem Großvater versprochen, überhaupt nicht mehr mit dem Bus zu fahren, diesen wandelnden Explosivgeschossen, sondern immer ein Taxi zu nehmen. Aber ein Taxi war nicht aufzutreiben.

Jefra stand tatsächlich schon vor der Tür, als Shifra heranhechelte. Die Mädchen sahen sich an. Es war erst fünf Wochen her, daß sie im Flugzeug voneinander Abschied genommen hatten.

Wie fremd mir Jefra ist, dachte Shifra.

Wie fremd mir Shifra ist, dachte Jefra.

»Tut mir leid, ich meine die Verspätung. Komm rein. Cola light oder Sprite?«

»Ich brauche nichts zu trinken. Höchstens etwas Wasser.«

»Erzähl mir, wie es dir geht. Schieß los!« sagte Shifra.

Da brachen beide in Lachen aus.

Jefra sprach über ihre Familie.

»Meine Brüder behandeln mich als Verräterin am palästinensischen Volk und verlassen immer noch das Zimmer, wenn ich komme.«

»Du hast ein Problem, Jefra.«

»Das weiß ich selbst. Ich will von dir wissen, ob ich auf dem falschen Trip bin, ob ich verrückt bin oder die anderen.«

»Deine Ansichten sind in Ordnung, Jefra. Aber vielleicht ist die Kompromißlosigkeit, mit der du sie vertrittst, wirklich provozierend. Du kannst nicht gegen deine Gesellschaft leben. Du kannst nicht die Geschichte von jahrzehntelanger Feindschaft zwischen unseren Völkern im Handstreich aushebeln.«

»Wenn man Leute anrempelt, dann fallen sie zu Boden und schreien.«

»Wie bitte?«

»Ach nichts.«

»Du bist enttäuscht, weil ich so abwägend reagiere und nicht sage: Deine Eltern, deine Tante, deine Brüder irren, und nur wir haben die Wahrheit gepachtet. Erinnerst du dich an die beiden hebräischen Wörter, die wir in New Jersey diskutiert haben?«

»Emet und Amitot.«

»Genau. Die Wahrheit ist, daß wir, du und ich, und möglichst noch ein paar andere vernunftbegabte Wesen auf beiden Seiten die Aufgabe haben, den Haß zu begraben, damit diese verfluchte Intifada ein Ende hat. Aber es kommt darauf an, wie wir das machen. Begeisterung ist gut. Klugheit ist besser.«

»Shifra, du solltest als Jungparlamentarierin in die Knesset gehen. Da werden auch so schöne Reden geschwungen, aber es passiert nichts. Nichts.«

»Wir könnten doch anfangen, etwas zu tun, damit New Jersey nicht nur eine tolle Erinnerung bleibt. Leider habe ich im Augenblick soviel privaten Kram um die Ohren.«

»Amen.« Jefra stand auf und ging schnurstracks aus dem Haus. Keine Umarmung, kein Lachen, kein »See you soon!«

Enttäuschung, was sonst. Flucht.

ج

Am Abend schrieb Shifra an Jefra:

Liebe Freundin,
Du bist so enttäuscht aus dem Haus gestürmt, daß ich noch stundenlang ganz down war. So sollte unser Wiedersehen wirklich nicht ablaufen. Ich bewundere an Dir total Deine Leidenschaft, mit der Du an eine Versöhnung zwischen Israelis und Palästinensern glaubst und dafür kämpfst. Vielleicht bin ich vom Typ her nüchterner, illusionsloser, nicht so idealistisch. Ich bin auch eher ein gebranntes Kind, was Familienleben angeht. Versteh von daher, daß ich Dir zur Vorsicht rate, was die totale Konfrontation mit Deinen Eltern und Geschwistern angeht.
Aber sei meiner Freundschaft absolut sicher. Ich finde Dich toll und werde nicht aufhören, von Dir zu schwärmen.
Am Samstag läuft nachmittags in der Cinémathèque der Film einer jungen israelischen Filmregisseurin über zwei Freundinnen, die sich zusammen an einer Wüsten-Rallye in der Sahara beteiligen. »Two States of Mind« heißt der Film. Die eine Frau ist eine Israeli, die andere eine Palästinenserin. Wir befinden uns hier nicht in der Sahara, sondern in der judäischen Wüste. Aber unseren Weg finden müssen wir auch. Hast Du nicht Lust,

in die Cinémathèque zu kommen? Nachmittags ist das vielleicht doch für Dich möglich. Ich würde mich riesig freuen. Komm, Jefra, gib Dir einen Ruck und komm am Samstag ins Kino. Ich warte auf Deine Antwort. Geduld ist nicht gerade meine Stärke. Also, laß mich nicht so lange warten.
Shifra

PS. Ich soll Dich von Rafi grüßen. Ich habe ihm von Dir per E-Mail erzählt. ER erinnert sich sehr wohl an Dich und findet Dich beeindruckend.

ج

Was Nibal und Baseema und Shifra nicht gelang, das schaffte Ameera. Ausgerechnet Ameera, die doch niemand für voll nahm.

Eines Tages, als Jefra und Ameera friedlich im Zimmer an den Hausaufgaben saßen, unterbrach Ameera plötzlich ihre Arbeit und hob den Kopf. Sie sah aus dem Fenster hinaus mit jenem leeren Blick, der nichts von außen wahrnimmt und nur nach innen gerichtet ist.

»Ist was?« fragte Jefra.

»Nein, eigentlich nicht.«

»Und uneigentlich?«

»Weißt du, mir ist etwas ganz Komisches aufgefallen, Jefra.«

»Schieß los!«

»In Amerika bist du total anders geworden.«

»Wie anders?«

»Du siehst ganz anders aus. Du bist schon fast so schön wie Mama. Nicht so dick, wie Mama früher war, aber so schön. Du ziehst auch viel mehr Röcke an als früher.«

»Ach wirklich?«

»Aber du hast auch angefangen, anders zu sprechen.«

»Wie anders?«

»Du sprichst nicht mit der Stimme von Mama, auch nicht mit deiner Stimme, sondern mit der Stimme von Achmed. Oder Tayseer.«

»Das ist doch Quatsch.«

»Nein ehrlich. Als ich vor drei Tagen von dem Geburtstagsfest bei Alma nach Hause kam, hörte ich eine Stimme in unserem Haus schon auf der Straße. Da brüllt wieder einer der beiden Jungen, dachte ich. Muß wieder auf die Juden schimpfen. Wenn das doch endlich einmal aufhören würde! Und dann kam ich ins Wohnzimmer, und da warst nur du mit Mama und Papa. Und es war deine Stimme, die da so laut war und so böse.«

»Ameera, du spinnst!«

»Ich spinne nicht.«

»›Wo sind Tayseer und Achmed?‹, habe ich gefragt. ›Schon seit zwei Stunden beim Fußballtraining.‹ Es war also deine Stimme, die ich gehört hatte. Du sprichst wie die Jungen. Dabei bist du doch ganz anderer Meinung. Das finde ich komisch.«

»Hör auf mit deinen Halluzinationen, Ameera!«

»Was sind Halluzinationen?«

»Einbildungen.«

»Ich bilde mir nichts ein. Du bist ganz schön und sprichst ganz häßlich.«

»Tu ich nicht. Und jetzt laß mich in Ruhe. Ich muß wieder arbeiten.«

Jefra steckte den Kopf tief in ihr Chemiebuch. Aber nach einer Weile hob sie ihn wieder und schaute durchs Fenster in den Garten. Sie betrachtete den Feigenbaum, der voll war mit kleinen, unreifen Früchten.

Ist es wirklich schon so weit mit mir gekommen, wie Ameera behauptet, fragte sie sich. Sie wußte keine Antwort. Aber sehr langsam veränderte sich von diesem Tag an ihre Stimme. Es veränderte sich auch das, was sie mit dieser Stimme sagte. Und das fiel nicht nur Ameera auf.

ج

Erst dachte ich: Natürlich! Die Araberin in dem Film ist zu fett, immer falsch angezogen, ihre Wülste um die Taille quellen aus zu engen T-Shirts, die dicken Oberschenkel stecken in kurzen Bermudas, ihre Haare sind schrill gefärbt, die Lippen falsch geschminkt. Daneben die Israeli: schön und zurückhaltend, elegant noch in der grellen Mittagshitze der Wüste. Und das sollte ein Film über das »Wagnis einer Freundschaft« sein, über den Mut von Frauen, die sich auf Motorsport und Wüste, auf Extrembedingungen und Abenteuer einlassen, vor allem auf das »größte Abenteuer, wie aus Feinden Freunde werden«. Wahrlich vollmundige Ankündigungen. Und warum könnte dann nicht einmal die Jüdin klein und knubbelig und die Palästinenserin groß und elegant sein? Die Jüdin ordinär und großmäulig und die Palästinenserin fein und edel? Die Antwort war ganz einfach: die Filmregisseurin ist eine Israeli, also ist ihr Blick ein rassistischer.

Und um das zu erfahren, mußte ich eigentlich nicht in ein jüdisches Kino gehen. »Die Cinémathèque ist DAS Kino in Jerusalem«, hatte Shifra geschwärmt. »Sie liegt sehr schön am Ausläufer des Hinnom-Tales mit einem grandiosen Blick auf die Stadtmauer. Klasse Blick, wirklich.«

Der Blick auf die Altstadt von Jerusalem war wirklich klasse. Aber der Blick auf die Leinwand war weniger grandios. Das sollte sich ändern. Im Laufe des Films wurde die Palästinenserin die eigentliche Sympathiefigur. Die kleine Dicke bestach durch ihren Kampfgeist, ihren Mut, ihre nie nachlassende Fröhlichkeit. Auch wenn es schwer war, bei 50 Grad im Schatten fröhlich zu bleiben. Und sie hatte Größe. Ihre Bereitschaft, sich mit einer Israeli anzufreunden, obwohl Israelis Jahre zuvor ihren Ehemann »bei Kampfhandlungen« getötet hatten, beeindruckte mich tief.

Das Ende des Films zeigte die beiden Heldinnen nicht mehr

im Jeep, sondern in ihren Wohnungen in Jerusalem und Ramallah. Sie telefonieren miteinander und streiten heftig über die Intifada, machen sich Vorwürfe, sind verbittert. Und versichern sich dennoch ihrer Freundschaft. Gott sei Dank kein Happy-End. Gott sei Dank eine Geschichte ohne ein Ende.

Als die Lichter im Saal wieder angingen, klatschten die Juden. Ich wußte nicht genau, warum.

Anschließend lud uns Shifra auf die Terrasse der Cinémathèque ein. Es war die blaue Stunde, die in Jerusalem immer nur dreißig Minuten dauert, in denen die harten Konturen der Landschaft und der Häuser sich auflösen in einem weichen Licht, das schon Dämmerung heißt, aber noch nicht Dämmerung ist. Mit Shifra waren noch eine Freundin und zwei junge Männer gekommen. Ob die vier zwei Paare waren, konnte ich nicht entscheiden. Rafi war nicht dabei. Dafür war ich dankbar. Die vier schnackelten laut miteinander, lachten, flirteten. Von mir wollte man wissen, wie ich den Film gefunden hätte. Ich sagte: »Die Palästinenserin war zu fett.« Da lachten alle laut und stürmisch, als hätte ich einen guten jüdischen Witz gemacht.

Shifra führte mich vor: »Ist Jefra nicht toll? Ich habe es euch doch gesagt. Sie ist die Zukunft Palästinas. Eines Tages wird sie Ministerin und in Stockholm einen Friedensvertrag mit Israel unterzeichnen.«

»Warum in Stockholm?«

»Na, weil es doch gleich um die Ecke von Oslo liegt.«

Brüllendes Gelächter.

»Und schließlich werden dort auch Friedensnobelpreise verliehen.«

Mir war das alles ziemlich peinlich, auch wenn ich glücklich war, daß sich Shifra so aufgeregt zu mir bekannte. In ihren Übertreibungen, ihren ironischen Spitzen erkannte ich die Shifra aus New Jersey wieder. Ihr Gehirn ist gepierct, fiel mir ein. Da funkeln und glitzern silberne Ringe und geschliffene Steine. Und es macht überhaupt nichts, daß nichts davon echt ist. Manchmal ist das Unechte viel echter als das Echte.

An diesem Abend, während ich wieder einmal Cola light schlürfte, das Nationalgetränk der israelischen Jugendlichen, kam mir das Leben einfach vor. Ich wußte aber längst, daß es so einfach nicht war.

ج

Auch Shifra hatte nicht geahnt, wie schwierig das Leben mit ihrem kranken Großvater sein würde. Wenn sie aus der Schule kam, packte die philippinische Krankenschwester ihre Sachen und überließ ihr die Pflege des alten Mannes. Shifra mußte erfahren, daß es nicht damit getan war, Chaim Tee mit einer Schnabeltasse einzuträufeln und ihn mit zerkleinerter Kindernahrung zu füttern. Als sie ihm zum ersten Mal die Windeln wechseln mußte, ihn waschen, rasieren, anziehen und ihm aus dem Bett in den Rollstuhl helfen sollte, brach sie um ein Haar zusammen. Auf solche Herausforderungen war sie nicht gefaßt. In einer verzweifelten Minute wünschte sie sogar, sie hätte nicht den Sieg über ihren Vater davongetragen und säße jetzt in Rishon Le Zion in dem von ihrem Erzeuger angepriesenen »entzückenden Apartment«.

Und es waren ja nicht nur die vielen praktischen Aufgaben, die täglich zu erledigen waren und ihr immer weniger Freizeit ließen. Ihr Großvater veränderte sich. Nicht unmerklich, sondern deutlich wahrnehmbar, und jeden Tag ein Stückchen mehr. Er wurde böse! Er, der die Liebenswürdigkeit in Person, die Verkörperung heiterer Gelassenheit gewesen war, wurde ein grantiger, böser Alter, dessen gesundes Auge nur noch Zornesblitze sendete.

Was immer Shifra tat, es war falsch. Der Großvater grunzte aufgebracht. Als sie einmal am Schabbat das Radio aufdrehte, damit er auf seinem Lieblingssender klassische Musik hören könnte – er liebte den Moderator Moshe Shedletzky, der unvergleichlich kenntnisreich über Komponisten und Interpreten zu plaudern wußte –, schmetterte er mit seiner gesunden Hand die Teetasse vom Tisch. Nicht aus Versehen, mit Absicht. Shifra kochte neuen Tee, schaltete das Radio aus und den Fernseher ein. Chaim warf die nächste Teetasse vom Tisch. Jetzt kochte Shifra. Sie griff in den Bücherschrank, knallte ihm ein Buch auf den Tisch und verließ den Raum. Als sie nach einer Stunde wieder nach ihm sah, saß Chaim friedlich in seinem Rollstuhl und studierte die Thora.

Das war der eigentliche Schock für Shifra. Aber auch eine Erklärung für die zerschmetterten Tassen: Ihr Großvater war religiös geworden! Er wollte den Schabbat halten, und seine Enkelin versündigte sich fortwährend gegen die rituellen Gesetze, stellte Maschinen an und aus, was verboten war, den Herd, das Radio, den Fernseher.

Chaim, der säkular bis in die Tiefe seiner jüdischen Identität gewesen war, der seit seiner Bar Mizva niemals eine Synagoge betreten hatte, Chaim entdeckte sich als Jude. Die Krankheit führte ihn zu seinen Ursprüngen zurück. Und mit heiliger Wut und der Verbissenheit der Gerechten zwang er seiner Enkelin die jüdischen Gesetze auf.

Ein harter Schlag für Shifra. Als sie eines Morgens sah, daß Chaim eine Kipa trug und Tefillin, Gebetsriemen, um seinen linken Arm gebunden hatte, ja, daß er am Schabbat einen weißen Gebetsmantel umlegte und im Gebet »schokelte«, bekam sie einen Weinkrampf. Wer im Namen des Allerhöchsten hatte ihm all diese Sachen besorgt? Und wohin sollte diese Bekehrung zum frommen Juden noch führen? Alle Menschen, die sie kannte, waren säkular. Man machte sich nicht offen, aber doch hinter vorgehaltener Hand lustig über die Haredi, die Frommen, die im schwarzen Kaftan, mit Schläfenlocken und Rauschebart durch Jerusalem liefen, immer gefolgt von einer schwangeren Frau und unzähligen Kindern. Sie waren Juden, sie waren Israelis, aber sie kamen aus einem anderen Jahrhundert, von einer anderen Galaxie.

Und jetzt hatte den Großvater der Schlag nicht nur körperlich getroffen. Der Anfall hatte offensichtlich auch seinen Geist erschüttert. Wie sollte Shifra damit umgehen? Würde Chaim jetzt ständig mit Teetassen nach ihr werfen, wenn sie nicht minutiös die tausend Regeln des Mosaischen Gesetzes befolgte? Die sie überhaupt nicht kannte.

In ihrer Not rief sie Jefra an und schüttete ihr ihr Herz aus. Für Jefra hatten die Schilderungen etwas sehr Exotisches, aber nichts Fremdes.

»Er ist dein Großvater«, sagte sie immer wieder. Familie war sakrosankt. Man konnte unter ihr leiden, aber man durfte sie nicht verleugnen. Und vor einem alten Mann mußte man Respekt haben.

»Du bist nicht gerade eine Hilfe, Jefra«, sagte Shifra, nachdem sie sich Jefras Loblied auf die Familie angehört hatte. Aber sie fühlte sich doch etwas gestärkt. Shifra wechselte ihren Wahlspruch von »Mazal beesh«, »Pech gehabt« zu »Beit hasefer shel hakhayim«, »Schule des Lebens«. Diese Schule verlangte jetzt wohl, daß sie dem Großvater standhielt, ihm seine Wünsche erfüllte, ohne sich tyrannisieren zu lassen.

Als Shifras Großvater einen Tag nach ihrem achtzehnten Geburtstag starb, weinte die Enkelin, bis ihre Augen leer waren. Natürlich hatte Chaim so lange im Leben ausgeharrt, damit sie nicht mehr nach Rishon Le Zion gehen mußte. Sie brauchte keinen Vormund mehr. Sie war erwachsen. Chaim hatte sie in die Freiheit entlassen und ihr so viel vererbt, daß sie unabhängig war und ihr Leben nach ihren Vorstellungen einrichten konnte.

Shifra schenkte Jefra aus dem Nachlaß ihres Großvaters einen wertvollen alten Chanukka-Leuchter. »Dafür, daß du mich ermutigt hast, bei dem grantigen alten Knaben auszuharren, dafür, daß du es bist, die ein Licht angezündet hat in diesen mausgrauen Zeiten.«

Jefra konnte den Leuchter nicht zu Hause aufstellen. »Es geht nicht, Jefra, Papa würde das nicht verstehen, die Nachbarn wären fassungslos«, sagte Baseema.

Jefra nahm den Leuchter, wickelte ihn in ein altes Kopfkissen und verstaute ihn in die unterste Schublade ihres Schrankes. Wenn ich eines Tages diesen Leuchter offen in einem arabischen Haus hinstellen und die Kerzen entzünden kann, dann sind wir alle einen Schritt weiter, sprach sie zu sich selbst.

ج

Jefra war allein zu Hause und sah die Post durch. Nach vier Wochen hatte das palästinensische Magazin ihren Artikel über »Bridges for Peace« zurückgeschickt mit der Begründung, daß er nicht den Zielsetzungen der Zeitschrift entspreche und von der Redaktion einstimmig abgelehnt worden sei.

Tayseer riß die Tür des Mädchenzimmers auf, was er seit Monaten nicht getan hatte, seit er und Achmed damit begonnen hatten, ihre Schwester mit Generalboykott zu belegen. Er war milchblaß um die Nase, was sehr sonderbar aussah, da alles an ihm tiefgebräunt war.

»Sie haben Achmed verhaftet.«

»Warum? Wer? Wann? Wo ist er? Weiß Mama es schon?« Jefra packte Tayseer an seinem Hemd und schüttelte ihn. »Sprich, Tayseer. So rede doch. Was ist passiert?«

»Achmed hat sich mit einem israelischen Soldaten angelegt. Er hat ihn beschimpft. Plötzlich waren sechs oder sieben Soldaten da. Sie haben Achmed umzingelt und ihn in einen Jeep hineingestoßen. Dann ist der Jeep abgefahren.«

»Und du, was hast du gemacht? Du hast einfach nur zugeschaut? Keinen Finger gerührt? Nicht um Nachsicht gebeten?«

»Um Nachsicht bitten? Daß ich nicht lache, Jefra. Du kennst die israelischen Soldaten nicht.«

»Aber wo ist Achmed jetzt? Haben die Soldaten gesagt, wohin sie ihn bringen? Wir müssen Onkel Ghassan anrufen. Den ›Mish mushkileh‹-Onkel. Vielleicht weiß er einen Rat. Oder er kennt einen guten Anwalt. Aber womit sollen wir den Anwalt bezahlen? Was hat Achmed denn genau gemacht? Was hat er gesagt?«

»Er hat dem Soldaten den Stinkefinger gezeigt und ›Arschloch‹ gesagt.«

»Wie blöd seid ihr denn eigentlich, Tayseer? Habt ihr ernsthaft geglaubt, daß sich ein israelischer Soldat das gefallen läßt? Würdet ihr euch das bieten lassen? Ihr seid doch keine kleinen Kinder mehr. Ihr seid dreizehn Jahre alt.«

»Der Soldat hat Achmed provoziert.«

»Wie?«

»Er hat gesagt: ›Na, Kleiner, bist du wieder zum Steinewerfen unterwegs?‹«

»Das ist unverschämt. Aber trotzdem müßtet ihr wissen, daß der israelische Soldat einfach am längeren Hebel sitzt. Er hat die Macht. So sind die Dinge nun einmal.«

»Wer sind wir denn, wenn wir uns alles gefallen lassen?«

»Wer sind wir denn, wenn einer von uns im Gefängnis sitzt?«

»Achmed wird ihnen entwischen.«

»Achmed wird ihnen nicht entwischen. Und das weißt du genau. Wer wird es Mama sagen?«

»Du hast doch den guten Draht zu Mama.«

»Versprich mir hoch und heilig, daß du nichts Unbesonnenes tust, daß du zu Hause bleibst. Tayseer, denk daran, was Mama hat alles verkraften müssen im vergangenen Jahr.«

»Du liebst doch die Juden. Unsere Mörder«

»Hör auf, Tayseer. Fang nicht wieder damit an. Du weißt, daß du Stuß redest. Du lehnst dich seit einem halben Jahr gegen mich auf, weil du deine ganze Scheißwut auf die Israelis auf mich richtest. Du und Achmed, ihr führt einen Krieg gegen mich, weil ihr keine Raketen gegen israelische Soldaten abfeuern könnt.«

»Wir führen keinen Krieg gegen dich. Wir verachten dich, weil du mit dem Feind zusammenarbeitest.«

»Unsinn. Aber wir haben keine Zeit zum Diskutieren. Ich muß Mama im Kindergarten abholen und ihr die Nachricht schonend beibringen. Vielleicht fahren wir direkt mit dem Taxi zum Onkel. Und du gehst nicht aus dem Haus, verstanden? Ameera muß in einer halben Stunde kommen. Es steht Essen für sie auf dem Herd. Du rührst dich nicht vom Fleck, Tayseer, verstanden!«

»Hör schon auf, Jefra. Ich hab's kapiert.«

ج

Onkel Ghassan war zwar zu Hause, aber er war beschäftigt. Vor zwei Wochen hatte ein junger Mann um Farahs Hand angehalten. Die Familie war aus allen Wolken gefallen, denn Farah hatte bisher allen Bewerbern die kalte Schulter gezeigt. Sie schien vollkommen zufrieden mit ihrer Arbeit als Lehrerin. Nach der Arbeit in der Schule kam sie nach Hause, verzog sich in ihr Zimmer, korrigierte Hefte, bereitete Stunden vor und las Bücher. Sie war sehr attraktiv, schlank, hochgewachsen, mit feinen Zügen und wundervollen Haaren. Sie pflegte sich auf eine Art, die signalisierte: Sauberkeit muß sein, alles andere ist übertriebene Eitelkeit, und es gibt wichtigere Dinge im Leben, als um seine Schönheit besorgt zu sein. Für ihre Mutter, Samar, war diese mangelnde Konzentration auf die äußere Erscheinung nicht nachvollziehbar, nicht vereinbar mit dem Lebensgefühl einer jungen arabischen Frau. Samar hatte sich Sorgen gemacht. Farah war zu eigenwillig. Und alles Geld ihres Vaters würde nicht ausreichen, einen Freier zu halten, wenn ihn Farah kühl abblitzen ließ.

Ghassan, der Vater, nahm es mehr von der humorvollen Seite. Er liebte es, anzügliche Bemerkungen zu machen und auf die Zeit zu vertrauen. Irgendwann würde sich auch in Farah die Sehnsucht nach Ehe und Kindern regen. Das hatte schließlich die Natur so vorgesehen. Man müßte eben etwas mehr Geduld mit ihr haben. Dafür war Shireen glänzend verlobt mit einem Kaufmann, der internationale Geschäfte mit den Vereinigten Staaten tätigte. Sicher, auch bei ihm gab es eine konjunkturelle Flaute durch die Intifada, aber nur geringe Schwankungen, keine Einbrüche, wie der junge Mann zu beteuern nicht müde wurde. Jedenfalls war eine große Hochzeit für November geplant, mit zweihundert Gästen.

Und jetzt hatte Farah einen Mann präsentiert, den niemand kannte. Es war kein junger Mann, kein besonders attraktiver Mann, kein reicher Mann. Ein Palästinenser aus dem Galil, der gerade an der Al-Quds-Universität einen Lehrauftrag für arabische Literatur innehatte. Nein, er sei kein Professor, er würde wohl auch keine Professur erhalten, aber er sei Lehrer an einem Gymnasium und würde wieder als Lehrer arbeiten können. Entweder in Jerusalem oder im Galil. Seine Lehrtätigkeit an der Al-Quds sei eine Art Stipendium und zeitlich begrenzt.

Ghassan sprach mit Farah. Said sei wohl alles andere als eine gute Partie. Farah sah von ihrem Buch auf, und ihre Augen füllten sich mit Tränen. »Er spricht so schön über Literatur. Er liebt die arabische Literatur. Er weiß so viel. Und die Literatur hat ihn zu einem gütigen Menschen gemacht.«

Ghassan hatte eine harsche Zurückweisung auf den Lippen. Daß es – zumal in diesen schwierigen Zeiten – auf anderes ankäme als die Liebe zur Literatur. Aber er verkniff sich die Bemerkung, ließ Said ein weiteres Mal kommen und seine Vermögensverhältnisse offenlegen, telefonierte mit einem entfernten Verwandten, er möge Erkundigungen über die Familie Wadi einziehen und gab, als diese Recherchen ein halbwegs zufriedenstellendes Ergebnis erbrachten, seinen Segen.

So standen Ghassan und Samar plötzlich vor der Doppelhochzeit der beiden Töchter, die aufwendige Vorbereitungen erforderte. Denn auch wenn die Zeiten schlecht waren, wollte Ghassan nicht vor den Familien der beiden Bräutigame als kleinlich erscheinen.

Als Baseema und Jefra mit dem Taxi vorgefahren kamen, war er gerade in Verhandlungen mit dem Ambassador Hotel, in dem gefeiert werden sollte. Es ging um die Anzahl der Zimmer, die für die neue Verwandtschaft gebraucht würden und für einige amerikanische Freunde von Shireens Bräutigam, die aus Baltimore und Boston anreisen wollten, um eine »richtige arabische Hochzeit« mitzuerleben. Es ging um Menüfolgen, die die Frauen vorgeschlagen hatten, die aber er als Mann aushandeln mußte. Er hätte gern seine Schwägerin und seine Nichte an Samar und die »Mädchen«, wie er seine Töchter noch immer nannte, weitergereicht, doch die Frauen waren ins Galil gefahren, um bei der »besten aller Schneiderinnen« die Brautgarderobe anfertigen zu lassen. Alles aufwendig, alles teuer, alles standesgemäß – das war Ghassans Wahlspruch.

Ein bißchen melancholisch wurde ihm bei dem Gedanken, daß er seine Töchter ziehen lassen mußte, daß sein Haus so unvermittelt leer werden würde. Es war die Kränkung seines Lebens gewesen, daß Samar ihm keinen Sohn geschenkt hatte, daß sie nach den zwei Töchtern kein Kind mehr empfangen konnte. Welch seltsames Spiel der Natur hatte ihm einen Sohn verweigert? Samar war bei den besten Gynäkologen in Jerusalem gewesen. Ja, er hatte sich sogar bereiterklärt – auch wenn das ein großes Zugeständnis für ihn bedeutet hatte –, Samar zu einem jüdischen Spezialisten nach Tel Aviv zu schicken, der als eine Art Wunderdoktor für aussichtslose Fälle von Unfruchtbarkeit galt. Samar war nach Hause gekommen und hatte wie immer nach den Arztbesuchen geweint. Physiologisch sei bei ihr alles in Ordnung, sie sei in der Lage, noch ein Dutzend Kinder zu bekommen. Entweder habe ihre Unfruchtbarkeit psychische Ursachen – »Blockaden«, habe der Arzt gesagt, »Blockaden«, was sollte denn, bitte schön, Samar blockieren, weitere

Kinder zu gebären – oder … Samar war verstummt und hatte sich auf den Mund geschlagen.

»Oder?« hatte Ghassan drohend gefragt.

»Oder nichts.«

Ghassan hatte in den folgenden Jahren seine Anstrengungen verdoppelt, neues Leben in Samars Schoß zu pflanzen. Aber alle Bemühungen waren umsonst gewesen.

Jetzt aber gab es neue Perspektiven. Shireen und Farah konnten Kinder gebären. Ghassan konnte der Großvater von Enkelsöhnen werden. Die Schande, die auf seinem Leben ruhte, konnte getilgt werden. Der Gedanke spornte Ghassan zu Höchstleistungen an, seinen Töchtern eine grandiose Hochzeit auszurichten, die ja schließlich der Ausgangspunkt für das künftige großväterliche Glück werden sollte.

Was ihn natürlich nicht davon abhielt, um die Preise für die Zimmer im Ambassador zu feilschen, um die Kosten für die Musikkapelle, das opulente Hochzeitsessen, den Hochzeitsfotografen.

Baseema und Jefra standen in dem großen Wohnzimmer und sahen zu, wie Ghassan wild gestikulierte, immer neue Schekel-Beträge ins Telefon feuerte und sich dabei mit einem großen roten Taschentuch den Schweiß aus dem Nacken wischte. Schließlich schmetterte er das Telefon befriedigt auf den Tisch.

»Marhaba Baseema, Marhaba, kleine Nichte. Es gibt eine Neuigkeit: Wir heiraten! Natürlich werdet ihr alle eingeladen. Es gibt ein Riesenfest. Stellt euch vor, sogar Farah, der Bücherwurm, hat von ihren Büchern aufgeschaut und entdeckt, daß es außer Literatur noch etwas anderes im Leben gibt. Aber das kleine Nichtchen macht sich ja auch ganz prächtig.« Damit faßte er Jefra ans Kinn und prüfte ihr Gesicht, als wolle er ihren Marktwert taxieren. »Wer weiß, wann es bei euch losgeht mit der Heiraterei. Manchmal kommt das schneller, als man denkt.«

Dabei lachte Ghassan laut und schlug sich mit seinen runden

rosigen Händen auf die Brust, als sei dort das Geheimnis aller Hochzeiten verborgen.

Er hat meinen Namen vergessen, dachte Jefra.

Schließlich, als Ghassan sah, daß Baseema und Jefra keine Miene verzogen, hörte er auf mit seinem Lachen, fragte aber im gleichen jovialen Ton: »Na, was habt ihr auf dem Herzen?«

»Die Juden haben Achmed verhaftet«, sagte Baseema tonlos.

»Aber der ist doch ein Kind. Das dürfen die nicht. Das machen sie auch nicht. Sie lassen die Kinder wieder laufen. Bis zu zwölf Jahren sind Kinder tabu.«

»Achmed ist dreizehn.«

Ghassan war für einen Augenblick ganz ruhig. Er schien nachzudenken. »Was hat Achmed angestellt? Wann ist er verhaftet worden? Hat man ihn auf der Straße aufgelesen oder bei euch zu Hause abgeholt? Seid ihr benachrichtigt worden, wo Achmed ist? Sie haben euch nicht benachrichtigt? Das müssen sie. Das müssen sie. Wer ist jetzt bei euch zu Hause? Tayseer? Ruft ihn an, fragt ihn!«

Tayseer versicherte auf Ghassans insistierende Fragen, daß Achmed keine Gewalt angewendet, keinen Stein geworfen habe. Nein, Tayseer hatte keinen Anruf von einer israelischen Behörde erhalten. Allerdings, gab er kleinlaut zu, habe er auch die ganze Zeit mit seinen Freunden telefoniert.

Wie flink Ghassans kleine fette Finger die Knöpfe auf dem Telefon bedienen, dachte Jefra. Und wie man in entscheidenden Augenblicken immer das absolut Nebensächliche wahrnimmt.

Ghassan telefonierte. Baseema und Jefra saßen daneben und versuchten herauszuhören, mit wem er sprach. Manchmal legte er den Hörer auf, sprach kein Wort und wartete, bis ein Anruf kam. Im Raum war es drückend. Das rote Taschentuch war unaufhörlich in Bewegung.

Nach einer Stunde sagte Ghassan: »Achmed sitzt in sogenannter Administrativhaft, hier in Jerusalem. Theoretisch kann man ihn zehn Tage lang festhalten, dann muß ein Gerichtsbeschluß herbeigeführt werden. Habt keine Angst, sein

›Verbrechen‹ ist für solch ein Donnergeschütz einfach zu lächerlich. Die pubertäre Wichtigtuerei eines Dreizehnjährigen wissen auch die Juden richtig einzuschätzen, das hoffe ich jedenfalls. Mein Anwalt nimmt an, daß die Juden Achmed nur einen Schrecken einjagen wollten und ihn gleich wieder laufen lassen. Wenn er morgen nicht zurückkommt, ruft mich an! Und wenn er wieder zu Hause ist, schickt ihn zu mir. Ich muß ein ernstes Wörtchen mit ihm reden!«

»Das wird Ibrahim tun«, sagte Baseema.

Jefra überkam ein heißes Gefühl der Zärtlichkeit für ihre Mutter. Ghassan war der starke, reiche Mann, ein Mann mit Macht, Autorität und Beziehungen. Aber Ibrahim war Achmeds Vater. ER mußte Achmed die Leviten lesen.

Zurück gingen die beiden Frauen zu Fuß. Es war heiß, immer noch heiß, obwohl der Sommer vorbei war. Die Steine am Straßenrand glühten. Die Eidechsen hatten sich in die schattigen Ritzen verzogen. Nur ein paar staubige Kapernbüsche wuchsen aus den Mauern heraus. Sie waren übersät mit Plastiktüten, Zigarettenschachteln und leeren Wasserflaschen.

Jefra spürte, daß ihre Mutter sehr langsam ging, als sei jeder Schritt eine Anstrengung, die ihre Kräfte überstieg.

Achmed kam am Abend des nächsten Tages nach Hause. Gott sei Dank! »Al Hamdu lil lah!« Seine Augen brannten. Er schloß sich mit Tayseer ins Jungenzimmer ein. Er sprach nicht über den Tag im Gefängnis. Jefra erfuhr auch nicht, ob ihr Vater Achmed ins Gewissen geredet hatte.

In den nächsten Wochen waren Achmed und Tayseer häufiger zu Hause anzutreffen. Sie gingen immer noch aus dem Zimmer, wenn Jefra eintrat. Und schwiegen voller Bosheit.

ج

Papa hob erstaunt die Augenbrauen, als ich aus dem Bad kam, wo ich mich für die Hochzeit von Farah und Shireen schöngemacht hatte. Mama hatte mir ein Kleid aus fließendem Musselinstoff verändert, das sie nie getragen hatte, weil sie es vor Jasirs Tod gekauft, es ihr aber nach Jasirs Tod nicht mehr gepaßt hatte. Rote Rosen auf rosa Grund. Ich kam mir irgendwie kostümiert vor wie an Fasching. So sehr war ich mein Spiegelbild in Jeans und bunten T-Shirts gewöhnt. Ich fühlte mich fremd, aber aufregend fremd. Mit Fön und Lockenbürste hatte ich ziemlich lange meine Haare traktiert, so daß sie üppig auf den Rücken fielen und »den Schwung der Rosenblüten auf dem Kleid aufnehmen«, wie Mama anerkennend sagte.

Papa hob die Augenbrauen. Jetzt ist er stolz auf mich, fuhr es mir durch den Kopf. Und wie lange habe ich mir gewünscht, daß er stolz ist auf das, was ich bin, was ich tue, und nicht darauf, wie ich aussehe. Ob es wohl irgendeinen arabischen Mann gibt, für den die Fassade nicht das Wichtigste ist? Den müßte ich dann heiraten. Später am Tag dachte ich: Farah hat solch einen Mann geheiratet. Einen zweiten gibt es aber wahrscheinlich nicht mehr.

Wir waren vollzählig zu der Feierlichkeit ins Ambassador gepilgert. Glücklicherweise hieß »vollzählig« wenigstens noch mit vier Kindern und nicht mit drei, dachte ich. Als wir im Hotel ankamen, waren alle Räume und der Garten gedrängt voll. Mama trug ein dunkelblaues Kleid, ihre roten Amman-Schuhe und die rote New-Jersey-Tasche und sah einfach elegant aus. Papa hatte die Krawatte aus New Jersey angelegt, ob zu Ehren des Brautvaters, oder um mir eine Freude zu machen, würde er nicht verraten. Achmed und Tayseer hatten sich die Hände geschrubbt und Brillantine in ihre schwarzen Wuschelköpfe geschmiert. Nur Ameera kam in ihrem vertrauten Selbst: als Principessa im weit abstehenden rosa Satin-

Kleidchen und mit vielen vielen Schleifen, Kordeln und Spangen im Haar.

Die beiden Bräute waren ein Gesamtkunstwerk. Sie herzurichten, hatte am Morgen stundenlange Arbeit von Modellschneiderinnen, Friseuren und Kosmetikerinnen gekostet. Das Ergebnis war besichtigenswert. Onkel Ghassan lief herum wie ein aufgeregter Pfau, der in mechanischer Wiederholung sein Rad schlagen muß, als könne er sonst übersehen werden. Samar, die Brautmutter, weinte unaufhörlich. Wie sich das eben gehört auf einer arabischen Hochzeit. Die Bräutigame spielten keine große Rolle. Man braucht sie, ja gut. Ihre Aufgabe ist erfüllt, wenn sie die künftigen Ehefrauen reichlich mit Schmuck behängen, damit jeder sieht, daß sie eine gute Partie sind. Aber wichtig sind nur die Bräute. Es fiel mir auf, daß Said und Yussuf immer zusammen auftauchten, als müßten sie sich aneinanderlehnen, um bei diesem Fest nicht verlorenzugehen.

Die eigentliche Trauzeremonie, die Unterzeichnung der Ehekontrakte, hatte schon ein paar Tage zuvor stattgefunden. Das Fest begann mit einer Rede Ghassans, bei der ihn seine Frau mehrfach am Ärmel zupfen mußte. Sonst hätte er die ruhmreiche Geschichte seiner Familie bis ins siebte und achte Geschlecht erzählt. Dann setzte die Musik ein. Die beiden Paare tanzten auf traditionelle arabische Weise, ohne sich zu berühren. Alle Gäste standen um sie herum, riefen Segenssprüche, klatschten, lachten. Ich entdeckte, daß jemand mich von der Seite unentwegt anstarrte. Es war Majd, der Kürbis. Nicht schon wieder Majd! Ich drehte den Kopf weg und schaute mir die beiden jungen Paare an. Shireens junger Ehemann, Yussuf, war mir nicht gerade sympathisch. Er war der typische Pascha, der seine Frau wie ein unmündiges Kind behandelt, allenfalls ihr die Sorge für die zu erwartenden Kinder anvertraut. Er würde ihr die Welt erklären, und sie würde gut daran tun, ihn zu bewundern. Selbst bei der Rede Ghassans hatte Yussuf nicht auf seine Braut geachtet, die gerührt die Augen niedergeschla-

gen hielt, sondern seine amerikanischen Freunde mit einem triumphierenden Lachen angestrahlt. »Na, da staunt ihr doch bestimmt. Hättet ihr euch so eine arabische Hochzeit vorgestellt? Mit so viel Glamour? Und was sagt ihr zur Schönheit meiner Braut? Seid ihr beeindruckt? Seht ihr jetzt ein, welch falsche Vorstellungen über uns Araber in den Staaten kursieren?«

Farahs Mann, Said, war so unscheinbar und klein wie Papa. Niemand, zu dem man aufschauen konnte. Aber wahrscheinlich kann Farah mit ihm in die gleiche Richtung schauen. Oder sich auf Augenhöhe mit ihm treffen. Daß Said Farah liebt und verehrt, konnte ich sogar auf die Distanz sehen. Zum ersten Mal nach langer Zeit stieg eine vage Erinnerung an Rafi in mir auf: Hatte er nicht einen ähnlichen Ausdruck in seinen Augen gehabt? So als würde er in meiner Seele etwas suchen, das jenseits von allem lag, was das normale Leben bereithielt, etwas Absolutes, Göttliches?

ج

Jefra wurde abrupt aus ihren Gedanken gerissen.

»Komm, Jefra, wir Frauen feiern dort drüben weiter.«

Jefra hatte ganz vergessen, daß eine arabische Hochzeit von Männern und Frauen getrennt gefeiert wird. Die Frauen zogen sich zurück in eine stille Ecke des Gartens, schauten den Männern zu, die laut und lärmend bis in die späte Nacht feiern würden. Zumindest die arabischen Frauen blieben unter sich. Die Frauen und Freundinnen von Yussufs amerikanischen Freunden saßen natürlich mit ihren Männern zusammen. Ghassan hatte ihnen sogar, ohne nachzufragen, wer von den Paaren verheiratet war, Doppelzimmer im Ambassador bestellt. Wie war das möglich, daß ein Zusammensein unverheirateter Paare in Palästina immer noch mit dem Tod bestraft werden konnte – jedes Jahr gab es solche Tötungen wegen verletzter Ehre –, daß Ghassan aber für ausländische Paare, ohne mit der Wimper zu zucken, diese Ungeheuerlichkeit zuließ, ja, ihr Vorschub leistete?

Nicht, daß es den Frauen schlecht ging auf ihrem »Abstellplatz« unter einem großen Strauch blühender Bougainvilleen. Die alten Frauen entledigten sich sofort ihrer engen Schuhe und lockerten die formelle Kleidung. Man stopfte sich Kissen in den Rücken, und einige fielen umgehend in einen Erschöpfungsschlaf. Die jüngeren bedienten sich reichlich am Büffet, schielten vielleicht auch einmal zu den Männertischen hinüber, an denen sich die jungen Männer langweilten, weil sie nicht mit den Mädchen flirten durften. Die Frauen aber langweilten sich keineswegs, sie schnatterten, lachten, stopften sich immer wieder ein Stück mariniertes Gemüse und gegrilltes Fleisch in den Mund, meist mit den Fingern, tranken Tee und süße Limonade und feierten. Abgeschieden von den Männern, aber nicht ausgestoßen, sondern frei.

Jefra, als die jüngste unter ihnen wurde in besonderem Maße beachtet. Die Komplimente wegen ihres hübschen Aussehens wurden Baseema gemacht, als sei eine Tochter immer das Produkt ihrer Mutter, ihre ganz besondere Leistung. Baseema lächelte, ein Anflug von Genugtuung und Stolz trat in ihre müden Augen.

Freimütig wurde über die Bräute und Bräutigame geklatscht und gelästert. Jefra staunte, wie spitz die Kommentare waren – und wie zutreffend. Nein, diesen Frauen machte niemand etwas vor, mit ihrem Röntgenblick sahen sie hinter alle Fassaden, durch allen Hochzeitsstaat hindurch und entwarfen mehr oder weniger günstige Prognosen für die Zukunft der Paare.

Es war ihnen auch nicht entgangen, daß Majd, der Kürbis, mit unverhohlenem Interesse Jefra gemustert hatte.

»Finanziell wäre der Mann durchaus ein Segen für die Familie Namadi«, sagte eine der alten Frauen. »Aber wenn er sich doch von seinem vielen Geld einmal die Zähne sanieren ließe.

Oder einen Anzug kaufte, der seine unglückliche Figur etwas korrigieren würde. Jefra ist schließlich nicht blind.«

Jefra mußte innerlich lachen. Es war so komisch, wie die Alten redeten, wie sie sich ereiferten, wie sie immer wußten, was richtig war oder nicht. Wenn die Frauen über sie, Jefra, sprachen, kam ihr das vor, als verhandelten sie das Schicksal einer wildfremden Frau. Sie konnte mit ihnen lachen, wenn sie Pläne schmiedeten, wie man Jefra gut verheiraten könnte. Baseema schielte zu ihrer Tochter hinüber und wunderte sich. War Jefra wirklich so naiv, daß sie dachte, das Thema Heirat sei für sie noch Jahrzehnte entfernt? Oder war sie so leichten Herzens, daß sie glaubte, alles würde schon aufs beste für sie geregelt?

Jefra spürte, wie noch nie zuvor, welche Stärke und Macht die arabischen Frauen hatten. Dem Anschein nach waren sie Puppen an den Fäden der Männer. Bestenfalls ließen die Männer die Strippen locker, im schlechtesten Fall zogen sie sie so eng, daß die Puppen in einer einmal angenommenen Haltung erstarrten und sich nicht mehr regen konnten. Aber hinter dem offiziellen Leben gab es immer noch das verborgene Leben der Frauen, gab es ein Netzwerk von gegenseitiger Hilfe und Unterstützung, von listig verhüllter Durchsetzung der eigenen Wünsche, von klug bemäntelter Machtentfaltung, die darum so erfolgreich war, weil sie den Männern die Illusion ließ, allein ihre Entscheidungen regierten die Familie und die Welt.

Auf der einen Seite konnte Jefra diese Kraft der Frauen bewundern. Auf der anderen Seite steckte in der Bewunderung auch Enttäuschung. Waren diese Machtspielchen nicht doch eine Form des Betrugs? Und betrogen die Frauen nicht an allererster Stelle sich selbst?

Ihre Cousine Farah hatte sich offensichtlich konsequent all den »guten Partien« verweigert, all den »stolzen arabischen Männern«, die ihr der Vater zugeführt hatte. Sie hatte gewartet, bis ein ganz untypischer Mann kam, der etwas anderes ausstrahlte als Macht und Autorität. Sie hatte sich selbst nicht betrogen.

»Na, du kommst ins Träumen, Schätzchen.« Eine Großtante, der zwei vordere Schneidezähne fehlten, knuffte Jefra gutmütig in die Rippen. »Mach dir keine Sorgen. Du wirst die nächste Braut. Darauf verwette ich meine Waschmaschine aus Deutschland. Die ist das Wertvollste, was ich habe.«

Wie entstellt Menschen ohne Zähne aussehen, dachte Jefra. Aber sie sah immer mehr Menschen mit Zahnlücken, weil sich niemand mehr einen Zahnarzt leisten konnte. Höchstens zum Zähneziehen. Reichtum in Palästina zeigte sich im Augenblick am Gebiß – so absurd das auch klang. Kein Wunder, daß Onkel Ghassan so gerne und so breit lachte. Da konnte er alles Zahngold der Welt blitzen lassen.

ج

Drei Wochen nach dem Tod ihres Großvaters schrieb Shifra eine E-Mail an Jefra.

Shalom und Salam Jefra,
ich lebe allein in der Wohnung, in der ich achtzehn Jahre mit meinem Großvater gelebt habe. Jeden Tag, wenn ich aus der Schule komme, habe ich das Gefühl, er wartet auf mich. Er hat uns einen Salat gemacht oder eine Suppe gekocht. Er hört sich geduldig an, wenn ich über die Schule schimpfe. Manchmal brummelt er etwas vor sich hin, das ich nicht verstehe. So eine Mischung aus Jiddisch und Englisch. What is this dreck? Gib a kuck! Don't dreh mir a kop! Dann geht er in sein Zimmer, und ich höre ihn in seinen Papieren rascheln und lesen. Hast du das auch schon einmal wahrgenommen, daß man Lesen HÖREN kann, auch wenn sich Menschen beim Lesen gar nicht bewegen? Es ist, als lauschten sie

auf eine unbewußte Stimme, die aus dem Buch zu ihnen spricht.
Aber Chaim ist tot. Niemand wartet mehr auf mich. Früher habe ich mich nach einer »sturmfreien Bude« gesehnt. Jetzt habe ich sie, und sie bedeutet mir nichts.
Ich habe mich schon dabei ertappt, daß ich laut mit meinem Toten spreche, als könne er mir aus dem Totenreich antworten. Komisch, was? Auf der Beerdigung habe ich meine Eltern wiedergesehen. Meine Mutter war eigens aus New York herbeigeflogen. Sie war mir total fremd. Ihre Versuche, mich zu umarmen, als sei ich ihre über alles geliebte Tochter, die sie nur für einen kurzen Augenblick alleingelassen habe, waren mir peinlich. Es waren Hunderte von Menschen zur Beerdigung gekommen, die meinen Großvater überhaupt nicht gekannt hatten. Sie waren gekommen, um sie zu sehen, den ehemals großen Star, gebeugt von Trauer. Und sie bediente die Erwartungen perfekt. Kam ganz in Schwarz, was bei uns bei Beerdigungen nicht üblich ist, wohl aber in der »Neuen Welt«, mit einem Riesenrad von Hut auf dem Kopf, die Augen durch ein herabgezogenes Schleierchen verborgen. Shit auf diese verlogene Welt. Mit meinem sogenannten Vater habe ich keine drei Worte geredet. Ich bin jetzt unabhängig von ihm, und das scheint ihm Sorgen zu machen. ›Wann immer du mich brauchst, Shifra, ich bin für dich da. Ich bin dein Vater‹, hat er mir am offenen Grab gesagt. Ich habe ihn nur schweigend angesehen, als erblickte ich auf dem Grund seiner Seele seine verdammte Heuchelei. Stell dir vor, nein leider kannst du es dir nicht vorstellen, aber du wärest zufrieden mit mir, wenn du wüßtest, was ich getan habe und was es für Juden bedeutet: ich habe meinem Großvater das Kaddish gesprochen. Der Rabbi war ziemlich betreten und hat sich auch sofort vom Grab entfernt, denn dieses Totengebet spricht traditionell der erstgeborene Sohn. Wenn es den nicht gibt, sind andere Söhne gefragt oder Brüder oder Schwiegersöhne oder Schwäger. Oder Enkel. Oder der Rabbi selbst. In jedem Fall MÄNNER. Eine Frau ist nicht vorgesehen.

Ich habe mich einfach durchgesetzt. Sollte ich etwa das Feld meinem Vater überlassen, Chaims geschiedenem Schwiegersohn, den er nicht ausstehen konnte? Ich stand da total ernsthaft am Grab und habe laut gebetet, ich, die ich nie im Leben zuvor gebetet habe. »Yitgadal v'Yitkadash, sh'mey rabbah b'olmah divrah khir'utey«, »Erhoben und geheiligt werde sein großer Name in der Welt, die er nach seinem Willen erschaffen«. Es war schon seltsam, den Namen Gottes zu preisen, während um mich herum alle peinlich berührt auf den Boden blickten. Es war irre. Aber es war die beste Idee, die ich seit langem hatte.

Und jetzt hocke ich hier in dieser schönen großen Wohnung in Emek Refa'im, die mir mein Opa vererbt hat: eine Waise, eine Großwaise, eine Witwe, was auch immer. Das Abitur steht vor der Tür, danach der Militärdienst. Ich habe überhaupt keine Lust, meinen Militärdienst zu machen. Du weißt, wie fragwürdig mir die Israel Defense Forces geworden sind, schon bei dem Wort Defense lache ich bitter auf. Vielleicht sollte ich eine offizielle Eingabe machen, die IDF in IAF umzutaufen, Israel Aggressive Forces.

Irgend jemand hat mir erzählt, daß Rafi ein Refusenik werden will. Die Refuseniks sind Soldaten, die sich weigern, in der Westbank und im Gazastreifen zu dienen, weil sie es widerlich finden, Olivenfelder platt zu walzen, Häuser mit der Abrißbirne in einen Haufen Schutt zu verwandeln, ohne sicher zu sein, ob in diesem Haus noch Menschen leben, und kleine aufgeregte arabische Jungs zu killen. Wenn Rafi sich wirklich weigert, muß er für drei Monate ins Gefängnis. Das fände ich absolut in Ordnung. Entscheidungen müssen Folgen haben, sonst sind sie nichts wert. Diese Lebensweisheit verabreicht dir gebührenfrei deine altkluge Freundin.

Wenn mir Rafi jetzt über den Weg liefe, würde ich ihn umarmen. Jedenfalls bin ich mächtig stolz auf ihn – auch noch im Nachhinein. Was pflegte mein Großvater zu sagen, wenn er seinen Ratschlagtag hatte: »Shifra, verschwende dich nie im

Leben an einen Unwürdigen!« Also, Rafi wäre in seinen Augen der Liebe würdig, wobei ich der Gerechtigkeit halber sagen muß, daß es eigentlich keine Liebe, sondern nur eine erste große Verknalltheit war.
Ich schreibe und schreibe. Dabei wollte ich dich etwas sehr Konkretes fragen. Chaim hat mir nicht nur die Wohnung, sondern auch eine Menge Geld hinterlassen. Die hat er mit seinen populären Heimatromanen gescheffelt. Aber Geld stinkt nicht. Und im Grunde finde ich es große Klasse, reich zu sein. Ich kann Pläne schmieden, zum Beispiel den, nach dem Militärdienst ein halbes Jahr nach Indien zu fahren, wovon ich schon lange träume. Ich kann, wenn mich einmal wieder die Klaustrophobie in diesem Land schüttelt – gib zu, im Prinzip leben wir doch alle hier in einem Gefängnis –, einfach ein Ticket kaufen und für ein Wochenende nach Paris und London jetten. Aber dazu bräuchte ich einen Freund, mit dem mir Paris oder London Spaß machten. Und solch ein boy friend ist im Augenblick nicht auf der Bildfläche.
Ich bin sicher, daß Chaim nichts dagegen hätte, wenn ich sein Geld auf den Kopf hauen würde. Wenn er sentimental wurde, was gar nicht so selten vorkam, sagte er: »Mach's dir schön, Mädele. Man ist nur einmal jung.«
Aber irgend etwas hindert mich erstaunlicherweise am Auf-den-Kopf-hauen. Gestern nacht hatte ich dann eine geniale Idee. ICH GRÜNDE EINE ZEITSCHRIFT. Ein Magazin für Jugendliche im Geiste von New Jersey. Titel: »Bridges« oder »Promises« oder gar »Amitot«?
Es sollte auf Hebräisch und Arabisch erscheinen und in Israel und in Palästina an den Schulen kostenlos verteilt werden. Die Chefredakteurinnen heißen Jefra Namadi und Shifra Bernstein. Als erster Leitartikel erschiene dein Beitrag, den man dir als »unpassend« zurückgeschickt hat. Was hältst du davon? Ich denke, Chaim grinst jetzt unter seiner Grabplatte hervor und brummelt: Braves Mädele! Gutes Kind.
Deine Shifra, Editor in spe

ج

Majd, der Kürbis, hatte tatsächlich acht Tage nach der Hochzeit von Shireen und Farah bei Ibrahim Namadi um die Hand seiner zweiten Tochter, Jefra, angehalten. Ibrahim hatte seine Zustimmung gegeben unter der Voraussetzung, daß Jefra einverstanden sei und daß Majd im Ehevertrag garantiere, daß Jefra nach der Heirat, die unmittelbar nach ihrem Abitur stattfinden sollte, ein Studium nach ihren Wünschen absolvieren könne und daß Majd dieses Studium finanziere.

Jefra starrte ihre Eltern ungläubig an. »Warum wollt ihr mich loswerden? Warum denn? Was mache ich falsch? Und warum Majd?«

Ihre Mutter ging aus dem Zimmer. Ibrahim sprach mit Jefra, sehr leise, immer wieder von großen Pausen unterbrochen.

»Jefra, du willst studieren. Deine Lehrerinnen sagen uns: ›Jefra muß studieren. Sie ist begabt, sie ist ambitioniert.‹ Aber, Jefra, wir können dich nicht studieren lassen. Wir haben nicht das Geld dazu. Hast du dich einmal nach der Höhe der Studiengebühren an der Hebräischen Universität erkundigt, an der du studieren möchtest?«

»Es gibt Stipendien, Papa.«

»Für ein palästinensisches Mädchen? Jetzt in diesen Zeiten? Glaub doch nicht daran! Majd wäre die ideale Lösung. Er ist reich, er ist ein Professor, das heißt, er ist angesehen. Er ist ein Intellektueller, der nichts gegen eine studierte Frau hat. Er wäre ideal.«

»Papa, Majd ist keine Lösung. keine ideale, keine vernünftige, keine Kompromiß-Lösung. Er ist die NULL-Lösung.«

»Jefra, sei nicht übereilig. Ich weiß, wie in dir das Feuer der Wißbegierde brennt. Aber dieses Feuer wird dich verzehren, wenn es keine Nahrung findet. Wir wollten dir eine gute Schulbildung ermöglichen. Aber wir können dir kein Studium finanzieren. Du wirst unglücklich werden, wenn du als Zimmermädchen oder Friseuse arbeiten mußt. Nicht ein oder zwei Jahre lang, sondern immer. Als Majds Frau könntest du Lehrerin werden. Oder Ärztin.«

»Papa, mit Majd werde ich nicht glücklich. Glaub es mir.«

»Majd ist bereit, dich ohne Mitgift zu nehmen.«

»Selbst, wenn er die Hochzeit auf der Queen Mary feiern und versprechen würde, demnächst auch noch die Studien von Tayseer, Achmed und Ameera zu finanzieren, ich möchte ihn nicht heiraten.«

»Warum Jefra?«

»Weil ich Majd nicht lieben kann.«

»Jefra, die Liebe kommt in der Ehe.«

»Oder sie kommt nicht.«

»Jefra!«

»Papa, habt ihr, Mama und du, euch nicht wenigstens gern gehabt, bevor ihr geheiratet habt? Ich weiß, eure Eltern haben die Heirat arrangiert. Ihr wurdet nicht gefragt. Aber ich glaube, du warst verliebt in sie, oder?«

»Majd ist verliebt in dich, Jefra.«

»Papa, zwing mich nicht in diese Ehe. Ich bitte dich.«

»Und was ist mit deinem Studium? Willst du wirklich darauf verzichten? Du weißt, daß wir alles Geld, was wir erübrigen können, sparen müssen, damit Achmed und Tayseer eines Tages studieren können.«

»Das ist eine schreiende Ungerechtigkeit.«

»Jefra, wir leben in dieser Gesellschaft, in der Männer andere Rechte haben als Frauen. Und wir beide werden das nicht ändern können.«

»Ich vielleicht schon.«

»Versuche es! Hoffentlich scheiterst du nicht. Hoffentlich machst du mir nicht eines Tages Vorwürfe, daß ich nicht auf dieser vorteilhaften Ehe bestanden habe.«

»Papa.« Jefra fiel ihrem Vater in die Arme und schluchzte auf. Ibrahim befreite sich aus ihrer Umklammerung.

»Es gibt nicht den geringsten Grund, mir dankbar zu sein.« Damit verließ er den Raum.

Ein paar Monate später erzählte Baseema am Mittagstisch, daß Majd geheiratet habe, ein sehr nettes Mädchen aus Akko, eine Lehrerin.

Und Shireen und Farah seien beide schwanger. Onkel Ghassan liefe so stolz wie ein Gockel umher, als habe er die beiden Frauen geschwängert. Tante Samar habe Kisten voll Babykleidung in den USA bestellt.

»Manche Leute sind einfach zu reich«, seufzte Baseema.

ج

Eines der größten Probleme waren die unterschiedlichen Sprachen. Jefra und Shifra waren nach drei Redaktionssitzungen verzweifelt. Sie hatten Manuskripte auf Englisch, Hebräisch und Arabisch, und alles mußte übersetzt werden: die englischen Texte ins Hebräische und Arabische, die hebräischen ins Arabische, die arabischen ins Hebräische. Shifra hatte in ihrem großen Bekanntenkreis genügend bi- und trilinguale Leute, aber fast alle von ihnen waren alt. Welcher Jugendliche lernte denn in Israel noch die Sprache des Feindes? Und die Jugendlichen, die in Palästina lebten und Hebräisch konnten, verleugneten es, als hätten sie aufs falsche Pferd gesetzt.

Die Übersetzungen der alten Leute waren oft haarsträubend. Entweder sie gebrauchten im Schriftarabisch eine hochpathetisch-gestelzte Ausdrucksweise oder sie bemühten sich im Hebräischen krampfhaft um eine flockige Jugendsprache, durchsetzt mit allerlei Amerikanismen. Viel babylonische Sprachverwirrung. Reden mit fremden Zungen. »Was machen wir bloß?«

Die Chefredakteurinnen beratschlagten. Und hätte ihnen

nicht ein alter Freund von Chaim zur Seite gestanden – Gideon, der früher einmal ein erfolgreicher Zeitschriftenverleger in Tel Aviv gewesen war –, hätten sie ihr Projekt begraben können, bevor es erst richtig aus der Taufe gehoben war. Er war es auch, der ihnen riet, als Basissprache Englisch zu wählen, das jeder Jugendliche in Israel und Palästina beherrscht, und Beiträge auf Hebräisch oder Arabisch im Original zu belassen.

Auch da gab es noch genügend Differenzen. Shifra schrieb das Englisch der amerikanischen Talkshows und der internationalen Popszene. Jefra schrieb das feingesetzte Englisch von Jane Austen und Emily Brontë. Manchmal lachten sie sich halbtot über ihre kontrastreichen Sprachebenen. Sie konnten auch per E-Mail lachen, denn Jefra war nicht immer in der Lage, zur Redaktionskonferenz in Shifras Wohnung zu kommen. Es wurde immer schwieriger, sich von Ostjerusalem nach Westjerusalem zu bewegen. Die Anzahl der Bombenattentate war zwar zurückgegangen, aber die Sicherheitskontrollen hatten sich verschärft. Es gab Tage, an denen sich Jefra einfach nicht stark genug fühlte, sich diesen Überprüfungen auszusetzen.

Die technischen Herausforderungen bei der Herstellung des Magazins erwiesen sich als geringfügig im Vergleich zum Vertrieb. Denn alle Schulen auf beiden Seiten des imaginären oder realen Grenzzaunes winkten ab: nur nicht noch mehr Politik in die Schulen tragen, die Stimmung sei aufgeheizt genug. Nein, auch keine friedensbewegten Blättchen.

»Die Eltern, wissen Sie, die Eltern haben etwas dagegen. Sie wollen, daß ihre Kinder in der Schule etwas lernen und nicht ständig von der Intifada behelligt werden«, sagten die palästinensischen Direktoren.

»Die Eltern, wissen Sie, die Eltern haben etwas dagegen. Sie wollen, daß ihre Kinder in der Schule etwas lernen und nicht ständig von der Intifada behelligt werden«, sagten die israelischen Direktoren.

So mußten Jugendgruppen, Sportvereine, Musikschulen,

Jugendcafés aktiviert werden. Manchmal waren Shifra und Jefra entmutigt und wollten ihr Projekt hinwerfen. Vor allem dann, wenn sie beschimpft wurden. Das Wort »Kollaborateure« konnten sie jetzt schon vorwärts und rückwärts buchstabieren. Aber immer, wenn sie ganz entmutigt waren, gab es irgendeine positive Resonanz, die alle Zweifel beiseite schob.

ج

Eines Tages erhielten Shifra und Jefra von einem israelischen Abgeordneten der oppositionellen Meretz-Partei eine Einladung, auf einer Friedenskundgebung am Amtssitz des israelischen Ministerpräsidenten zu sprechen.

Jefra war vollkommen aufgeregt, Shifra blieb vollkommen ungerührt.

»Keinesfalls dürfen wir Alibiobjekte werden«, gab sie zu bedenken. Jefra verstand das nicht.

»Sei nicht so naiv, Jefra.«

Noch immer sagte Shifra ihren Spruch. Ob sie eines Tages damit aufhören würde?

»Ist doch klar, Jefra. Diese Leute sind als Opposition in der Knesset kaltgestellt. Sie sind auch nicht mutig genug, um wirklich Kopf und Kragen zu riskieren und die gegenwärtige Regierung verbrecherisch zu nennen. Aber sie haben ihre Wählerklientel bei den Linken und Friedensbewegten. Also klinken sie sich bei Friedensorganisationen ein und benutzen Leute wie uns für ihre Zwecke. Ist es nicht nett, wenn zwei schmucke junge Mädchen sich anfreunden und über die Grenzen hinweg zusammenarbeiten und sogar noch ein Jugendmagazin machen, das vom Layout so hübsch ist, als hätten es Männer gemacht?«

»Hör schon auf, Shifra. Du bist zynisch.«

»Besser zynisch als naiv.«

»Aber Shifra, wir haben die Möglichkeit, zu den Menschen zu sprechen, die zu dieser Friedensdemonstration kommen. Wir können ...«

»... den Geist von New Jersey beschwören.«

»Was ist daran plötzlich falsch?«

»Nichts, Jefra, nichts. Ich bin auch dafür, daß wir auf dem Podium stehen und reden. Aber wir dürfen es ihnen nicht zu einfach machen. Wir dürfen uns nicht vereinnahmen lassen. Sie sollen sich nicht gut fühlen und nach der Kundgebung ins Moment Café gehen und ihren Cappuccino schlürfen.«

»Wer ist denn ›sie‹? Die da kommen, haben doch nicht Scharon gewählt, sie sind doch gegen den Bau von Siedlungen, sind für die Wiederaufnahme von Verhandlungen, die wollen ein unabhängiges Palästina.«

»Sei vorsichtig. Auch die Unschuldigen, die nicht genug für das Richtige gekämpft haben, sind schuldig. Auch sie haben uns diese beschissene Situation hinterlassen.«

Als Shifra Jefras Enttäuschung bemerkte, lenkte sie ein: »Laß uns einfach einmal unsere Reden schreiben und sehen, was dabei herauskommt.«

ج

Der Amtssitz des Ministerpräsidenten lag hinter einer großen Mauer und war kaum sichtbar. Unmittelbar gegenüber war das Moment Café, das, wie man mir sofort erzählte, im Dezember 2001 durch ein Bombenattentat total zerstört worden war. Jetzt saßen wieder Scharen von Jugendlichen auf der Terrasse im Freien. Es war ein kleines Podium aufgebaut worden, das mit Tüchern verhängt war, auf dem die Forderungen der Friedensorganisation standen: Stoppt die Okkupation jetzt. Geht aus den Territories heraus! Beendet die Invasion in der Westbank. Peace now. Nachbarn statt Feinde.

Man hatte mich mit dem Taxi von zu Hause abgeholt. Auf dem Platz empfingen mich Shifra und der israelische Abgeordnete, ein noch junger, etwas fettleibiger Mann, der heftig meine Hand schüttelte und vergaß, sie wieder loszulassen. ›I am so happy to have you with us.‹ Am liebsten wäre ich mit Shifra ins Moment Café geflohen, hätte ein Schweppes getrunken und mich mit ihr über einen Film mit Keanu Reeves unterhalten. Mein Auftritt machte mich nervös.

Es war Dezember. Am Morgen hatte es heftig geregnet. Wir durften zu Hause nie schimpfen, wenn es regnete, es sei denn, wir wollten einen langen Vortrag über die Wasserknappheit in unserem Lande hören. Verbunden mit der Klage, daß uns die Juden das Wasser aus dem Jordan abgruben. Jetzt hatte der Regen aufgehört. Aber es war ungemütlich kalt. Wer wollte sich ernsthaft bei dieser Kälte Reden anhören!

Von fern sah ich die ersten Lichter der Demonstration näherkommen. Die Teilnehmer hatten Kerzen in der Hand, die in der Dunkelheit aufflackerten, zitterten, zu verlöschen schienen, wieder neu an Kraft gewannen. Rund dreihundert Demonstranten schlossen langsam einen Ring um das Podium. Amir, der Abgeordnete, probierte das Mikrofon aus: »Liebe Freunde, liebe Freunde, liebe Freunde.« Da wurde es still. Amir stellte Shifra und mich vor, rühmte uns als »Lichtstreif am dunklen Horizont, als das Prinzip Hoffnung in finsterer Zeit«.

Shifra sprach als erste auf Hebräisch. Ich hatte in den letzten Monaten so viel Hebräisch gelernt, daß ich ziemlich viel verstand. Shifra war nicht aggressiv, ich hatte das nach ihrer Vorankündigung erwartet. Sie war – und das war das Verblüffendste von allem – ungemein nüchtern, illusionslos, ja sogar müde. Resigniert, das war das richtige Wort.

»Wenn ihr glaubt, da gibt es zwei, die sich nicht in das Freund-Feind-Schema pressen lassen und dagegen ankämpfen, daß die fatalen Ereignisse so weitergehen, dann habt ihr recht. Aber ich für meine Person habe wenig Hoffnung, daß wir irgend etwas

bewirken. Wir werden mit unserem Jugendmagazin keinen fanatisierten Märtyrer davon abhalten, im Moment Café gegenüber wieder eine Bombe zu zünden. Wir werden die israelische Regierung nicht davon abhalten, jeden Tag neues palästinensisches Land zu enteignen und einen stupiden ›Sicherheitswall‹ zu bauen. Wir tun unseren Job, weil wir ihn tun müssen, weil wir eines Tages, wenn dieser Spuk vorbei ist, in den Spiegel schauen und uns noch wiedererkennen wollen. Und wenn die Politiker unserer Länder unfähig sind, miteinander zu reden, dann müssen das eben andere Leute tun. Ob wir aber damit irgend etwas bewegen, weiß ich auch nicht.«

Der Beifall klang zurückhaltend, wie erkältet. Amir hatte wohl gehofft, die Jugend verströme noch Optimismus. Jetzt hatte Shifra die Rede einer alten Frau gehalten.

Ich spürte, welche Hoffnungen auf mir ruhten. Als ich die zwei Stufen zum Podium hochstieg, fühlte ich mich wie in Trance. Um verstanden zu werden, mußte ich auf Englisch sprechen. Das verstärkte meine Aufregung.

»›Jefra, sei nicht so naiv!‹ So lautet jeder dritte Satz, den ich von Shifra höre, den ich von meiner älteren Schwester hörte, von meiner Familie höre. Meine Naivität besteht darin, daß ich immer noch daran glaube, daß diese beiden Völker in Frieden miteinander oder nebeneinander leben könnten. Dazu müßte man sich respektieren. Respekt aber bedeutet, Menschen in die Augen schauen zu können. Shifra und ich können das.

Die Soldaten an den Checkpoints schauen an uns vorbei. Wir sind für sie nicht auf Augenhöhe, nicht ebenbürtig. Wir sind für sie Wesen einer niederen Gattung.

Aber es gab einen Soldaten, der mir bei einer Kontrolle in die Augen geschaut und gesagt hat: »Have a nice day.« Seither sage ich nicht mehr: DIE Soldaten. Und seit ich Menschen wie Shifra kenne, sage ich auch nicht mehr: DIE Juden oder DIE Israelis.

Ich bin nicht so pessimistisch wie Shifra. Ich hoffe, daß wir eines Tages sagen können: Wir haben nur kleine Schritte getan, hin zu mehr Verständigung und Aussöhnung, aber wir haben diese Schritte gewagt.

Und alle kleinen Schritte, die heute überall vollbracht werden, von Juden und Christen und Muslimen, von Israelis und Palästinensern, werden den Weg zum Frieden verkürzen.

Shalom und Salam.«

Amir nahm mich auf dem Podium vor allen Menschen in den Arm und drückte mich heftig an sich. Ich roch seinen Bier-Atem und ekelte mich ein bißchen.

Der Beifall war intensiv. Ob Shifra jetzt sauer ist und denkt, daß ich sie mit meinem Optimismus verraten habe?

Die Veranstaltung war zu Ende. Es kamen viele Menschen auf uns zu, drückten uns die Hand, sagten: »Weiter so! Nicht nachlassen! Behaltet euren Mut! Wir alle brauchen euch.«

Plötzlich stand Carolyn vor mir, umarmte mich und sagte: »I am proud of you.« In ihrer resoluten Art zog sie einen unscheinbaren älteren Mann zu sich heran und rief mit lauter Stimme – offensichtlich war der Mann schwerhörig –: »Humphrey, das ist Jefra Namadi, die Nichte von Nibal. Humphrey, sag ihr doch, was für ein fabelhaftes Englisch sie spricht. Humphrey, ist Jefra nicht eine Figur wie aus einem Roman von Jane Austen? Humphrey!«

Ich fing an, im Glück der Anerkennung zu schwimmen wie im Meer. Jefra Namadi, hier haben dir Menschen zugehört, hier haben dich Menschen verstanden. Hier hält dich niemand für eine Kollaborateurin mit dem Feind.

Da tauchte noch eine Art Nachzügler auf, ein junger Mann, der mir auf Arabisch zuraunte: »Hast du denn keine Angst, gekidnappt zu werden?«

Als ich verblüfft zurückfragen wollte, verblüfft und auch erschrocken, ›wieso denn das?‹ war der junge Mann in der Menge untergetaucht.

ج

Am nächsten Tag rief der Israel-Korrespondent der BBC bei Shifra an. Er sei gestern abend bei der Demonstration in Jerusalem gewesen. Er wolle für den Hörfunk der BBC ein Interview mit ihr und diesem palästinensischen Mädchen machen.

»Jefra.«

Richtig, Jefra. Ob er sie im American Colony Hotel in Jerusalem treffen könne. Das sei doch eine Art exterritorialer Ort und für beide ohne Probleme erreichbar.

Jefra stöhnte am Telefon auf.

»Ich schreibe in der nächsten Woche einen Test nach dem anderen. Die Noten sind wichtig. Außerdem büffele ich wie verrückt Hebräisch, damit ich die Aufnahmeprüfung an der Hebrew University bestehe. Und ich brüte wie du über den Artikeln für die nächste Ausgabe von ›Bridges‹.«

»Popularität erhöht unsere Auflage«, sagte Shifra. Es klang ironisch. Aber auch wieder nicht.

Jefra überlegte, ob Mister Humphrey, der ziemlich senile Ehemann von Carolyn, vielleicht seine Beziehungen hatte spielen lassen und sie ihm die Ehre eines Interviews verdankten. Mister Humphrey war früher Korrespondent der BBC in Tel Aviv gewesen.

Nach der BBC kam ein großer Artikel mit Bildern von Jefra und Shifra in der Wochenendausgabe von »Ha'aretz«. Es folgte eine Einladung in die israelische Talkshow »Erev Hadash«. Am meisten Spaß machte ein Kurzfilm bei der RAI. Die italienischen Fernsehleute hüpften um sie herum wie Springbälle, überboten sich in immer neuen Ideen, vor welcher Kulisse man die beiden Mädchen ablichten sollte, wie man sie in Szene setzen sollte. Vor Computern an Artikeln zu arbeiten, war natürlich nicht so stimulierend. Also sollten sie in einer Disco tanzen, am besten mit dem eintätowierten Peace-Zeichen auf nackten Schultern.

Jefra lachte bei all den verrückten Vorschlägen und schüttelte den Kopf. »Nein, das geht nicht. Nicht für mich.«

Die Italiener nahmen nichts übel und versprühten weiterhin gute Laune. Am Ende kam nach drei Drehtagen ein braver Sieben-Minuten-Film heraus, in dem die Mädchen »Sisters of Hope« genannt wurden.

»Sind wir schwanger oder was?« brüllte Shifra wütend, als sie zusammen mit Jefra die Videokassette anschaute, die ihnen die Journalisten der RAI zugeschickt hatten. »Schwestern der Hoffnung! Das kommt dabei heraus, wenn man dem Kloster der unbeschuhten Karmeliterinnen in New Jersey entsprungen ist.«

Shifra hüpfte auf dem alten Ledersofa in ihrem Zimmer auf und ab wie auf einem Trampolin. Jefra fürchtete, daß die Sprungfedern zusammenkrachen würden.

»Keine Angst, das Sofa ist noch aus der englischen Mandatszeit, in London gekauft und mit einem zionistischen Schiff 1926 nach Jaffa gebracht. Und jetzt im Besitz des letzten Sprosses der Familie Bernstein. Sister Jefra, Sister of Hope, paß auf, demnächst gibt es irgendeinen Sender, der einen israelisch-palästinensischen Lesben-Film mit uns drehen will.«

Shifra redet, als hätte sie Aufputschmittel genommen, fuhr es Jefra durch den Kopf. Was war denn in sie gefahren?

Irgendwann wurde Shifra ruhig. Und sprach gar nichts mehr. Feuerte die Videokassette von RAI in die Ecke, warf ein Karaoke-Videoclip in den Recorder und begann, laut Oldies mitzusingen: »I can't get no satisfaction«, »Music was my first love«, »Back in the USSR«.

Als Jefra gehen wollte, drückte Shifra die Stoptaste.

»Jefra, sie wollen uns vermarkten. Wir müssen höllisch aufpassen. Verstehst du, was ich meine?«

Auf dem Heimweg überlegte Jefra, ob sie das Geld, das sie als Teilnehmerin der Talkshow verdient hatte, ihrer Mutter geben, oder ein Konto bei der Bank einrichten sollte. Stichwort: Studium Jefra.

ج

Zu Hause herrschte große Aufregung. Die Großmutter in Hebron war gestorben. Die Nachbarn hatten bei den Namadis angerufen, weil sie Ibrahims Mutter seit Tagen nicht gesehen hatten. Ibrahim hatte schließlich, als alle Telefonanrufe im Leeren verhallten, die Erlaubnis gegeben, die Wohnungstür aufzubrechen. Juhaina lag auf dem Fußboden vor der Badezimmertür und war offensichtlich schon seit einigen Tagen tot. Ihre Hand hielt eine Spritze krampfhaft umschlossen. Juhaina war fünfundsechzig Jahre alt, sie litt seit ihrem vierzigsten Lebensjahr unter starker Diabetes und mußte sich täglich mehrmals Insulin spritzen.

Ibrahim hatte sie bei jedem Telefonat gefragt: »Hast du noch genug Insulin?« Juhaina hatte immer ›ja‹ gesagt, auch in Zeiten, in denen die israelische Armee die Stadt tagelang mit einer Ausgangssperre belegt hatte. Jetzt war sie offensichtlich ins Koma gefallen, bevor sie sich spritzen konnte, und war nicht wieder erwacht.

Ibrahim telefonierte pausenlos. Und er rauchte. Seine Mutter mußte morgen begraben werden, ein Verzug war nicht möglich. Ibrahim wollte von den israelischen Behörden eine Ausnahmegenehmigung erwirken, um nach Hebron fahren zu können. Denn über die Altstadt von Hebron war wieder einmal eine Ausgangssperre verhängt worden, und das bedeutete: Niemand kam hinein. Ibrahim telefonierte, er wurde weitergeleitet, er sprach, er verstummte, er sprach von neuem, er wartete. Niemand schien ihm eine Auskunft geben zu können oder zu wollen.

Baseema saß neben ihm und streichelte seine Hand. Wie eine Braut, dachte Jefra, als sie aus dem Hellen in das Halbdunkel des Raumes trat. Wie eine Braut.

»Was kann ich nur tun?« fragte Ibrahim seine Frau. »Meine Geburtsurkunde wollen sie haben, den Totenschein meiner

Mutter. Ich weiß nicht, wie ich in diesen Zeiten, in denen es keine Verbindung zwischen Hebron und Jerusalem gibt, bis morgen früh einen Totenschein besorgen soll, aber ich werde ihn besorgen. So etwas kann man faxen. Dabei weiß ich nicht einmal, ob ein Arzt kommen konnte, um ihren Tod festzustellen. Die Nachbarn aber können doch den Behörden versichern, daß schon Verwesungsspuren zu sehen und zu riechen sind. Drei Tage hat meine Mutter tot in einer heißen Wohnung gelegen.«

Dann sprach Ibrahim wieder beschwörend ins Telefon: »Ich bin ihr Sohn. Bestatten denn bei Ihnen die Söhne nicht ihre Mütter? Lassen sie sie verscharren, oder was machen sie mit ihnen? Ich muß nach Hebron.«

Baseema sprach nicht. Aber sie hörte nicht auf, Ibrahims Hände zu streicheln und an ihre Wange zu halten.

»Was heißt hier ›Sicherheitsgründe‹? Ich verstehe das nicht. Wen, bitte, bedrohe ich, wenn ich meine Mutter bestatte?« Ibrahims Stimme schwankte zwischen Fassungslosigkeit und mühsam unterdrückter Wut. »Kann ich ein Kind als Pfand am Checkpoint lassen? Sagen Sie, in Gottes Namen, was ich tun kann!«

Schließlich legte Ibrahim den Hörer auf. Die andere Seite hatte die Verbindung unterbrochen.

»Ausgangssperre bedeute Ausgangssperre. Da gebe es keine Ausnahme. Grundsätzlich nicht.«

Jefra sah, wie ihre Eltern im abgedunkelten Raum sitzen blieben, einander an den Händen hielten, stumm, leblos, wie eine Plastik, aus Stein gemeißelt. Jefra schlich in den Garten. Sie schloß die Augen und versuchte sich vorzustellen, wie »Al Dschadda«, die Großmutter, ausgesehen und gesprochen hatte. Das Bild blieb verschwommen. Habe ich sie denn schon zu Lebzeiten begraben?, fragte sie sich erschrocken.

Am nächsten Morgen fand Ibrahim einen Taxifahrer, der bereit war, ihn nach Hebron zu fahren, wenn man sie durchließe. Schon beim ersten Checkpoint scheiterten sie. Ibrahim bettelte eine Stunde lang. Er war froh, daß Tayseer und Achmed nicht sahen, wie er sich demütigte, nur um passieren zu können. Aber die Soldaten blieben hart und richteten das Gewehr auf ihn. Der Taxifahrer zog ihn schließlich ins Auto hinein, um zu verhindern, daß sich Ibrahim zu Äußerungen oder Handlungen hinreißen ließe, die zu einer Katastrophe führen mußten.

Als Jefra an diesem Nachmittag aus der Schule kam, fand sie Ibrahim zu Hause vor. Er saß am Eßtisch vor einer Tasse Tee und starrte ins Leere. Als sie ihn umarmen wollte, stieß er sie so heftig von sich, daß sie um ein Haar auf die Tischkante gefallen wäre.

»In diesem Hause sagt niemand mehr, daß die Juden Menschen wie wir sind. Hast du mich verstanden?«

Am Abend riefen die Nachbarn an. Sie hatten die Großmutter beerdigt. Jefra wäre froh gewesen, wenn ihr Vater hätte weinen können.

ج

Baseema saß am Computer und schrieb die halbjährlichen Elternbriefe, in denen den Eltern von den Fortschritten ihrer Kinder berichtet und Empfehlungen ausgesprochen wurden, wie man sie noch besser fördern könnte. Es war eine heikle Angelegenheit. Zum einen wußte Baseema, daß alle palästinensischen Eltern davon überzeugt sind, die großartigsten und begabtesten Kinder überhaupt zu haben, an denen nichts, aber auch gar nichts auszusetzen ist. Zum anderen konnte sie kaum auf Talente aufmerksam machen, wenn sie wußte, daß die Eltern keine Chance hatten, diese Begabungen zu fördern. So gab es in ihrer Gruppe zwei ungemein musikalische Mädchen. Sollte man deren Talent rühmen, wenn es den Eltern unmöglich war, Geigen- oder Klavierunterricht zu finanzieren? War es nicht besser, die Beobachtungen zu verheimlichen, um den Eltern nicht noch schmerzhafter klarzumachen, daß die Palette des Verzichten-Müssens immer größer wurde?

»Jefra, hättest du nicht Zeit und könntest etwas für mich auf dem Computer schreiben? Das Tippen ist so mühselig für mich. Und dir geht es so flott von der Hand.«

Die ersten vier Gutachten gingen Baseema zügig von der Zunge. Dann kam sie ins Stocken. Das Mädchen, über das sie etwas sagen sollte, hieß Maryam.

»So ein schwieriges Kind«, murmelte sie. »Eigenwillig, wenig zugänglich, verschlossen.«

»Soll ich das schreiben, Mama?«

»Um Gottes willen nein. Ich muß da ganz vorsichtig sein. Vielleicht so: ›Maryam ist ein für ihr Alter sehr selbständiges Mädchen. Sie ...‹«

Baseema verstummte. Jefra wartete.

»Hast du Kontakt mit Maryam? Mit deiner Schwester«, fügte Baseema überflüssigerweise hinzu, als hätte Jefra nicht sofort bemerkt, daß nicht mehr von dem Kindergartenkind die Rede war.

»Ja, wir schreiben uns E-Mails. Nicht sehr oft.«

»Hat sie ein Kind?«

»Nein.«

»Was macht sie?«

»Sie studiert. Sie geht auf eine Akademie und möchte eine Filmregisseurin werden. Eine ernsthafte.«

»Wie geht es mit ihrem Mann?«

»Darüber weiß ich nicht viel. Er finanziert ihr das Studium. In den USA kostet das sehr viel Geld. Wenn sie fertig ist, möchte sie nach Kalifornien gehen. Dort hat sie wohl gute Arbeitsmöglichkeiten.«

»Fragt sie nach uns?«

»Immer.«

»Auch nach mir?«

»Gerade nach dir. Ich habe ihr erzählt, wie es dir nach Jasirs Tod ergangen ist.«

»Sie hat noch ein Herz, trotz allem. Was meinst du, Jefra?«

»Sie ist ein guter Mensch, Mama.«

Die Pause dehnte sich.

»Wir wollen nie wieder über Maryam sprechen.«

Bis zum nächsten Mal, dachte Jefra.

»Maryams Eigenständigkeit macht es ihr nicht immer leicht, sich der Gruppe anzupassen. Sie ist aber außerordentlich gutwillig und Ermahnungen zugänglich ... «

Jefra tippte weiter.

ج

Die Redaktionskonferenzen wurden schwieriger. »Bridges« hatte jetzt einen Namen, nachdem Jefra und Shifra Medienstars geworden waren. Sie bekamen eine Fülle von Manuskripten zugesandt. Das meiste wanderte gleich in den elektronischen oder realen Papierkorb. Manchmal fragten sie sich, wie man ihre Intention so mißverstehen konnte, wenn einseitig antiisraelische, ja antisemitische oder antipalästinensische Beiträge ins Haus flatterten. Andere Artikel waren gut gemeint, aber einfältig oder unerträglich pathetisch. Es war nicht leicht, die Spreu vom Weizen zu trennen und sich einen Stamm von Mitarbeitern heranzuziehen, die sich der »Philosophie des Blattes« verpflichtet fühlten, wie Shifra halb ironisch, halb selbstbewußt formulierte, die aber auch Kompetenz, Wissen und sprachliche Finesse mitbrachten.

»Man kann das Niveau nicht hoch genug hängen«, sagte Shifra.

Jefra fand das Layout zu hochgestochen, zu teuer. Die vielen farbigen Fotos, die in der Herstellung so viel Geld kosteten, schienen ihr die reine Verschwendung.

»Es ist mein Geld, Sister«, sagte Shifra.

»Aber von dem Geld, was du für eine Ausgabe bezahlst, könnte in Palästina eine große Familie ein halbes Jahr leben.«

»Jefra, wir schreiben eine Zukunft herbei, in denen die Palästinenser besser leben können als in diesen beschissenen Zeiten.«

Aber Jefra konnte die Zeiten nicht vergessen, in denen ihre Familie überhaupt kein Geld gehabt, in denen sie selbst von einem geschenkten Sesamkringel am Tag gelebt hatte.

»Seit wir das Magazin verkaufen und nicht einfach nur an jeder Straßenecke verschenken, kommt ja auch Geld herein. Warte ab, ›Bridges‹ wird noch ein richtig großer Erfolg.«

Vielleicht hatte Shifra recht. Ein junger Mann aus ihrem Freundeskreis schrieb regelmäßig eine Kolumne über Neuerscheinungen in der Popszene, analysierte ungemein witzig die Top Ten der amerikanischen Hitparade und traf offensichtlich genau den Ton der israelischen Kids. Die kauften »Bridges« nicht wegen seiner politischen Einstellung, sondern wegen »Kobi«, wie sich Yakov nannte.

Jefra kannte Kobi nur per Telefon und E-Mail. Sie mochte seine flockige Hemdsärmeligkeit. Wenn er anrief, begrüßte sie ihn immer mit »Keef halak?«, Wie geht's? und sang die letzte Silbe mit melodiösem Fragezeichen.

»Wenn du mich fragst, so geht es mir schlecht, aber wenn ich deine Stimme höre, ist es nicht mehr ganz so schlimm.«

»Auf ›Keef halak‹ gibt es nur eine mögliche Antwort: ›Al hamdu lil lah.‹ Komm, Kobi, wir üben das jetzt. ›Al hamduuu ...‹«

Yakov revanchierte sich auf seine Weise, schrieb ihr Texte israelischer Popsongs, manchmal sogar ziemlich anzügliche. Zu ihrem achtzehnten Geburtstag im Mai schickte er ihr Verse aus dem Hohen Lied Salomos, einem Text, den Jefra nicht kannte. Da ging sie vor Rührung in die Knie.

»Steh auf, meine Freundin, und komm,
meine Schöne, komm her!
Meine Taube in den Felsklüften,
im Versteck der Felswand,
zeige mir deine Gestalt,
laß mich hören deine Stimme;
denn deine Stimme ist süß,
und deine Gestalt ist lieblich.«

Hatte man je schönere Liebesworte gelesen, poetischere? Aber durfte man einfach die Bibel zitieren, nur um zu FLIRTEN?

Jefra bemühte sich wieder um einen förmlicheren Ton gegenüber Yakov. »Keef ilhal?«, Wie sieht's aus? Und auf diese Frage konnte man sich ziemlich neutral in allgemeinen Klagen über die Schlechtigkeit der Welt ergehen.

In Palästina war der Vertrieb von »Bridges« sehr viel schwieriger als in Israel. Im arabischen Jerusalem kursierten die Exemplare von Hand zu Hand. In der Westbank und im Gazastreifen konnte man die Zeitung nur aus dem Internet abrufen.

Zuschriften kamen aus diesen Regionen nur sparsam. Ganz selten erreichte Jefra eine palästinensische E-Mail mit einer positiven Resonanz – und der inständigen Bitte, diesen Leserbrief keinesfalls zu veröffentlichen. Hingegen gingen die Zuschriften, in denen ihr schon in der Spalte ›Betreff‹ das Wort Verräterin entgegensprang, in die Dutzende. Anfänglich hatte sie diese Droh- und Schmähbriefe noch gelesen und war außer sich gewesen über all die Infamie und Bosheit, die sich darin über sie ergossen. Jetzt löschte sie ungelesen alle Mails mit verräterischem oder gar keinem Betreff. Das tat ihrem Seelenfrieden gut.

Jefra betreute eine Kolumne, die überschrieben war mit »Die Nacht schickt das Lächeln ins Exil«. Das war eine Zeile aus einem Gedicht des palästinensischen Autors Salman Massalah. Shifra fand den Titel zu angestrengt und hätte ihn gern durch »Jefra's Corner« ersetzt.

In der Kolumne veröffentlichte Jefra die »schönsten palästinensischen Gedichte der Gegenwart« auf Arabisch und Englisch. Sie suchte mit Leidenschaft nach Gedichten, weil sie in ihnen die Seele Palästinas gespiegelt fand, und jeder Fund machte sie stolz. Es gab sogar Autoren, die ihr einen Originalbeitrag schickten. Dann wandelte Jefra wie eine orientalische Prinzessin unter dem Sternenzelt, voll von Träumen und der Süße des nächtlichen Windhauchs.

Shifra konnte mit Lyrik nicht viel anfangen. »Aber vielleicht sind diese Gedichte eine Antwort auf Kobi mit anderen Mitteln«, sagte sie. »Ich meine, es gibt eben auch Leute, die die Leere in ihrer Magengegend nicht mit Musik füllen, sondern mit Poesie. Geschmackssache.«

Am liebsten mochte Jefra ein Gedicht von Ibrahim Abu Sha'ib.

»Ich bin der Wind

Und ich weiß, daß ich gehen und gehen
Und nicht rasten werde
Mein Tanz wird nicht enden, weil
Ich schöner bin als ein Mörder
Und ein Ermordeter
Und ich weiß, daß ich meinen Leib
Und die Blüten meiner Seele verteilen werde
Um nie an einem Grab gesehen zu werden
Und ich weiß, daß ich erwachen werde …
Und immer erwachen
Doch der Wind wird einen Hügel finden
Um den Kopf an seine Brust zu legen
Wenn er müde wird
Dieser Wind bin ich.«

Nicht, daß Jefra alle Chiffren im Gedicht hätte enträtseln können. Die nach vorne drängende Bewegung war es, die sie mitriß, das Gehen, Gehen und Erwachen, Erwachen. Wie schön es war, wenn Sprache dunkel blieb und die Wörter ihr Geheimnis bewahrten! Wo alles um sie herum immerzu schrie, brüllte, kreischte, war die Poesie der letzte Ort, in dem es Stille gab. Und Schatten und Wind.

Shifra hatte mit den Schultern gezuckt, als ihr Jefra das Gedicht zur Beurteilung gab. »Ein bißchen kryptisch, oder?«

»Was bedeutet ›kryptisch‹?«

»Ach, vergiß es! Wir bringen das Gedicht für die, die an den Blüten ihrer Seele zupfen! Für Leute wie dich.«

ج

Im Juni kam ein Brief von Farah und Said, in dem sie als glückliche Eltern die Geburt einer Tochter, Hiba, anzeigten. Sie luden Jefra zu einer Party ein, die zu Ehren des kleinen Mädchens nicht im Galil, wo die junge Familie wohnte, sondern im Haus von Großvater Ghassan stattfinden sollte.

Natürlich hatte Onkel Ghassan die Gelegenheit genutzt, ein Riesenfest auszurichten. Das war vom Anlaß her ungewöhnlich, denn Hiba war ja »nur« ein Mädchen. Aber er ließ sich seine großväterliche Euphorie nicht durch das Geschlecht seines ersten Enkelkindes trüben. Und er konnte ja hoffen, daß Shireen ihm im nächsten Monat einen männlichen Enkel schenkte. »Heutzutage kann ja auch aus Mädchen etwas werden«, trompetete er fröhlich in die Schar der Gäste, die sich auf der Terrasse versammelt hatte, und schwenkte die Champagnerflasche. Jefra klopfte das Herz, als er auf sie zusteuerte. Wie konnte Onkel Ghassan mit seinen bekannt militanten Ansichten eine Frau wie Jefra in seinem Haus dulden? Aber in seinem »Ich weiß nicht, wie du heißt, aber warum sagt mir Samar auch nicht die Namen unserer Gäste«-Blick lag Entwarnung. »Ach das Nichtchen. Wie geht es zu Hause? War da nicht einmal etwas mit einem Bruder? Ist das wieder in Ordnung? Was war es noch? Eine Krankheit? Ach, ja richtig. Eine Verhaftung durch jüdische Soldaten. Ich erinnere mich.«

Jefra ließ sich das kleine Bündel Mensch in die Arme legen, betrachtete die rosigen Fingerchen, den zarten Flaum von schwarzen Härchen, die durchsichtige Haut. Wie konnte aus diesem schutzbedürftigen Wesen, das nur aus Schlafen, Gähnen, Saugen und Verdauen bestand, eine erwachsene Frau werden, eine Frau, die dem Leben in diesem schwierigen Land gewachsen war?

Hiba fing an mit ihrem kleinen Mund zu schnappen wie ein Fisch an der Wasseroberfläche und ihren Kopf an Jefras Brust zu stupsen. »Sie hat Hunger, aber sie irrt sich in der Quelle«, sagte Farah lachend und nahm ihre Tochter wieder an sich.

»Komm doch mit, Jefra!«

In dem früheren Zimmer von Shireen und Farah waren die Jalousien tief herabgezogen. Nur durch den unteren Teil des Fensters brach ein heller Streifen Licht auf den Steinfußboden. Gedämpft waren Geräusche von der Terrasse zu hören, das Klirren von Geschirr, ein helles Lachen, Lieder von Fairuz, Onkel Ghassans Lieblingssängerin.

Farah setzte sich auf einen Stuhl, knöpfte ihre Bluse auf und legte Hiba an die Brust. Hiba war von Samar, ihrer Großmutter, ausstaffiert worden. Über ihrem Strampelanzug trug sie ein langes Satin-Kleid in sattem Pink mit unzähligen Schleifen und Rüschen, das sie wie eine zwergwüchsige Ballettänzerin aussehen ließ. Samars Geschmack stand in umgekehrtem Verhältnis zu ihren finanziellen Möglichkeiten. Farah schien die groteske Aufmachung wenig zu stören. Sie hatte sich völlig in das Gesicht ihres Kindes versenkt, als läge hinter den wimpernlosen, geschlossenen Augen ein altes Geheimnis verborgen.

Nach dem Stillen zog Farah ihrer Tochter das »Rosa-Wolken-Kleid« aus – wie Jefra es insgeheim getauft hatte – und legte sie ins Bett. Jefra stand auf, um wieder zu den anderen Gästen auf die Terrasse zu gehen. Doch Farah hielt sie zurück:

»Warte einen Augenblick! Ich wollte dir schon längst etwas sagen. Vor einigen Monaten besuchte uns Shireen. Sie erzählte, daß sie dich getroffen habe. Und sie war entsetzt über deinen »schamlosen Verrat an unserer Sache«, wie sie es nannte.

Jefra wurde rot. Shireen gehörte wohl zu denen, die sie, um die Worte ihrer Mutter zu gebrauchen, »angerempelt und umgeworfen« hatte.

»Said und ich wußten nicht, was wir davon halten sollten. Dann brachte Said eines Tages ein Heft von ›Bridges‹ mit, das ihm einer seiner Schüler zugesteckt hatte. Seither verfolgen wir alles, was du tust und was du schreibst. Am Anfang waren wir irritiert. Du weißt ja, aus was für einem Elternhaus ich stamme. Aber nach und nach hast du uns mit deinem Bemühen, einen friedlichen Weg zu unseren Nachbarn zu suchen, angesteckt. Wir bewundern deinen Mut. Und dein kluges, gerechtes Urteil.«

Jefra wurde wieder rot. Dieses Mal vor Freude. Sie fiel Farah um den Hals. In diesem Augenblick wurde Hiba wach und fing an zu schreien. Die beiden Frauen lachten, als ihre Köpfe über dem Bett des Kindes zusammenstießen.

ج

Jefra und Shifra machten zur gleichen Zeit ihr Abitur. Shifra graduierte mit dem israelischen High-School-Abschluß, Jefra mit dem Tawjihi, dem jordanischen High-School-Abschluß. Jefra schloß mit glänzenden Ergebnissen ab, Shifra mit eher mäßigen. Shifra hatte in ihrer Schulzeit zu viele Abneigungen gehegt, gegen einzelne Fächer wie gegen einzelne Lehrer. Das Zeugnis gab darüber beredt Auskunft.

Jefra wurde ausersehen, die Rede bei der Graduation Celebration zu halten. Shifra hoffte auf die gleiche Ehre, schließlich war sie als Jungverlegerin doch eine Berühmtheit. Für einen wahnwitzigen Moment hatten die beiden die Idee, ihre Reden an der »falschen« Schule zu halten, Shifra an Jefras und Jefra an Shifras. Es war ein Geistesblitz, eine Sehnsucht. »Ein Koller«, sagte Shifra.

Schließlich wurde an Shifras Schule nicht die vielversprechende Publizistin, sondern ein Junge als Redner gewählt, dem alle eine glänzende Karriere als Informatiker voraussagten. Was ihn – wie sich herausstellte – nicht unbedingt zu einem glänzenden Redner prädestinierte.

Miss Reem hatte Jefra zur Seite genommen. »Deine Wahl als Rednerin bei dem Fest war sehr umstritten. Jede Schule schmückt sich gern mit herausragenden Schülerinnen. Aber das Kollegium fürchtet sich auch vor dir. Man hat Angst, daß du in deinem Eifer für Versöhnung mit den Juden über das Ziel hinausschießt. Überleg dir, ob du einen Skandal willst. Ob du damit etwas bewegst.«

Jefra fragte sich, ob die drei Männer ihrer Familie zu ihrer Abschlußfeier kommen würden. Daß Baseema und Ameera dabeisein würden, war klar. Aber Ibrahim? Und die Zwillinge? Zwar war Tayseer etwas aufgetaut, nachdem der Direktor der Schule einmal im Vorbeigehen gesagt hatte: »Kompliment, ich habe eure Schwester im Fernsehen gesehen. Sie ist ein mutiges Mädchen.« Heimlich trug er jetzt sogar die rote Baseballmütze aus New Jersey, aber immer nur, wenn Jefra es nicht sah. Nur Achmed war unversöhnlich und würde es auch bleiben. »Er hat in einem israelischen Gefängnis gesessen«, sagte Baseema entschuldigend, wenn er beim ersten Wort, das Jefra sprach, den Raum verließ. Als erklärte das alles.

Und Ibrahim, ihr Vater? Seit dem Tod der Mutter in Hebron war er noch schweigsamer und unzugänglicher geworden. Jefra ging ihm aus dem Weg, sie bekam feuchte Hände, wenn sie mit ihm allein im Raum war. Sie hatte Angst vor seinem tadelnden Blick, der tiefen Falte zwischen seinen Brauen, die sich jeden Tag etwas fester in seine Züge grub. Manchmal sah er sie an, als trüge sie die Verantwortung dafür, daß er seine Mutter nicht hatte begraben dürfen. Es wäre besser, wenn er nicht zu ihrer Feier käme. Sonst würde sie bei jedem Wort, das sie sprach, in vorauseilender Gewißheit seine Mißbilligung spüren.

Aber Ibrahim kam. Mit Baseema am Arm. Sie im geblümten Kleid, natürlich mit den roten Accessoires, und er tatsächlich im grauen Anzug mit New-Jersey-Krawatte. Kein stattliches Paar, aber doch ein respektables. Für einen Augenblick war Jefra stolz auf ihre Eltern. Dann überfiel sie die Nervosität.

Jefras Rede war kurz. Erst kam der pflichtschuldige Dank an Eltern und Lehrer. Jefra versuchte den Blick ihres Vaters zu finden, doch der schaute auf den Boden.

»Unsere Schulzeit war überschattet von der Intifada. Seit drei Jahren leiden wir an täglichen Einschränkungen, Nachteilen, Demütigungen, Gewalt. Ich wünsche nichts so sehr, und da fühle ich mich mit allen hier im Saal einig, daß Palästina frei wird von der israelischen Besatzung, damit wir alle in Würde leben können. Wir mögen unterschiedlicher Meinung sein, wie dieses Ziel zu erreichen ist. Ich glaube, daß wir keine andere Chance haben, als beharrlich und friedlich, durch Gespräche und Verhandlungen, aber auch mit äußerstem Nachdruck das Ziel zu verfolgen, ein unabhängiges Palästina zu schaffen. Wir jungen Menschen haben die Aufgabe, nicht nachzulassen in dem Bemühen, die Welt zu einem besseren Ort zu machen, als wir ihn vorgefunden haben. Ich wünsche uns die Kraft dazu, den Enthusiasmus und die Geduld.«

Miss Reem lächelte. Mit dieser Rede konnten alle leben, die Friedfertigen und die glühenden Patrioten. Jefra hatte das Problem elegant gelöst und niemanden vor den Kopf gestoßen. Daß man sogar zu Zeiten der Intifada noch so schöne Schulfeste feiern konnte! Sie erhob sich zur »Cour«. Aufgereiht standen nach dem offiziellen Akt die frisch Graduierten im Schulhof, eine schöner anzuschauen als die andere, und ließen die Gratulanten an sich vorbeiziehen. Noch einmal, zum letzten

Mal in Schuluniform. Zum letzten Mal beschützt durch eine Gemeinschaft, die ihnen Halt geboten hatte.

ج

Wir standen an der Mauer des Schulhauses und warteten auf die Gratulanten. Neben mir stand Rana. In Schuluniform und nicht mit Kopftuch. Wir blinzelten in der grellen Sonne.

Was hatten wir, die elfeinhalb Jahre lang nebeneinander auf der Schulbank gesessen hatten, uns noch zu sagen? Rana machte einen Versuch: »Ohne dich, Jefra, hätte ich kein Abitur gemacht. Du hast mir Mathe und Physik erklärt. Dafür danke ich dir.«

Mir fiel nichts Besseres ein als zu sagen: »Danke für die Kmaj damals. Du weißt schon, ohne die Brezeln wäre ich verhungert.«

Glücklicherweise kam Paulines Mutter angerauscht, in einem aufregenden Gewand aus lila Seide, halb Hosenanzug, halb Abendkleid. Sie küßte mich auf die Wangen. »Wie entzückend du aussiehst, Jefra, wie klug du gesprochen hast. Deine Eltern werden stolz auf dich sein.« Und rauschte davon. Ich mochte den Duft ihres Parfums.

Tante Nibal tauchte unvermittelt aus der Menge auf: »Jefra, Schätzchen, du warst großartig!« Ach, jetzt auf einmal! Ich verspürte einen kleinen Anflug von Bitterkeit.

Carolyn umarmte mich und drückte mir »Jane Eyre« in die Hand. »Das solltest du unbedingt lesen. Es wird dir gefallen.«

Ich konnte nicht umhin zu sagen: »Es hat mir gefallen, Carolyn. Wie schön es ist, das Buch jetzt zu besitzen.
Thanks a lot.«

Mama weinte natürlich. Eine palästinensische Mutter weint immer, wenn sie glücklich ist. Sie war stolz auf mich, es war augenscheinlich, jeder konnte es sehen. Ich sah es.

Papa küßte mich. »Alles Gute auf deinem Weg, Jefra«, sagte er.

Gut gesagt. Gut gemeint. Aber stolz war er nicht. Ich war ja kein Sohn.

ج

»Freud for Beginners« war doch leichter gewesen, als C. G. Jungs Lehre von den Archetypen, als Freuds Traumanalysen und als »Sexuelle Mythen in der Adoleszenz«. Und das alles nicht auf Arabisch, nicht auf Englisch, sondern auf Hebräisch. Jefra ging durch die verwirrenden Gänge der Hebräischen Universität auf dem Mount Scopus und kämpfte verbissen gegen Anfälle von Verzweiflung. Wie einsam man als Palästinenserin an einer so israelischen Institution sein konnte, hatte sie nicht geahnt. Wie schwer ein Studium in einer fremden Sprache sein würde, hatte sie sich nicht vorstellen können. Und wie drükkend der Zwang war, eine erfolgreiche Studentin zu sein, um ihr Stipendium zu behalten.

Shifra absolvierte ihren Militärdienst und war in einem Camp im Negev stationiert, südlich von Be'er Sheva. Sie schrieb von beeindruckenden Sternenhimmeln in der Wüste. Von ihrem Dienst in der Army schrieb sie nichts. Sie fungierte nicht länger als offizielle Herausgeberin von »Bridges«, um nicht mit ihren Vorgesetzten in Konflikt zu geraten, aber sie schien ihren Laptop im Marschgepäck mitzuführen. Alle vier Wochen erschien »Bridges« mit eindrucksvollen Bildern, harschen Kommentaren gegen die offizielle Politik auf beiden Seiten, mit Yakovs flockigen Popsequenzen und Jefras Gedichten, mit Interviews mit israelischen Refuseniks und palästinensischen Fraueninitiativen, mit Buchrezensionen und Filmkritiken. Das Magazin florierte.

Jefra saß in der Cafeteria der Universität und suchte in einer neuen Anthologie nach dem Gedicht des Monats.

»Hi, Jefra«, hörte sie eine Stimme. Und noch ehe sie aufschaute, wußte sie: ER ist es. Sie hatte ihn fast zwei Jahre lang nicht gesehen. Aber sie hatte das sichere Gefühl gehabt: SO würde es eines Tages sein. Er würde »Hi, Jefra« sagen und sie anlächeln.

Und so war es. Sie schaute Rafi an. Sprechen konnte sie nicht, weil sie in seinem Gesicht lesen mußte. Er war älter geworden. Seine Haare waren nicht mehr so stoppelkurz geschnitten. Seine Züge erschienen ihr weicher, aber seine Augen hatten nicht mehr das Unbekümmerte und Strahlende wie an jenem Nachmittag in Emek Refa'im.

»Hi, Jefra«

»Hi Rafi. Schön, dich zu sehen.«

»Ich hätte ja im Traum nicht gedacht, dich hier wiederzusehen. Sag bloß, du studierst hier.«

»Ja.«

»Ganz schön mutig. Aber du bist eben ein außergewöhnliches Mädchen. Erzähl mir, was du machst. Und was du in der Zeit gemacht hast, in der wir uns nicht gesehen haben.«

»Du zuerst.«

»Ich habe meinen Militärdienst zu Ende gebracht. Anschließend war ich total down. Drei Jahre etwas zu tun, was du nicht willst, das macht dich fertig. Als ich entlassen wurde, fiel ich in einen Krater so tief wie Maktesh Ramon. Ich wußte nicht mehr ein noch aus. Jetzt geht es mir wieder gut. Ich studiere Englisch und Geschichte. Ich werde Lehrer. Für meinen Vater ist das ein Job für Schwächlinge oder für Frauen. ›Ein begabter Junge kann doch etwas anderes werden, ein Architekt, ein Jurist, ein Politiker, ein Ökonom.‹ Aber das interessiert mich nicht. Und was studierst du?«

»Psychologie.«

»Wow. Das hätte ich nicht gedacht. Gratuliere. Die Seele ist ein weites Feld.«

»Das stimmt.«

»Können wir nicht heute abend ausgehen? Wir müssen doch unser Wiedersehen feiern. Ins Kino vielleicht? Oder einen Wein trinken?«

»Oder in eine Diskothek? Oder sonst noch was? Mach dich nicht über mich lustig, Rafi. Du weißt genau, daß das nicht geht.«

Die Leichtigkeit des Anfangs war verflogen. Jetzt muß er sich hinsetzen, dachte Jefra. Oder er muß gehen. Alles Wichtige entscheidet sich immer in einer Sekunde.

Rafi zog unschlüssig einen Stuhl heran. »Was liest du da?«

»Liebesgedichte. Arabische Liebesgedichte.« Jefra schob ihm das Buch hin.

Da setzte sich Rafi.

Er las von der aufgeschlagenen Seite den Anfang eines Gedichtes von Mussa Hanawanda, und seine Stimme wurde bei jedem Vers leiser.

»Ruf' mich bei meinem richtigen Namen
Damit ich deine Stimme höre
Sprich zu mir mit deinen eigenen Lippen
Damit ich deine Worte verstehe
Sieh mich an mit deinen traurigen Augen
Damit ich dein Gesicht berühre«

Rafi brach ab. Beide schwiegen.

»Es ist eben arabisch und nicht sehr cool«, sagte Jefra und verwünschte sich im gleichen Atemzug. Warum redete sie jetzt so einen Mist.

Da lächelte Rafi. »So paßt es doch genau zu uns, oder?«

Jefra nahm das Buch an sich und schloß es so nachdrücklich, als wolle sie das Gedicht in die Verbannung schicken.

»Sei nicht so, Jefra. Hab ein bißchen Mut.«

»Du weißt, es geht nicht. Nicht in diesem Land. Nicht in diesen Zeiten. Vielleicht in hundert Jahren.«

»Vielleicht etwas eher.« Rafi lachte. »Sagen wir, in fünfzig Jahren?«

Jefra war froh, daß sie lachen konnten, Rafi und sie.

»Ich muß gehen, Rafi, es ist schon spät. Also dann, bis in fünfzig Jahren.«

»Genau, Jefra. Bis bald.«

جفرا

Diese Geschichte ist fiktiv, aber sie hat reale Hintergründe. Sie beruht auf Erfahrungen, Beobachtungen, Begegnungen, die ich in den Jahren 2000 bis 2002 in Jerusalem gemacht habe. In diesen ersten Jahren der gegenwärtigen Intifada arbeitete ich als Lehrerin an einer palästinensischen Mädchenschule, wohnte aber im israelisch-jüdischen Teil der Stadt, hatte also Anteil an der unterschiedlichen Lebenswirklichkeit der beiden verfeindeten Nachbarn.

Die Hauptfigur, Jefra, ist einer meiner palästinensischen Schülerinnen nachgebildet, Lama Tarayra. Dabei ging es mir nicht darum, biographische Details möglichst wirklichkeitsnah zu übernehmen, sondern eine Figur zu schaffen, die Lamas innere Authentizität hat.

Ohne Lama wäre dieses Buch nicht geschrieben worden.

Ich danke meiner Lektorin und deutschen, palästinensischen und israelischen Freunden für Hilfe und Anregungen, vor allem Martin Beck, Hannah Peters, Saad Halawani und Nita Schechet.

Ein besonderer Dank geht an meinen Mann, Bernhard Greiner, der mein Schreiben mit Kritik, Ermutigung und Liebe begleitet hat.

Lama Tarayra zu diesem Buch

Jefra: ich sehe sie, wie sie an einem kühlen Morgen am Qualandia Checkpoint steht und vor Kälte zittert. Ich sehe ihre schwarzen, glänzenden Haare, fühle die Kühle ihrer frierenden Hände, berühre ihre Schulter, um ihr zu sagen, daß alles in Ordnung geht, daß sie den Checkpoint passieren und nach Ramallah kommen wird.

Ich wische ihre Tränen ab, die sie über die unschuldigen Kinder weint, die brutal in den Luftangriffen über Gaza getötet wurden. Ich bin bei ihr, wenn sie Onkel Ghassans Haus verläßt, total frustriert darüber, daß sich ein Mensch darüber freuen kann, daß andere Menschen Tod, Schmerz und Kummer erleiden.

Ich fühle ihre Verwirrung, ihre Angst. Mit ihr kann ich keine Antwort auf die Frage finden: »Warum geschieht das alles?« Ich verstehe ihr Zögern, ob sie mit Ruth sprechen soll. Ich weiß sehr gut, was sie denkt: Ruth ist eine Israeli, und Israelis fügen uns Schmerzen zu. Ich bin aufgewachsen mit der klaren Vorstellung, Menschen wie Ruth und Shifra hassen zu müssen, einfach, weil sie Feinde sind. Aber es stellt sich heraus, daß sie Menschen sind, selbst Rafi, der doch die Uniform des israelischen Soldaten trägt.

Ich sehe in das Buch meiner ehemaligen Lehrerin, Miss Margret, wie in einen Spiegel. Ich erlebe noch einmal die wichtigste Erfahrung meines bisherigen Lebens nach: daß aus Feinden Freunde werden können.

Margret Greiners Worte, die Gefühle, die sie weckt, die Realität, die sie ausbreitet, die Wahrheit ihres Schreibens haben mir Augenblicke meines Lebens zurückgegeben, die ich nicht vergessen will. Augenblicke, in denen ich vor Angst geweint habe, daß ich Menschen, die ich liebe, zum letzten Mal sehen könnte, weil sie in der nächsten Sekunde tot sind. Begraben unter den Steinen eines Restaurants in Jerusalem, in dem sich ein palästinensischer Attentäter in die Luft gesprengt hat, begraben unter den Mauern eines von den Israelis zerbombten Hauses in Gaza. Wie ich an Checkpoints gebetet habe, daß mich die Soldaten durchlassen, wie gedemütigt ich mich am Flughafen gefühlt habe, weil ich wie eine Aussätzige behandelt wurde. Wie ich schließlich gelernt habe, daß es falsch ist, sich Haßgefühlen zu überlassen, daß es aber niemals falsch ist, sich um Menschen zu kümmern, Menschen zu lieben, sich stark zu machen für das Leben.

Ich bin nicht Jefra. Viele Einzelheiten stimmen nicht mit meinem Leben, meiner Familie überein. Und ich bin doch Jefra. In Jefra steckt all meine Sehnsucht nach einem friedlichen Leben. Jefra öffnet mir einen Blick in meine Vergangenheit, aber auch einen Weg in die Zukunft. Sie hat mir neue Visionen gegeben, Seiten in mir angesprochen, die ich noch nicht kannte.

Jefra geht ihren Weg, auch in der kältesten Nacht. Und genau das will ich auch.

Jerusalem, im März 2005
Lama Tarayra

Margret Greiner

Miss, wie buchstabiert man Zukunft?

Als deutsche Lehrerin in Jerusalem. Mit einem Nachwort zur Taschenbuchausgabe. 252 Seiten. Serie Piper

Eigentlich hat sich Margret Greiner einen lebenslangen Traum erfüllt: Zusammen mit ihrem Mann ist sie nach Israel gezogen. Sie wohnt in einem israelischen Viertel von Jerusalem und unterrichtet an einer palästinensischen Schule in Ostjerusalem. Jeden Tag geht sie von der westlichen in die arabische Welt und wieder zurück. Doch nie hätte sie sich vorgestellt, wie schwer es werden sollte, diese unsichtbare Grenze immer wieder zu überwinden. Margret Greiner ist zerrissen wie die Stadt Jerusalem, deshalb kann sie so eindringlich von den vielen Widersprüchen und der ausweglosen Situation erzählen.

»Eine plastische Darstellung des Nahostkonflikts von unten, mit allen Schwierigkeiten und Hindernissen des täglichen Lebens, mit Freude und Schmerz, viel Leid und dennoch ein bißchen Hoffnung.«
Basler Zeitung

05/1911/01/L

Maria Blumencron

Flucht über den Himalaya

Tibets Kinder auf dem Weg ins Exil. 304 Seiten mit 16 Seiten farbigem Bildteil. Serie Piper

Rund tausend Kinder aus Tibet fliehen jedes Jahr über die eisigen Pässe des Himalaya. Oft können sie kaum noch weiter und kämpfen gegen Schnee, Hunger und Erschöpfung. Ihr Ziel sind die Schulen des Dalai Lama in Nordindien. Dort, so hoffen ihre Eltern, erwartet sie eine bessere, freie Zukunft. Die engagierte Dokumentarfilmerin Maria Blumencron hat sechs Kinder auf ihrer Flucht begleitet. Mit ihrer einfühlsam erzählten Geschichte macht sie zugleich auf die Mißstände im besetzten Tibet aufmerksam.

»Es gibt Bücher, die zerreißen einem einfach das Herz, und wenn sie dann auch noch wie Maria Blumencrons Buch ein Happy-End haben, ist das so wie Weihnachten und Ostern an einem Tag. Ihr Buch setzt starke Emotionen beim Lesen frei: Lachen, Bangen und Hoffen.«
Brigitte

05/1910/01/R

Carol Ann Lee

Anne Frank

Die Biographie. Aus dem Englischen von Bernd Rullkötter und Ursel Schäfer. 416 Seiten mit 23 Schwarzweißabbildungen. Serie Piper

Mit ihrem weltbekannten Tagebuch erreichte Anne Frank traurige Berühmtheit. Carol Ann Lee, die sich schon seit vielen Jahren mit Anne Frank beschäftigt, hat mit der Unterstützung von Anne Franks Familie viele bislang unbekannte Briefe und Dokumente ausgewertet. So kann sie auch die Geschichte dort weitererzählen, wo Annes Tagebuch abbricht. Es ist ihr gelungen, das Mädchen Anne Frank zu zeigen, das mehr war als ihr Mythos – nämlich eine wunderbare Persönlichkeit.

»Die Biographie ist ein erschütterndes Stück Zeitgeschichte und eine sensible Studie über das Mädchen Anne Frank, über die Wünsche, Sehnsüchte, Träume und Hoffnungen einer jungen Frau. Nach dieser Biographie liest man ihr Tagebuch gewiß ein zweites Mal – aber mit ganz anderen Augen.«
Radio Bremen

05/1961/01/L

Dai Sijie

Muo und der Pirol im Käfig

Roman. Aus dem Französischen von Giò Waeckerlin Induni. 400 Seiten. Serie Piper

Nach Jahren im französischen Exil kehrt der scheue Psychoanalytiker Muo zurück ins Reich der Mitte, um seine große Jugendliebe »Vulkan des alten Mondes« aus politischer Gefangenschaft zu befreien. Dafür muß er Richter Di bestechen, der für seine Dienste eine ungewöhnliche Gegenleistung verlangt.
Nach dem überwältigenden Erfolg von »Balzac und die kleine chinesische Schneiderin« Dai Sijies neues Meisterwerk.

»Dai Sijie hat ein wildes, böses Buch geschrieben, das sich heiter und bunt in den Kopf des Lesers einschleicht.«
Die Welt

05/1952/01/R